KB166070

남북한 역사소설 연구

이 저서는 2012년 정부(교육과학기술부)의 재원으로 한국연구재단의 지원을 받아 수행된 연구임(NRF-2012S1A6A4021622)

# 남북한
# 역사소설
# 연구

문흥술

역락

## 머리말

1988년 대학원 석사 시절, 박태원 문학을 연구하다가 작가가 월북 후 발표한 역사소설『계명산천은 밝아오는가』를 읽어봐야겠다는 생각이 들었다. 하지만 작품을 도대체 구할 수가 없었다. 백방으로 수소문하다가 그 작품이 통일원에 있다는 소식을 들었다. 한걸음에 통일원으로 달려갔지만, 복사는 안 되고 열람만 가능하며, 열람하기 위해서는 대학원장의 확인서 등이 필요하다는 것이었다. 힘들게 필요한 서류를 마련해 제출하고 열람을 했다.

근 한 달 동안 통일원에 출퇴근하면서 작품을 필사했다. 필사가 거의 끝나갈 무렵 자료실 직원이 다가오더니 "분단의 아픔을 모질게 체험하는군요."라고 했다. 볼펜을 쥔 손가락이 너무 아파 주무르면서 나는 쓴웃음을 지었다. 필사한 내용을 정성껏 타이핑해서 나만의 소중한 책자로 묶어 비밀스럽게 분석하고 있을 무렵, 월북 작가에 대한 해금 조치가 있었고 그들의 작품이 출간되기 시작했다. 당연히『계명산천은 밝아오느냐』도 남한의 한 출판사에서 출간되었다.

오기가 나서 석사 논문으로 일제강점기 한국 리얼리즘 소설을 연구하기로 하고 마르크스, 엥겔스, 루카치 등의 이론서를 공부했다. 루카치의『역사소설론』을 읽고 '전사(前史)로서의 역사소설'이라는 개념과 맞닥뜨리게 되었고, 김윤식 선생님의 수업에서 홍명희의 『임꺽정』과 마주하게 되었다. 그렇게 조금씩 역사소설이 갖는 문학적 의의를 깨달아갔지만, 오래도록 나는 역사소설 연구를 뒤로 미루어야 했다. 1930년대 한국 모더니즘 소설에 대한 석, 박사 논문을 쓰고 대학원을 졸업한 뒤, 이런저런 핑계로 역사소설을 계속 멀리했다. 그러다가 더 늦어서는 안 되겠다는 생각에 몇 해 전부터 남북한 역사소설에 다시 관심을 갖기 시작했다.

'전사로서의 역사소설'은 현재의 문제점을 극복하기 위해, 그 문제와 관련이 있는 전사로서의 역사를 대상으로 하여 그 해답을 찾는 역사소설을 의미한다. 그래서 '전사로서의 역사소설'은 아무 작가나 쓸 수 있는 것이 아니다. 예외적 개인으로서의 작가만이 자신이 살아가는 시대에 대한 본질적 모순을 간파하고 그 모순을 해결할 수 있는 단서를 과거 역사에서 확보할 수 있기 때문이다.

남북한의 일급의 작가들이 쓴 역사소설을 통해 분단된 남북한의 현재의 문제점이 무엇이고, 그것을 어떻게 극복할 수 있는가에 대한 해답을 찾을 수 있을 것이라는 기대 내지 확신을 가지고 남북한 역사소설에 접근했다. 그러나 무엇보다 나를 절망하게 한 것은 남북한의 이질적인 체제만큼이나 분단 이후 남북한 역사소설 또한 이질적이라는 점이었다. 특히 당의 공식적인 문예 이론을 충실하게 따라야 하는 북한 역사소설에 나타나는 역사의 왜곡은 과연 이것이 역사소설인가라는 생각이 들 만큼 심각하였다. 남북한 역사소설을 번갈아 읽으면서 나의 절망은 더욱 심해졌다.

그러다가 이기영의 『두만강』과 박경리의 『토지』를 비교 연구하던 중 나는 남북한 역사소설이 서로 이질적이면서 또한 어떤 공통점을 내포하고 있다는 점을 깨달았다. 분단 이전의 역사를 다루는 경우 남북한 모두 고대로부터 일제강점기로 이어지는 한민족의 역사를 다루고 있다는 점을 발견한 것이다. 어찌 보면 소재적 측면과 관련된 매우 사소한 공통점에 불과한 것일 수도 있지만, 나는 이를 통해 남북한 역사소설이 남북한 민족의 심층에 자리 잡고 있는 한민족의 집단무의식을 함유하고 있다는 것을 직감했다. 분단 이전과 분단 시대 그리고 통일 이후 시대를 하나의 연속성으로 묶을 수 있는 문학적 요소를 확보하는 것이야말로 통일문학사 기술을 위한 핵심 항목에 해당한다. 따라서 남북한은 동일한 역사적 뿌리를 가진 민족이라는 점에서 출발하고 있는 남북한 역사소설은 통일문학사 기술을 위해 중요한 준거틀이 될 수 있을 것이다.

　그런 관점에서 지금까지 남북한 역사소설에 대해 연구해온 결과물들 중의 일부를 묶어 한 권의 책으로 내놓는다. 이번 책의 발간을 계기로 현재 진행 중인 연구에 더욱 매진하여 머지않은 시간에 또 다른 결과물을 내놓고 싶다. 부족한 글을 모아 정성껏 출간을 해주신 도서출판 역락의 모든 분들께 진심으로 고마움을 전한다.


2017년 6월
문흥술

차 례

# 남북한 역사소설
# 연구 의의와 연구 방법

# 남북한 역사소설 연구 의의와 연구 방법

## 1. 통일문학사 기술을 위한 남북한 역사소설

1948년 남, 북한 단독 정부 수립 후 지금까지 분단 상황에 처해 있는 남북한은 자본주의와 공산주의라는 서로 대립적인 이념과 체제로 인해 정치, 사회, 경제, 문화 등 제반 영역에서 매우 서로 다른 길을 걸어가고 있다. 이러한 이질적인 대립과 갈등은 남북한 문학에서도 예외 없이 나타나고 있다.

남북한 분단 상황을 '국가' 단위로 접근할 때, 남북한은 두 개의 독립된 국가일 수밖에 없다. 이 경우 북한문학사는 우리와는 무관한 외국의 문학사일 뿐이다. 그러나 '한민족'이라는 단위로 접근할 때, 그리고 '통일문학사'를 염두에 둘 때, 분단 시대의 북한 문학은 '한민족의 민족문학사'에 편입될 수밖에 없다.

그런데 문학은 당대의 삶을 언어로 표현하는 예술이다. 여기서 문학이 삶을 다룬다 할 때, 체제와 이념을 달리하는 남북한의 정치적, 경제적, 사회적, 문화적 삶은 서로 이질적일 수밖에 없고, 이러한 삶을 다루는 문학 또한 이질적일 수밖에 없다. 이 문제를 해결하기 위해 '한글'이라는 남북한의 동일한 언어를 들어 남북한 문학의 동질성을 논할 수도 있을 것이다. 하지만, 언어 역시 사회적 맥락에 좌우된다는 점을 염두에 둘 때 이 역시 남북한 문학의 이질성을 극복할 수 있는 대안으로는 불충분한 것이라 할 수 있다.

이런 점에서 '한민족의 민족문학사'로서의 통일문학사를 기술하고자 할 때, 분단 상황의 남북한 문학은 통일문학사로서의 연속성이라는 측면에서, 또 그 동질성이라는 측면에서 심각한 문제를 노정하고 있다. 다분히 심정적 차원에서, 분단 상황이지만 동일한 민족이므로 동일한 문학일 것이라는 측면에서 접근한다면, 그것은 객관적이고 과학적인 문학사가 될 수 없다.

따라서 통일문학사를 기술하고자 할 때 다음 두 가지는 중요한 요소가 아닐 수 없다. 먼저, 분단 이전과 분단 시대 그리고 통일

이후 시대를 하나의 연속성으로 묶을 수 있는 문학적 요소를 남북한 문학에서 확보해야 한다는 점이다. 다음, 한민족의 동질성을 회복할 수 있는 요소, 즉 분단 상황이지만 남북한 문학에 내밀하게 흐르고 있는 민족적 동질성을 찾아내야 한다는 점이다.

연속성과 동질성 회복이라는 점에서 통일문학사에 접근할 때, 남북한 역사소설은 하나의 중요한 준거틀이 될 수 있다. 다음 두 가지 점에서 그러하다. 먼저, 분단 이후 제출된 남북한 역사소설을 보면, 분단 이전의 한민족의 역사, 곧 고대로부터 일제강점기로 이어지는 한민족의 역사를 다루는 작품이 많다는 점이다. 특히 동일한 역사적 사건, 역사적 소재, 역사적 인물, 역사적 지역을 다루는 남북한 역사소설도 존재하는데, 이들 작품을 개략적으로 정리하면 다음과 같다. 이들 작품을 통해 남북한 문학이 그 역사적 뿌리를 같이 하고 있음을 확인할 수 있다.

| 다루는 대상 | 남한 역사소설 | 북한 역사소설 |
| --- | --- | --- |
| 1894 농민전쟁을 다루는 경우 | 송기숙, 『녹두장군』 | 박태원, 『갑오농민전쟁』 |
| 일제강점기 만주 지역을 다루는 경우 | 안수길, 『북간도』<br>박경리, 『토지』 | 이기영, 『두만강』 |
| 조선 시대 홍경래의 난을 다루는 경우 | 이정환, 『홍경래』<br>최학, 『서북풍』 | 남궁만, 『홍경래』<br>리유근, 『홍경래』 |

| 조선 시대 기생 황진이를 다루는 경우 | 전경린, 『황진이』 | 홍석중, 『황진이』 |
|---|---|---|
| 조선 시대 이순신 장군을 다루는 경우 | 김훈, 『칼의 노래』<br>김탁환, 『불멸의 이순신』 | 김현구, 『리순신 장군』 |

　다음, 그러나 무엇보다 남북한 역사소설이 통일문학사 기술에 있어서 중요한 준거틀이 될 수 있는 것은 다음 이유에서이다. 곧 남북한으로 갈라져 체제와 이념상의 차이로 대립하는 '한민족'이지만, 갈라진 민족을 하나의 민족으로 묶을 수 있는 민족적 공통분모가 분단 민족의 의식의 저류에 흐르고 있다는 점이다. 남북한 민족은 하나라는 집단무의식이 서로 다른 체제와 이념의 저변에 내밀하게 흐르고 있다는 점인데, 이러한 민족의 집단무의식이야말로 분단된 남북한 민족을 하나로 묶는 중요한 인자일 것이다. 남북한 민족의 심층에 자리 잡고 있는 이 집단무의식을 가장 잘 함유하고 있는 것이 남북한 역사소설이다. 분단 이전 남북한은 같은 역사적 기원과 근원을 가지고 있다는 점, 그리하여 남북한은 동일한 뿌리를 가진 민족이라는 점에서 출발하고 있는 것이 바로 남북한 역사소설이다.

　물론 남북한 역사소설 역시 남북한 사회 체제와 이념의 상이성으로 인해 이질적인 측면을 내포하고 있는 것이 사실이다. 가령,

남한의 경우 왕조사 내지 궁중비사 중심이라면 북한은 민중사 중심이라는 점, 남한의 경우 예술적 형상화를 중시하지만 북한의 경우 이념성을 중시한다는 점 등은 그 단적인 한 예에 해당할 것이다.

이러한 이질적 측면에도 불구하고 남북한 역사소설 중 많은 작품들이 분단 이전의 역사, 곧 고대부터 조선 시대를 거쳐 일제강점기, 해방과 한국전쟁으로 이어지는 한민족의 역사를 공통분모로 하여 그것을 소설화하고 있다. 이 점에서 남북한 역사소설은 남북한 민족이 비록 분단되었지만 그 역사적, 민족적 기원과 근원은 동질적임을 역설적으로 강렬하게 천명하고 있는 것이다. 남한의 역사소설인 박경리의 『토지』와 북한의 역사소설인 이기영의 『두만강』을 통해 이를 점검해 보자.

> (i) 사람 모두가, 역사가 극복하지 않으면 안될 일이다. 김개주도 김환도, 역사의 산물이며 그 오랜 역사를 극복하려다 간 사람이다. 자신도 그 길을 가고 있다. 강자는 극복되어야 한다. 약자의 눈물을 거두기 위하여, 평등하기 위하여, 강국도 극복되어야 한다. 약소국의 참상을 씻기 위하여, 국가와 국가가 평등하기 위하여, 일본은 마땅히 극복되어야 한다.[1]

---

1) 박경리, 『토지』 12권, 지식산업사, 1988. p.204.

(ii) 더욱 이순신 장군의 시조를 해석할 때는 임진조국전쟁의 당시 형편과 이순신 장군이, 이 시조를 짓던 때의 심경을 자세히 설명하면서 위국충절에 빛나는 이 시조의 내용인─높은 사상성을 깊이 파고들어갔다. 그리하여 그들에게 조국애에 불타는 애국정신을 고취하였다. 그것은 또다시 왜놈의 침략으로 존망의 위기를 당하게 된 조국의 현실과 은연중 대비하여 그들에게 민족적 자각성을 환기시켰다.[2]

　(i)은 『토지』의 한 부분이고 (ii)는 『두만강』의 한 부분으로, 두 작품 모두 일제강점기를 시대적 배경으로 하고 있다. (i)에서 '길상'은 일제 식민지 지배에 맞서 사람과 사람, 계급과 계급, 국가와 국가 사이의 평등 상태를 지향하는 유토피아에의 꿈을 실현하기 위해 투신할 것을 다짐하고 있다. (ii)에서 '씨동' 역시 일제 식민지 지배에 맞서 농민 야학을 하면서 이순신의 시조 '한산섬 달 밝은 밤에……'를 통해 배일 애국정신을 계몽하고 있다.

　이들 작품은 역사의 주체를 바라보는 시각, 역사가 나아갈 방향성, 그리고 창작방법 등에서 차이를 지닌다. 그러나 그 저류에는 남북한은 역사적으로 같은 뿌리(조선)를 지니고 있으며, 일제를 극복해야 한다는 등과 같은 한민족의 집단무의식이 강렬하게

---

2) 이기영, 『두만강』 1권, 풀빛, 1989. p.442.

자리 잡고 있다. 곧 많은 차이점을 지님에도 불구하고, 남북한 역사소설은 그 심층에 남북한의 공통된 민족적 집단무의식을 내밀하게 공유하고 있는 것이다. 이런 측면에서 볼 때, 남북한 역사소설은 연속성과 동질성 회복으로서의 통일문학사 기술에 중요한 한 기준이 될 수 있을 것이다.


## 2. 남북한 역사소설에 대한 기존 연구사 검토

남북한 역사소설 연구를 위해서는, 먼저 남한에서 남한의 역사소설에 대해 연구한 측면을 살펴볼 필요가 있다. 남한의 경우, 1930년대 역사소설에 대한 연구와 1970~80년대 역사소설에 대한 연구가 주를 이루고 있다. 이들은 개별 작품 혹은 작가를 대상으로 하여 역사소설을 근대 문학의 발전 과정으로 접근하고 있는 경우3)가 대부분이다. 또 다른 한편으로 역사소설의 유형4)에

---

3) 강영주, 「한국근대역사소설연구」, 서울대 박사, 1987.
　　고정욱, 「한국근대역사소설연구」, 성균관대 박사, 1993.
　　송백헌, 「한국근대역사소설연구」, 단국대 박사, 1982.
　　신재성, 「1920~30년대 한국역사소설연구」, 서울대 석사, 1986.
　　정호웅, 「70년대 역사소설의 문제점」, 『현대소설연구』, 한국현대소설학회, 1994.
　　최유찬, 「1930년대 역사소설론 연구」, 연세대 석사, 1984.

관한 연구도 제출되어 있다.

　남한 역사소설에 대한 연구사 검토와 함께, 북한 문학과 북한 역사소설에 대한 남한 측의 연구 동향을 또한 검토할 필요하다. 먼저, 북한 문학 전반에 대한 연구5)는 1988년 해금 조치 이후 본격화된다. 초기에는 '북한 바로알기 운동'의 일환으로 북한 문학에 대한 개괄적 소개가 중심을 이루다가, 이후 '남북한 통일문학사 모색'이라는 입장에 기초하여 북한 문학을 민족문학으로 바라

　홍성암, 「한국근대역사소설연구」, 한양대 박사, 1988.
　홍정운, 「한국근대역사소설연구」, 동국대 박사, 1988.
4) 공임순, 「한국근대역사소설의 장르론적 연구」, 서강대 박사, 2000.
　김윤식, 「우리 역사소설의 4가지 유형」, 『소설문학』11권 6호, 1985.
　유종호, 『현실주의 상상력』, 나남, 1991.
　이재선, 「역사적 경험의 미적 형태」, 『현대한국소설사』, 민음사, 1991.
　정호웅, 「한국역사소설의 미학적 특성 연구」, 『문학사와 비평』, 문학사와 비평연구회, 1999.
　홍성암, 『현대소설의 유형적 특성』, 한국문화사, 2003.
5) 권영민, 『북한의 문학』, 을유문화사, 1989.
　김성수, 『북한 '문학신문' 기사목록』, 한림대학교 아시아문화연구소, 1994.
　＿＿＿, 『통일의 문학, 비평의 논리』, 책세상, 2001.
　김윤식, 『북한문학사론』, 새미, 1996.
　김재용, 『북한문학의 역사적 이해』, 문학과지성사, 1994.
　김종회 편, 『북한문학의 이해』1, 2, 청동거울, 1999/2002.
　신상성 외, 『북한소설의 역사적 이해』, 두남, 2001.
　신형기, 『북한소설의 이해』, 실천문학사, 1996.
　신형기, 오성호, 『북한문학사』, 평민사, 2000.
　이명제 편, 『북한문학의 이념과 실태』, 국학자료원, 1998.
　이주미, 『북한문학예술의 실제』, 한국문화사, 2003.
　최동호 편, 『남북한 현대문학사』, 나남출판, 1995.

보는 관점이 중심을 이룬다.

그리고 북한의 역사소설에 대한 연구는 1990년대 이후부터 이루어지고 있다. 주로 월북 작가의 작품인 이기영의 『두만강』6), 박태원의 『갑오농민전쟁』7), 최명익의 『서산대사』8)를 중심으로 이루어지고 있다. 최근에는 북한 작가인 천세봉, 석윤기, 윤세중, 홍석중의 작품에 대한 연구9)도 이루어지고 있다. 이들 연구는 북한 역사소설의 특질에 대한 심도 있는 논의를 제시하고 있지만, 주로 개별 작가나 작품에 대한 연구에 치우쳐 북한 역사소설에 대한 전체적인 검토로 나아가지 못하는 한계 또한 지니고 있다.

6) 김윤식, 「이기영론」, 『한국현대현실주의소설연구』, 문학과지성사, 1990.
   이상경, 「민족해방운동의 서사시: 두만강」, 『이기영 시대와 문학』, 풀빛, 1994.
   조남현, 「이기영의 '두만강' 연구」, 『한국대하소설연구』, 집문당, 1997.
7) 김윤식, 「박태원론」, 『한국현대현실주의소설연구』, 앞의 책.
   서덕순, 「박태원 '갑오농민전쟁' 연구」, 경희대 박사, 1996.
   신동한, 「갑오농민전쟁론: 북한문학의 실상2」, 『월간문학』, 1989.
   이상경, 「역사소설의 주인공과 성격화 문제」, 『민족예술』, 한국민족예술
      인총연합, 1994. 여름.
8) 김윤식, 「최명익론」, 『한국현대현실주의소설연구』, 앞의 책.
   채호석, 「민중의 조국애와 투쟁의 형상화」, 『서산대사』, 동광, 1989.
9) 김재용, 「운우의 꿈을 깨니 일장춘몽이라」, 『통일문학』3, 2003.
   김주성, 「주체형의 혁명적 영웅 형상 창조과정-석윤기론」, 『북한문학의 이해』2,
      앞의 책.
   박태상, 「생동한 인물 성격 창조와 작가의 자발성」, 『통일문학』3, 2003.
   오창은, 「천세봉의 '석개울의 새봄'론」, 『실천문학』, 1998. 여름.
   이혜숙, 「역사소설과 민중적 상상력」, 『창작과비평』, 1993. 여름.
   임옥규, 「북한역사소설연구」, 홍익대 박사, 2005.

한편, 남북한 역사소설에 대한 비교 연구10)는 현재 조금씩 축적되어가고 있다. 남북한 역사소설을 비교 연구한 단행본으로 『남

10) 김승종, 「녹두장군과 갑오농민전쟁의 비교연구」, 『현대소설연구』2, 한국현대소설학회, 1995.

김영동, 「한국소설에 수용된 북간도」, 『새국어교육』35, 한국국어교육학회, 1982.

민현기, 「'홍경래' 소재 남북한 역사소설 비교 연구」, 『어문학』78, 한국어문학회, 2002.

박상준, 「이념의 구현과 역사 구성의 변주」, 『남북한 역사소설 비교연구』(민현기 편), 계명대학교출판부, 2006.

신형기, 「민족 이야기의 두 양상」, 『남북한 역사소설 비교연구』(민현기 편), 계명대학교출판부, 2006.

유기환, 「역사소설의 전형과 전망: '녹두장군'과 '갑오농민전쟁'을 중심으로」, 『기전어문학』10, 11, 1996.

오양호, 『한국문학과 간도』, 문예출판사, 1988.

이상경, 「동학농민전쟁와 역사소설」, 『변혁주체와 한국문학』, 역사비평사, 1990.

이영호, 「1894년 농민전쟁의 역사적 성격과 역사소설-갑오농민전쟁과 녹두장군을 중심으로」, 『창작과비평』69, 1990. 가을.

이주형, 「동학농민전쟁 소재 역사소설에 나타난 역사인식과 그 소설화 양상 연구」, 『국어교육연구』38, 국어교육학회, 2001.

임옥규, 「남북한 역사소설에 형상화된 '간도'의 심상지리적 인식과 심상지도」, 『현대북한연구』16, 북한대학원대학교, 2013.

정호웅, 『한국의 역사소설』, 역락, 2006.

최병우, 「한국현대소설에 나타난 두만강의 형상과 그 함의」, 『현대소설연구』39, 한국현대소설학회, 2008.

_____, 「이념의 차이와 역사 제재 선택에 관한 연구-안수길의 '북간도'와 리근전의 '고난의 년대'의 대비를 중심으로」, 『현대소설연구』34, 한국현대소설학회, 2007.

한창엽, 「'북간도'와 '두만강'의 대비적 고찰」, 『한국언어문화』9, 한국언어문화학회, 1991. 12.

북한 역사소설 비교연구』11)를 들 수 있는데, 이 책은 여러 연구자의 논문을 묶어 놓고 있다는 점에서 통일된 논의를 이끌어 내기가 어렵다는 한계를 지니고 있다. 그러나 이 연구서는 조선 시대부터 일제강점기를 거쳐 해방과 분단에 이르는 역사적 과정을 여섯 개의 역사적 시기로 나누고, 각 해당 시기의 역사를 바라보는 남북한의 서로 다른 시선을 비교하고 있다는 점에서, 남북한 역사소설 비교 연구에 있어 중요한 기준을 제공한다고 볼 수 있다.

다음, 통일문학사 기술을 위해 남북한 역사소설에 접근할 때, 무엇보다 중요한 항목으로 대두되는 것이 역사소설의 유형 문제이다. 이런 측면에서 역사소설의 유형에 대한 기존 연구를 검토할 필요가 있다.

한국 역사소설의 유형에 대한 지금까지의 논의를 살펴보면 다음과 같다. 김윤식12)은 역사소설을 네 가지 유형으로 나누고 있다. 첫째, 민족이라는 추상적 개념을 역사상의 특정 인물, 특정 소재를 통해 구상화한 '이념형 역사소설'로, 현진건『무영탑』, 『흑치상지』, 박종화『금삼의 피』, 『대춘부』, 이광수『단종애사』, 『원

---

11) 민현기 편, 『남북한 역사소설 비교연구』, 계명대학교출판부, 2006.
12) 김윤식, 『한국근대소설사연구』, 을유문화사, 1986.

효대사』 등이 여기에 속한다. 둘째, 작가의 현실적 관심을 역사에서 빌려 오는 '의식형 역사소설'로, 홍명희의 『임꺽정』이 여기에 속한다. 셋째, 실제 인물과 허구 인물의 적절한 배합을 통해 상층과 하층 생활을 함께 다루는 '중간형 역사소설'로, 김동인의 『젊은 그들』, 『운형궁의 봄』이 여기에 속한다. 넷째, 역사를 진기한 이야기라든가 허황된 이야기로 보아 엽기적으로 다루거나 심심풀이로 다루는 '야담형 역사소설'로, 윤백남의 『대도전』, 『야담』지에 게재된 역사물이 여기에 속한다.

이재선[13]은 역사가 실현되는 주요 기능론의 측면에서 세 가지로 나눈다. 첫째, 역사 또는 과거가 이념적인 스크린이 되는 '이념적 역사소설'로, 황석영의 『장길산』이 여기에 속한다. 둘째, 사실의 역사를 재구하고 역사적인 사실 또는 진실을 묘사함으로써 역사적 분석과 현실성에 대한 미감화와 연결되는 '정보적 역사소설'로, 유주현, 김성한, 김주영의 작품이 여기에 속한다. 셋째, 공적인 역사가 소설의 시대적 배경틀이 되거나 서사적 진행의 활력 원천으로 기능하는 '배경적 역사소설'로, 안수길의 『북간도』, 박경리의 『토지』가 여기에 속한다.

강영주[14]는 역사적 진실성을 기준으로 하여, 역사적 진실성을

---

13) 이재선, 『현대한국소설사』, 민음사, 1991.

등한시하는 이광수, 김동인, 현진건, 박종화의 작품과 같은 '낭만주의적 역사소설', 역사적 진실성을 중요시하는 홍명희의 『임꺽정』 같은 '사실주의적 역사소설'로 나눈다.

공임순15)은 네 가지로 나눈다. 첫째, 공적 역사물의 텍스트 외적 원천에 기대어 사실성과 진실성을 보장받는 '기록적 역사소설'(이광수의 『단종애사』, 박종화의 『금삼의 피』), 둘째, 공적 인물이나 사건을 중심 소재로 삼고 있어 역사적 개연성에 의한 공적 역사의 탈중심화와 주변적 역사의 재인식이 가능한 '가장적 역사소설'(김동인의 『대수양』, 홍명희의 『임꺽정』), 셋째, 인물과 장면의 상징적 구성을 통한 역사의 낭만화와 이념화가 가능한 '창안적 역사소설'(현진건의 『무영탑』), 넷째, 이차 세계로의 이동에 의한 공적 역사의 뒤집기와 패러디에 해당하는 '환상적 역사소설'(신채호의 『꿈하늘』 등)이 그것이다.

이러한 유형 분류는 작품의 기능적 내지 구성적 측면에 기준한 것으로, 남북한 역사소설의 특징을 밝히는 데 유의미하다. 그러나 남북한 역사소설의 동질성과 차별성을 논하고자 할 경우에는 내용적이고 주제적인 측면을 기준으로 하여 남북한 작품을 유형화

---

14) 강영주, 『한국 역사소설의 재인식』, 창작과비평사, 1991.
15) 공임순, 앞의 논문.

하고, 이를 토대로 같은 유형에 속하는 남북한 작품들 간에 나타나는 공통점과 차이점을 형식과 내용의 측면에서 고찰할 필요가 있다.

## 3. 현재의 전사로서의 역사소설과 풍속 묘사

분단 이전, 역사소설은 일제강점기인 1930년대에 크게 융성하였다. 박영희에 의해 '역사소설의 시대'로 명명된 1930년대에 이광수의 『단종애사』와 『원효대사』, 김동인의 『젊은 그들』, 『운현궁의 봄』, 현진건의 『흑치상지』, 『무영탑』, 홍명희의 『임꺽정』 등을 비롯하여, 김남천, 박종화, 이태준, 윤백남, 홍효민 등의 작가들에 의해 수많은 역사소설이 발표되었다.

이후, 분단이 되면서 남북한 역사소설은 각자의 길을 걷는다. 분단 이후, 체제와 이념이 다른 상황에서 남북한 역사소설은 작품이 자리 잡고 있는 당대 현실과 관련해 나름의 문학적 응전을 하면서 매우 이질적인 특질을 함유하게 된다. 이처럼 이질적인 남북한 역사소설을 연속성과 동질성 회복으로서의 통일문학사를 염두에 두고 접근하기 위해서는 역사소설에 대한 명확한 개념 규정이 먼저 필요하고, 이 기준에 따라 연구 대상으로 삼을 작품을 선별하여야 한다.

흔히 역사소설을 '역사의 기록'에 '문학적 상상력'을 결합한 것이라 규정한다. 이러한 규정이 잘못된 것은 아니지만, 이 규정에 따를 때 이광수나 김동인 류의 역사소설이 지니는 문학적 가치와 홍명희, 조정래, 박경리 등의 역사소설이 지니는 문학적 가치는 동등해 질 수밖에 없다. 말하자면, 이 규정으로는 역사소설 작품에 대한 질적 평가를 내릴 기준을 마련하기 어렵다는 점이다.

역사소설의 개념 규정을 위해서는 다음 두 가지 측면에 대한 고려가 필요하다. 먼저, 역사소설을 소설이라는 장르의 하위 범주에 두는 것이다. 이러한 견해는 루카치의 역사소설론에서 피력된 것인데, 이때 가장 문제가 되는 것은 '소설'이란 무엇인가 하는 점이다.

헤겔의 미학을 이어받아 루카치는 장르 발생론적 측면에서 소설의 특질을 규정[16]하고 있다. 소설은 대서사양식의 하나로, 그것은 자본주의의 산물이다. 역사 발전 단계를 '고대→근대→제3의 세계'로 구분할 때, 각각의 단계에 대응하는 서사양식이 '서사시→소설→제3의 양식'이다. 소설은 자본주의 사회에서 상실된 서사시적 총체성의 세계를 갈망하면서 고독한 길을 떠나는 장

---

16) G. Lukács, 『소설의 이론』(반성완 역), 심설당, 1985.

르이다. 밤하늘에 빛나는 별이 내 영혼의 별이 되어 나아갈 좌표를 제시해 주고, 어디를 가더라도 마치 집안에 있는 것처럼 아늑한 시대, 곧 이것 없으면 모든 민족은 산다는 일을 원치 않을 뿐더러 죽는 일조차 불가능한, 인류사의 유년기에 해당되는 목가적 전원시대 내지 황금시대로 대표되는 것이 서사시적 총체성이다.

이러한 소설의 장르적 특성을 규정하는 명제로 다음 두 가지를 들 수 있다. 첫 번째 명제는 "길이 시작되자 여행은 끝났다(The voyage is completed: the waybeings)."라는 것인데, 이는 소설 속에서의 여정이 달콤한 여행이 아니라 대립과 갈등과 투쟁의 연속임을 천명한 것이다. 소설은 자본주의라는 거대한 적과 대결하여 그 모순을 비판하고, 그런 모순이 극복된 가능세계를 지향한다. 그러기에 소설의 주인공은 범인(凡人)들과 달리 자신이 살아가는 세계의 총체성을 분명히 인식하고, 현상 뒤에 감추어진 본질을 포착하여 그 속에 내포된 모순을 예리하게 비판할 수 있는 인물이어야 한다. 이러한 소설의 주인공을 '세계사적 개인'(헤겔), '문제적 개인'(루카치)으로, 그러한 주인공을 창출하는 작가를 '예외적 개인'(골드만)으로 명명하고 있다. 두 번째 명제는 "내 영혼을 증명하기 위해 길을 떠난다(I go to prove my soul)."이다. 소설의 주인공은 거대한 적과 목숨을 건 투쟁 과정에서 종국에는 패배하지만,

그 패배를 통해 적의 추악한 실체를 폭로하고 비판하면서 사라진 황금시대의 순수 영혼의 불꽃에 대한 강렬한 지향성을 드러낸다.

이 관점에서 볼 때, 소설은 그 시대의 총체적 지형도를 형상화하면서, 자본주의의 어둠 속에서 길 잃고 방황하는 우리들이 나아갈 좌표가 무엇인지를 강렬하게 내포하기 마련이다. 역사소설을 이러한 소설의 한 하위 범주로 규정할 때, 두 번째로 고려해야 할 측면은 역사소설에서 '역사'는 무엇인가 하는 점이다. 소설이 경험세계의 모순을 비판하고 새로운 가능세계를 지향한다 할 때, 역사소설은 '경험세계'라는 자리에 '지나간 역사'를 대체하는 것이라 볼 수 있다. 작품이 뿌리내리고 있는 당대적 상황 대신에 지나간 과거의 역사를 통해 새로운 가능세계에 대한 지향성을 드러내는 것이 역사소설인 것이다.

그렇다면 여기서 '역사'와 '역사적인 것'의 차이가 문제가 될 수 있다. '역사적인 것'은 단순히 외면적인 것, 즉 단편적이고 피상적인 역사적 소재나 무대만을 선택하는 경우와 관련이 있다. '역사적인 것'만으로는 역사소설이 될 수 없다. 가령, 일제강점기에 발표된 현진건의 『흑치상지』를 예로 들어보자. 현진건은 역사소설을 '과거의 소재와 무대를 가진 소설'이라 규정하고 있는데, 그의 경우 주제를 미리 정해놓고 당대의 현실적 요소로서는 그 주제를 살려낼 수 없어서 과거의 소재에 기대는 것에 해당된다. 이처럼 역사의 단편적 소재만을 다루는 '역사적인 것'은 진정한 의미의 역사소설이 될 수 없다. 그것은 '역사소설'이 아니라 '소설'일 뿐이다.

여기까지 이르면, 역사소설은 '역사적인 것'이 아닌 '역사'를 대상으로 하여 새로운 가능세계를 지향하는 소설이라 개념 규정을 할 수 있다. 그렇다면 '역사적인 것'이 아닌 '역사'는 무엇인가? 이에 대한 해답은 '구체적 가능성'이라는 개념으로 연결된다. '구체적 가능성'은 현재를 살아가는 개개인은 자기의 존재가 역사에 의해 조건 지워져 있으며, 역사가 자기의 일상적 삶에 중대한 영향을 미친다는 것을 자각하는 것과 관련이 있다.

이것은 다시 "모든 역사는 현재의 역사이다."(크로체)라는 명제로 연결된다. 이 명제는 우리가 과거의 역사를 되돌아보는 것은 현재의 역사가 나아갈 올바른 방향을 파악하고 그 방향으로 나아갈 추동력을 얻기 위해서라는 의미를 내포하고 있다. 곧 현재 사회가 처한 모순을 돌파하기 위해 과거의 역사에 대한 탐구를 통해 문제 해결의 방법을 구하고, 이를 통해 현재의 역사가 나아갈 올바른 방향성을 설정하는 것이다. 따라서 역사소설이 다루는 역사는 단순히 소재적인 차원의 것이 아니라, 현재를 바르게 이해

한다는 조건이 존재하는 특정한 시대의 역사의 총체적 측면과 관련이 있다.

역사소설은 현재의 문제점을 극복하기 위해, 그 문제의 기원 내지 원인과 관련된 특정 시대의 역사 전체를 대상으로 하여, 문제 극복의 방법 및 현재 사회가 나아갈 올바른 방향성을 문학적 상상력을 통해 탐구하는 소설이라 할 수 있다. 이를 두고 루카치는 '현재의 전사(前史) prehistory of present로서의 역사소설'[17]이라 명명하고 있다. 곧 후대의 역사가 나아갈 올바른 방향을 탐색하기 위해 후대 역사에서 문제가 되는 측면을 파악하고 그 문제 원인과 관련이 있는 전사로서의 역사를 대상으로 하여 그 해답을 탐구하는 것, 그것이 진정한 의미의 역사소설이다. 이러한 입장에서 역사소설의 본질에 접근할 때, 다음 세 가지 항목이 '현재의 전사로서의 역사소설'의 중요 장치로 자리 잡게 된다. 조정래의 『태백산맥』을 통해 이를 구체적으로 살펴보자.

먼저, 작가의 세계관의 문제이다. 조정래는 『태백산맥』을 쓸 때 자신이 살아가는 동시대의 시대 상황에 주목한다. 남북 분단의 상황, 그리고 군사독재정권과 이에 저항하는 민중의 대립이 심각한 상황에서, 작가는 문제를 해결하고 사회가 나아갈 올바른

---

17) G. Lukács, 『역사소설론』(이영욱 역), 거름, 1987.

방향을 탐색하면서 그러한 문제를 야기한 전사에 주목한다(구체적 가능성). 그 결과 작가는 오늘날의 문제가 일제강점기와 해방공간, 한국전쟁의 시기라는 특수한 역사적 상황에서 배태되었다는 판단을 내리고 그 역사적 상황에 대한 총체적인 형상화에 집중한다. 이 때 작가는 현재를 바라보는 작가의 세계관에 입각하여 전사로서의 역사를 재구성한다. 조정래의 세계관은 극좌도 극우도 아닌 중도적 민족주의라 할 수 있는데, 그런 입장에서 작가는 한국 사회가 나아갈 방향성에 주목하고 자신의 세계관에 기초하여 전사로서의 역사를 재구성한다.

다음, 역사의 세부 묘사 문제이다. 만약, 작품에서 작가의 세계관만 지나치게 강조될 경우, 작품은 균형 감각을 상실한 채 작가의 주관적 신념만 강조될 것이다. 그럴 때, 작품은 역사적, 사회적 조건의 제약성을 반영할 수 없다. 이를 방지하기 위해, 무엇보다 역사적 상황에 대한 세부적인 묘사와 총체적인 형상화가 요청된다. 역사적 상황을 구성하는 일상적이고 풍속적인 측면에 대한 세부 묘사와 총체적인 형상화를 위해서는, 무엇보다 작가가 다루고자 하는 역사적 상황과 그 흐름에 대한 정확하면서도 객관적인, 그러면서 총체적인 인식이 필요하다. 만약 이러한 인식이 확립되지 않는다면, 역사적 상황이 갖는 문제점과 그것에 대한 극복 방식, 또 나아갈 방향성에 대한 객관적 진단이 성립될 수 없고, 이에 따라 현재의 역사에 대한 탐색 역시 추상적일 수밖에 없다. 일상의 세세한 풍속으로부터 출발해서 그 시대의 역사적 상황을 총체적으로 파악하기 위해 작가는 모든 가능한 자료와 기록 등을 섭렵하고 이를 토대로 그 시대의 삶을 치밀하게 재구성해야 한다. 이러한 세부 묘사와 총체적 형상화가 뒷받침되지 않을 때, 전사로서의 역사에 대한 정확한 인식은 불가능하고, 이로 인해 역사는 작가의 주관에 의해 심하게 왜곡될 수 있다. 그럴 때, 그것은 진정한 의미의 역사소설이 될 수 없다.『태백산맥』이 진정한 역사소설이 될 수 있는 것은 '벌교'를 중심으로 하여 그 시대의 풍속을 세밀하게 재현하면서, 이를 근거로 그 시대 역사의 총체적 상황을 형상화하고 있기 때문이다.

마지막으로, 전형적 상황에서 전형적 인물을 창출하는 문제이다. 조정래는 그의 중도적 민족주의 세계관에 입각하여 일제 말기부터 한국전쟁까지의 역사를 총체적이면서도 세부적으로 묘사하면서, 전형적 상황과 전형적 인물을 창출함으로써 역사의 총체적 형상화에 성공한다. 작품에서 전형적 상황은 각 인물로 하여금 특정 세계관을 갖도록 만드는 상황과 관련이 있다. 염상진을 좌익으로 만드는 상황, 염상구를 극우로 만드는 상황, 김범우를 중도적 민족주의로 만드는 상황이 당대 역사의 총체적 상황과 관련하여 제시되면서 당대의 전형적 상황으로 연결되고, 동시에 각각의 인물들이 처한 전형적 상황들이 결합되면서 당대 역사에 대한 총체적 형상화가 이루어진다. 그리고 그러한 상황에서 행동하는 주인공은 전형적 인물로 기능한다. 이러한 전형적 상황과 전형적 인물을 통해 『태백산맥』은 일제 말기부터 한국전쟁 시기까지의 한국 역사를 총체적으로 형상화하고 있는 것이다. 이를 통해, 전사로서의 역사적 상황의 문제점을 본질적으로 드러내고, 그 해결 방법과 나아갈 방향성을 탐색하면서, 동시에 현재 사회가 올바른 미래로 나아갈 추동력을 얻게 되는 것이다.

역사소설에 대한 이러한 개념 규정에 입각하여 남북한 역사소설에 접근할 때, 다음과 같은 연구 방법을 취할 필요가 있다. 첫째, '전사로서의 역사소설'로 판단되는 작품들을 먼저 선별해야 한다. 물론 이를 위해서는 남북한 역사소설 전체에 대한 종합적 검토라는 방대한 작업이 선행되어야 할 것이다. 이렇게 선별될 작품을 대상으로 하여, 한민족의 집단무의식을 그 심층에 공유하고 있는 작품을 다시 선별해내야 한다.

둘째, 작품 자체의 구조를 충실하게 고찰함으로써 각 작품의 미학적 특질을 추출해야 한다. 작품 자체의 구조적 특질은 남한 작품은 물론이고 북한 작품을 다룰 때 보다 강조되어야 할 항목이다. 북한 문학은 '당의 정책'이 먼저 있고, 이 정책을 뒷받침하는 '문예이론'이 '당' 차원에서 설정되는 것이 사실이다. 이에 따라, 북한 역사소설에 대한 남한 측 연구는 작품 자체를 중시하기보다는 북한의 문예 이론에 개별 작품을 도식적으로 대입하는 경우가 많다. 각 시기 북한의 문예 이론이라는 큰 틀을 먼저 설정하고, 각 시기의 작품을 그 틀에 맞추어 분석하는 것이다. 이러한 접근 방법은 북한 역사소설의 특질을 밝히는 데 있어 매우 유효하다. 그러나 도식적인 큰 틀에 너무 얽매일 경우 작품 자체의 본질적 측면에 대한 접근이 어려워진다. 이를 극복하기 위해 작품 자체에 대한 세밀한 구조 분석이 요청된다.

셋째, 이러한 분석을 토대로 남북한 역사소설을 유형화할 필요가 있다. 여기서 북한 역사소설의 경우, 당의 공식적 문예 이론이라는 제약과 그것을 받아들일 수밖에 없는 북한 작가들의 한계로 인해 작품 대부분이 형식과 내용면에서 도식적이면서 공식적인 틀을 유지하고 있다. 따라서 유형화가 거의 불가능하다는 난점이 있다. 이 난제를 극복하기 위해서는 남한 역사소설을 먼저 유형화한 후, 그 유형과 같은 범주에 포섭될 수 있는 북한 역사소설을 선별해 동시에 논의하는 방법을 취해야 한다. 가령, 남한 역사소설 중에서 '한민족의 원형'을 다루는 유형에 해당하는 작품을 검토하고, 그 유형에 속하는 작품 중 '구한말' 같은 특정 시기를 다루는 작품(예를 들면, 안수길의 『북간도』와 박경리의 『토지』)이 있다면, 북한 역사소설 중에서 남한 작품과 동일하게 '구한말'을 소재로 해서 '한민족의 원형'을 다루는 작품(예를 들면, 이기영의 『두만강』)을 선택해, 두 작품이 '한민족의 원형'을 어떻게 다루는지를 비교 검토함으로써 남북한 역사소설에 나타나는 이질성과 동질성을 확인하는 것이다.

이러한 작업을 통해, 동일한 민족적, 역사적 기원을 가진 남북한 문학이 분단 이후 남북한에서 어떻게 변모되어가며, 그 편차는 무엇이고, 그리고 민족적 동일성을 회복할 수 있는 공통 인자는 무엇인지를 검토할 수 있을 것이다. 그럼으로써 연속성과 동질성의 측면에서 '한민족의 문학사'로서의 남북한 통일문학사 기술을 위한 발판을 마련할 수 있을 것이다.

## 4. 연구 대상 작품 선정 기준

해방 이후부터 2000년대까지, 남한 역사소설과 북한 역사소설을 시기별로 그 특징을 분석해 보면, 남북한 역사소설의 이질성이 매우 심각하다는 것을 확인할 수 있다. 그 주요 원인으로 북한 역사소설에 나타나는 사회주의 체제 선전과 김일성 우상화로 인한 역사의 왜곡을 들 수 있다.

북한 역사소설은 주체문학이 정립된 1967년을 기점으로 해서 크게 세 시기로 나뉠 수 있다. 첫 번째 시기로 해방 직후부터 1967년 이전까지의 작품, 두 번째 시기로 1967년 주체문학이 정립된 이후부터 1980년대까지의 작품, 세 번째 시기로 1990년대 이후의 작품이 그것이다. 이 중에서 두 번째 시기에 발표된 작품들은 대부분 유일주체사상에 입각해 김일성을 우상화하고 있는 수령형상문학 내지 항일민중투쟁문학에 해당한다. 이에 따라, 이 시기에 발표된 작품들은 매우 심각하게 역사를 왜곡하고 있다. 따라서 이 시기의 작품은 남북한 역사소설의 동질성을 논하는 데 매우 부적합한 것으로 판단된다.

그리고 첫 번째 시기에 발표된 작품들도 이 시기의 창작방법인 '고상한 리얼리즘'과 '혁명적 낭만주의', '사회주의적 애국주의', '새로운 인간 공산주의자의 전형적 성격 창조' 등에 의해 일정 부분 역사 왜곡이 일어나고 있다. 특히 분단 이후를 다루는 작품의 경우 그 정도가 심하다. 이들 작품들을 보면, 이념성을 지나치게 강조한 결과 심각한 역사 왜곡이 일어나고 있으며, 작품 구조

또한 이분법적 선악 대립구조로 짜여져 있어 역사의 총체성 구현에 실패하고 있다.

세 번째 시기에 발표된 작품의 경우, 수령형상화를 궁극적으로 유지하면서도 '숨은 영웅 찾기'와 '인민적인 내용을 다루는 고전문화유산 찾기'라는 창작방법에 힘입어 이전과는 다른 새로운 여러 가지 측면을 드러내고 있다. 특히 '고전문화유산 찾기'와 관련해 이전의 북한 문학에서는 다루지 못하던 분단 이전의 역사, 곧 고조선, 고구려, 고려 시대를 다루는 작품이 다수 등장하고 있다. 또한 '황진이'나 '김정호'처럼 역사상 주목을 받는 인물은 아니지만 일상생활 속에서 만날 수 있는 평범하면서도 성실한 인물을 대상으로 하는 작품도 다수 등장하고 있다. 그러나 이 시기의 작품 중에도, 분단 이후를 다루는 역사소설의 경우 여전히 수령형상화에 치중하면서 역사를 왜곡하고 있다.

이런 점을 고려할 때, 남북한 역사소설의 동질성과 이질성을 논하기 위해서는 분단 이전을 다루는 북한 역사소설에 주목할 수밖에 없다. 곧 분단 이전을 다루는 북한 역사소설 작품들과, 동일하게 분단 이전을 다루는 남한 역사소설 작품들을 대상으로 하여, 동일한 역사적 인물이나 동일한 역사적 사건 혹은 동일한 시대를 어떻게 다루고 있는가를 검토함으로써 남북한 역사소설의 동질성과 이질성을 검토하는 작업이 현재로서는 가장 유효한 방법인 것으로 판단된다.

이러한 입장에서 중요한 남북한 역사소설 작품을 정리하면 다음과 같다. 먼저, 북한 역사소설 작품 중에서 분단 이전의 역사를 다루면서 이념성이 그나마 약화된 작품을 살펴보면 다음과 같다. 첫 번째 시기(해방 직후~1967년 이전)의 작품 중에서 분단 이전을 다루는 경우이다. 남궁만의 『홍경래』는 홍경래의 어린 시절 성장 과정부터 시작하여 정주성에서 관군에 포위된 채 농성하다가 백두산으로 들어가 후일을 도모하는 내용을 다루고 있다. 최명익의 『서산대사』는 임진왜란을 배경으로 하여, 서산대사를 중심으로 한 민중의 항쟁을 역사적 실제 사건인 동대원 전투, 보통벌 전투, 평양성 전투를 통해 보여주고 있다. 한설야의 『설봉산』은 1930년대 초반 성진 지방을 배경으로 하여, 적색농조 여성 회원이 자신의 어머니가 농조원을 밀고했다는 이유로 자신의 어머니를 살해한 사건을 다루고 있다. 이기영의 『두만강』은 19세기 말부터 1930년대까지를 시간적 배경으로 하고, 충청도 송월동, 함경도 무산, 만주 등을 공간적 배경으로 하여, 박곰손과 그의 아들 박씨동이 반제 반봉건 투쟁을 펼치면서 점차 계급적 각성에 이르는 과정을 다루고 있다. 박태원의 『계명산천은 밝아오느냐』는 1862

년에 일어난 익산민란을 중심으로 하여 민중의 반봉건 투쟁을 다루고 있다. 한편 『계명산천은 밝아오느냐』의 후속작으로 1894년 농민전쟁을 다루고 있는 『갑오농민전쟁』은 1986년에 완간되었지만, 작품 구상을 남로당 숙청 후인 1960년에 하였고, 수령형상과 거리가 있으며, 공산주의 인간을 창조하고 있다는 점에서 1960년대의 북한 역사소설로 보는 것이 타당하다.

두 번째 시기(1967년~1980년대)의 작품은 대부분 유일주체사상을 구현하기 위해 수령형상창조와 항일혁명계승을 다루고 있다. 이들 작품들은 김일성 우상화를 위해 역사를 명백하게 왜곡하고 있기에 남북한 역사소설의 동질성을 논의하기에는 부적합하다.

세 번째 시기(1990년대 이후)의 작품으로 분단 이전을 다루는 작품은 다음과 같다. 첫째, 고조선과 고구려 시대를 다루는 작품이다. 림종상의 「부루나의 밤」은 부루나 사람들의 이야기를 통해 고조선의 역사를 다루고 있다. 김호성의 『주몽』은 고구려를 세운 주몽의 삶을 다루고 있다. 리성덕의 『담징』은 고구려 화가 담징을 대상으로 하여, 담징의 조국에 대한 사랑, 민족의 우수성 등을 재현하고 있다.

둘째, 고려 시대를 다루는 작품이다. 림왕성의 『설죽화』는 고려 때 거란 침입 사건을 다루면서 설죽화를 중심으로 한 민중의 애국적 항쟁을 그리고 있는데, 특히 북한 문학에서 지금까지 다루지 못하던 중국 관련 역사를 다루고 있다.

셋째, 조선 시대를 다루는 작품이다. 홍석중의 『황진이』는 조선시대의 명기 '황진이'의 성장 과정과 사랑을 중심으로 하여, 당시 양반의 허위와 위선을 비판하고 황진이가 계급적 자각에 이르게 되는 과정을 다루고 있다. 리영규의 『평양성 사람들』은 임진왜란 때 왜군이 부산포에 침략하는 1592년 4월부터 평양성이 해방되는 1593년 1월까지를 배경으로 하여 평양성 사람들의 영웅적 투쟁 과정을 다루고 있다. 강학태의 『김정호』는 19세기 조선시대 '대동여지도'를 완성한 김정호를 다루면서, 27년의 시간 동안 조선을 여덟 번이나 답사하면서 지도를 완성한 김정호의 애국심과 불굴의 의지를 그려내고 있다. 홍석중의 『높새바람』은 조선시대 삼포왜란이 일어나기 직전인 1510년 무렵을 배경으로 하여, 왜구의 침략과 조선 봉건 왕조의 미비한 대처, 양반들의 횡포, 그리고 이에 맞서는 뱃군 '놉쇠'와 농어민의 투쟁 과정을 그리고 있다. 리유근의 『홍경래』는 '홍경래'의 난을 다루고 있다.

넷째, 개화기를 다루는 작품이다. 박태민의 『성벽에 비낀 불길』은 1866년 대동강에 침입한 미국의 '샤만'호를 평양 사람들이 격침시키는 과정을 다루고 있다. 박태민의 『개화의 려명을 불러』는

1807년부터 1884년까지를 배경으로 하여 개화파 김옥균을 중심으로 하여 일어난 갑신정변을 다루고 있다.

다음, 남한 역사소설 중에서 분단 이전을 다루는 작품을 주제별 유형에 따라 살펴보면 다음과 같다. 첫째, 분단 문제를 다루는 유형은 거의 일제 시대부터 분단에 이르는 상황을 다루고 있다. 이병주『관부연락선』과『지리산』, 조정래『태백산맥』이 여기에 속한다. 둘째, 역사의 주체로서 민중을 다루는 유형도 거의 분단 이전을 다루고 있다. 황석영『장길산』, 김주영『객주』, 유현종『들불』, 송기숙『녹두장군』, 한성원『동학제』, 현기영『변방에 우짖는 새』, 문순태『타오르는 강』이 여기에 속한다. 셋째, 한민족의 원형을 다루는 유형도 대부분 분단 이전을 다루고 있다. 박경리『토지』, 최명희『혼불』, 박완서『미망』이 여기에 속한다. 넷째, 민족주의 입장에서 역사를 다루는 유형 역시 분단 이전을 다루는 경우가 많다. 안수길『북간도』, 김원일『늘푸른 소나무』, 김원우『우국의 바다』가 여기에 속한다. 다섯째, 2000년대 이후 등장한 '포스트모더니즘적 복고주의' 역사소설 유형 중에서 분단 이전을 다루는 작품으로, 김탁환『불멸』, 김훈『칼의 노래』,『현의 노래』,『남한산성』,『흑산』, 전경린『황진이』 등이 있다.

이들 작품들을 대상으로 하여, 남한 역사소설의 특질과 북한 역사소설의 특질을 분석한 후, 이를 바탕으로 남북한 역사소설의 동질성과 이질성을 논할 수 있을 것이다.


## 5. 맺음말

남북한으로 갈라져 체제와 이념상의 차이로 대립하는 '한민족' 이지만, 갈라진 민족을 하나의 민족으로 묶을 수 있는 민족적 공통분모가 분단 민족의 의식의 저류에 흐르고 있다. 남북한 민족의 심층에 자리 잡고 있는 이 집단무의식을 가장 잘 함유하고 있는 것이 남북한 역사소설이다. 분단 이전 남북한은 같은 역사적 기원과 근원을 가지고 있다는 점, 그리하여 남북한은 동일한 뿌리를 가진 민족이라는 점에서 출발하고 있는 것이 바로 남북한 역사소설이다. 이런 측면에서 볼 때, 남북한 역사소설은 연속성과 동질성 회복으로서의 통일문학사 기술에 중요한 한 기준이 될 수 있다.

남북한 역사소설을 이런 관점에서 접근하고자 할 때, 먼저 연구 방법에 대한 검토가 필요하다. 첫째, 남북한 역사소설 전체에 대한 검토를 통해 '전사로서의 역사소설'을 선별하고, 다시 이들을 대상으로 하여 한민족의 집단무의식을 공유하고 있는 작품을 선별해야 한다. 둘째, 작품 자체의 구조를 충실하게 고찰함으로써 각 작품의 미학적 특질을 추출해야 한다. 셋째, 이러한 분석을 토대로 남북한 역사소설을 유형화할 필요가 있다. 북한 역사소설의 경우, 당의 공식적 문예 이론이라는 제약과 그것을 받아들일 수밖에 없는 북한 작가들의 한계로 인해 작품 대부분이 형식과 내용면에서 도식적인 틀을 유지하고 있기에 유형화가 거의 불가능하다는 난점이 있다. 따라서 남한 역사소설을 먼저 유형화한 후, 그 유형과 같은 범주에 포섭될 수 있는 북한 역사소설을 선별해 동시에 논의하는 방법을 취해야 한다.

다음, 연구 대상 작품 선정과 관련된 측면이다. 해방 이후부터 2000년대까지, 남한 역사소설과 북한 역사소설을 시기별로 그 특징을 분석해 보면, 남북한 역사소설의 이질성이 매우 심각하다는 것을 확인할 수 있다. 그 주요 원인으로 북한 역사소설에 나타나는 사회주의 체제 선전과 김일성 우상화로 인한 역사의 왜곡을 들 수 있다. 특히 분단 이후를 다루는 북한 역사소설의 경우 왜곡의 정도가 심하다. 이런 점을 고려하여, 남북한 역사소설의 동질성과 이질성을 논하기 위해서는 분단 이전을 다루는 북한 역사소설에 주목할 수밖에 없다. 곧 분단 이전을 다루는 북한 역사소설 작품들과, 동일하게 분단 이전을 다루는 남한 역사소설 작품들을 대상으로 하여, 동일한 역사적 인물이나 동일한 역사적 사건 혹은 동일한 시대를 어떻게 다루고 있는가를 검토함으로써 남북한 역사소설의 동질성과 이질성을 검토하는 작업이 현재로서는 가장 유효한 방법인 것으로 판단된다.

이상의 연구를 통해, 민족적 집단무의식이 분단 이후 남북한에서 어떻게 변모되어가며, 그 편차는 무엇이고, 그리고 민족적 동일성을 회복할 수 있는 공통인자는 무엇인지를 검토할 수 있을 것이다. 그럼으로써 연속성과 동질성의 측면에서 남북한 통일문학사 기술을 위한 발판을 마련할 수 있을 것이다.

# 남한 역사소설의 전개 과정과 특질

# 남한 역사소설의 전개 과정과 특질

## 1. 머리말

연속성과 동질성 회복이라는 관점에서 남북한 통일문학사에 접근할 때, 남북한 역사소설은 하나의 중요한 준거틀이 될 수 있다. 분단 시대의 남북한 역사소설을 대상으로 하여, 이들 작품에 나타나는 이질적인 측면은 무엇이며, 동시에 이들 작품의 저류에 흐르는 한민족의 집단무의식의 원형을 탐구하여 재구성함으로써, 궁극적으로 통일문학사 기술을 위해 필요한, 문학사적 연속성과 민족적 동일성 회복을 위한 발판을 마련할 수 있을 것이다.

남한 역사소설의 전개 과정은, 역사소설의 융성 여부, 그리고 역사소설의 특질 변화에 따라 크게 세 시기로 나누어 볼 수 있다. 첫째, 해방 공간과 한국전쟁의 혼란기이다. 이 시기는 역사소설의 침체기라 할 수 있는데, 이 시기에 역사소설은 1930년대에 역사소설을 발표한 박종화, 방인근 같은 작가들과 해방 이후 등장한 유주현, 김성한 등의 작가들에 의해 신문연재소설의 형태로 그 명맥을 유지한다. 둘째, 산업화 시대인 1970년대부터 1990년대까지이다. 이 시기에 들어서면서 역사소설은 '다시 역사소설의 시대'로 명명될 정도로 활발하게 부활한다. 이 시기에 박경리의 『토지』, 황석영의 『장길산』, 김주영의 『객주』, 조정래의 『태백산맥』, 최명희의 『혼불』로 이어지는 방대한 규모의 대하역사소설이 발표되고, 동시에 우리 소설이 이전에는 경험하지 못했던 다양한 내용과 주제를 담은 역사소설들이 이병주, 송기숙, 김원일, 현기영, 김원우, 문순태, 이문열 등의 작가들에 의해 발표된다. 셋째, 정보화 시대인 2000년 이후이다. 이 시기에는 김훈의 『칼의 노래』, 『현의 노래』, 『남한산성』, 전경린의 『황진이』, 김영하의 『검은 꽃』, 『아랑은 왜』 등이 발표되면서 역사소설이 다시 문단의 중심으로 부상한다.

남한 역사소설의 이러한 전개 과정을 염두에 두고 각 작품이 갖는 역사소설로서의 위상과 특질을 판단하기 위해서는 다음 두 가지 측면에 주목할 필요가 있다. 첫째, '현재의 전사(前史, prehistory of present)로서의 역사소설'[1]이다. 역사소설은 소설 장르의 하위 범주에 속한다. 발생론적 관점에서 볼 때, 소설 장르는 경험세계의 모순을 비판하고 그 모순이 극복된 새로운 가능세계를 지향한다. 역사소설은 '경험세계'라는 자리에 '지나간 역사'를 위치시키고, 그 '지나간 역사'를 대상으로 하여 새로운 가능세계를 지향하는 소설로 개념 규정할 수 있다. 곧 역사소설은 현재 사회가 나아갈 올바른 방향을 설정하기 위해, 현재 사회의 문제의 근원과 관련된 '지나간 시대'의 역사 전체를 대상으로 하여 문학적 상상력을 통해 문제 극복의 방법을 탐구하는 소설이다.

둘째, 풍속의 묘사와 관련된 측면이다. 역사소설은 작품이 다루고자 하는 역사적 시기 전체에 대한 풍속을 디테일하게 복원해야 한다. 그렇지 못할 경우, 작품은 역사 자체를 사유화하면서 작가의 주관적 이념만을 강조[2]하게 된다. 풍속에 대한 디테일한 복원과 작가의 이념이 균형을 이룰 때, 비로소 전사로서의 역사에 대한 객관적이고 총체적인 접근이 가능하며, 이를 바탕으로 현재의 역사가 나아갈 추동력을 확보하게 된다.

1) G. Lukács, 『역사소설론』(이영욱 역), 거름, 1987.
2) 김윤식, 「역사소설의 네 가지 형식」, 『한국근대소설사 연구』, 을유문화사, 1986.

이 글은 역사소설에 대한 이 두 가지 개념 규정에 입각하여, 1945년부터 2000년대까지의 남한 역사소설을 대상으로 하여 그 전개 과정을 살펴보고, 각 작품을 유형화하고자 한다.

## 2. 해방에서 1960년대까지의 역사소설

해방 직후부터 1960년대까지 등장한 역사소설 작품들의 경우, 앞서 설정한 '전사로서의 역사소설'이라는 기준에 합당한 경우가 거의 드물다. 해방과 전쟁이라는 격동기로 인해 작가들이 객관적 거리를 두고 사회 현실에 접근하기 어려웠을 것이고, 이에 따라 작가의 현실 인식이나 역사관 또한 제대로 정립되기 어려웠을 것이기 때문이다.

이 시기의 대표적인 역사소설가로 박종화를 들 수 있다. 박종화는『민족』,『청춘승리』,『삼국풍류』,『여인천하』,『홍경래』,『임진왜란』같은 일련의 역사소설을 발표하였다.『민족』(『중앙신문』, 1945. 12. 5~1946. 11. 30)은 일제강점기에 발표한『전야』(1942),『여명』(1944)에 이어진 일종의 연작형으로, 구한말부터 경술병합까지 혼란기의 역사를 대상으로 하여 민비와 대원군의 알력, 동학농민전쟁의 전봉준 등의 활약상을 주로 다루고 있다.『청춘승리』(1947)

는 일제강점기 광주학생운동부터 해방까지를 중심으로 젊은 세대들의 수난과 그 극복의 역사를 다루고 있으며, 『삼국풍류』(1959)는 신라 말기 경문왕에서부터 후삼국을 거쳐 왕건의 고려 건국 시기를 다루고 있고, 『여인천하』(1959)는 조선 중종 때 윤원형의 첩인 난정과 중종의 계비인 윤씨 왕비의 권력 암투를 다루고 있다. 『홍경래』(『동아일보』, 1948. 10. 1~1949. 8. 24)는 조선 순조 12년(1811)에 일어난 평안도 농민전쟁이라 할 수 있는 홍경래의 난을 다루고 있다. 그리고 『임진왜란』(『조선일보』, 1954. 9. 13~1957. 4. 18)은 이순신, 계월향, 논개 등을 중심으로 하여 임진왜란을 다루고 있다.

이들 작품들 중에서 주목되는 것이 『민족』과 『홍경래』이다. 『민족』의 경우, 정사의 기록에 치중함으로써 많은 사료들이 원문 그대로 작품에 인용되고 있다. 이에 따라, 작가의 문학적 상상력에 입각한 허구적인 인물과 사건은 배제되고 역사적 사건 그 자체를 시간순에 따라 평범하게 나열하는 수준에 머물고 있다. 민중의 항거나 구한말 정치사는 개괄적 수준에서 서술될 뿐이고, 항일투쟁에 대한 서술도 제외되고 있다.

특히 동학농민전쟁을 다루면서, 전봉준을 통해 작가의 의도를 직접 드러내고 있다는 점[3]은 지적되어야 한다. 곧 해방 정국의 좌우 이데올로기 대립 상황에서, 작가는 좌익의 계급투쟁론을 비판하고 민족주의 이념을 주장하는데, 작가의 이러한 의도가 전봉준이라는 인물에 직접 투사되어 전봉준을 우익의 대변자로 만들고 있는 것이다. 그 결과, 지난 시대의 역사를 현재적 의미로 되살리는 전사로서의 역사소설 창출에 실패한다. 이러한 측면은 『청춘승리』, 『삼국풍류』, 『여인천하』, 『임진왜란』에도 되풀이 되고 있다.

『홍경래』의 경우, 왕조사가 아닌 민중 혁명을 다루고 있지만, 이 작품 역시 홍경래, 우군칙 등과 같은 특정 인물이 우상화되어 다루어질 뿐 민중의 삶은 배제되고 있으며, 또한 민중 항거와는 무관한 남녀 간의 사랑이 중심을 이루고 있다.

한편, 유주현의 『조선총독부』(『신동아』, 1964. 9~1967. 6)는 일제의 침략 기구인 통감부와 총독부를 중심으로 일제의 침략과 수탈을 다루고 있다. 이 작품은 실록 중심의 역사적 기술을 바탕으로 작가의 상상력에 의해 비역사적 인물을 허구적으로 등장시키고 있으며, 역사적 영웅보다는 중도적 인물을 내세워 그 시대를 총체적으로 재현하려고 한다. 하지만 결과적으로 실록에 바탕을 두고 역사적 대사건 중심으로 서술하고 있으며, 여기에 기담, 연애

---

3) 민현기, 「해방직후 역사소설 연구」, 『어문학』 70, 한국어문학회, 2000.

담이 가미되면서 역사를 낭만화하고 있다.

이처럼, 이 시기에 발표된 역사소설은 '전사로서의 역사소설'에 미달하는 경향을 보이고 있다. 가령, 임진왜란이라는 특수한 역사적 사건을 다루는 역사소설의 경우, 그 시대의 지배층, 민중층, 의병층 등을 대표하는 전형적 인물을 창출하고, 그러한 인물들 간의 갈등을 통해 사회적 상황과 풍속이 총체적으로 재현될 때, 과거의 역사를 통해 현재의 역사가 나아갈 올바른 방향을 추동할 수 있는 '전사로서의 역사소설'의 창출이 가능하다. 그러나 이 시기에 발표된 역사소설들은 1930년대 이광수류의 작품들에 나타나는 '역사의 주관화와 사유화'의 경향을 벗어나지 못하고 있는 경우가 대부분이다.

이 시기에 발표된 작품들 중에서, 이러한 '전사로서의 역사소설'에 근접한 작품으로 안수길의 『북간도』[4]를 들 수 있다. 이 작품은 구한말부터 해방까지 북간도를 배경으로 하여, 이한복→이장손→이창윤→이정수로 이어지는 4대에 걸친 가족사 이야기를 중심으로 당대 한민족의 수난사를 다루고 있다. 전반부에서는 민족주의 이념을 내세우고 민족의 고토이자 기원인 간도에서 민

---

4) 1959년 4월부터 『사상계』에 1부에서 3부까지 연재되었으며, 4부와 5부는 1967년 삼중당에서 전 5권으로 간행될 때 발표되었다.

족의 주체성과 정통성을 확립하고자 했으나, 후반부로 가면서 민족주의 이념은 사라지고 가족제일주의로 나아가게 된다. 이처럼 이한복의 할아버지에서 비롯된 추상적인 민족 이념이 가족주의로 축소, 변질되면서, 이 작품에는 당대의 사회 현실이 약화된다. 곧 민족주의 이념이라는 추상적 이념과 가족제일주의에 입각한 외세와의 갈등이 작품을 중심을 이루게 되면서, 간도로 표상되는 당대 현실사회적 갈등은 민족 이념이라는 추상적 범주 속에 포함되어 약화된다. '가족 - 사회 - 민족'이라는 연결 고리에서 '사회'가 약화되면서, 이 작품은 당대 역사의 총체적 형상화라는 측면에서 그 완성태에 도달하지 못하게 된다.

『북간도』를 제외하고 이 시기에 발표된 역사소설 작품들의 특질을 종합적으로 정리5)하면 다음과 같다. 첫째, 왕조사, 궁중비사 중심이며, 역사적으로 유명한 영웅적 인물의 업적을 주로 되살려 내고 있다. 둘째, 작가가 살아가는 현실에 대한 인식에서 역사를 바라보지 않고, 민족의식과 민족애를 고취시킨다는 교훈적인 측면에서 역사를 수용하고 있다. 셋째, 정사(正史)의 기록에 의존해 역사적 대사건을 중심으로 사실(史實)에 따라 시간적으로 기술함

---

5) 홍성암, 「역사소설의 양식 고찰: 해방 이후의 작품을 중심으로」, 『한국학논집』11, 한양대학교 동아시아문화연구소, 1987.

으로써, 풍속을 총체적으로 재현하지 못하고 있다. 넷째, 인물의 영웅적 행위가 강조되면서 기담, 일화가 많이 삽입되고, 인물과 사회와의 갈등이 배제됨으로써 인물의 전형성을 확보하지 못하고 있다. 다섯째, 감상적, 애상적, 낭만적인 태도로 역사에 대해 접근하며, 흥미 위주의 오락성을 주로 추구하고 있다.


## 3. 산업화 시대의 역사소설

1970~1980년대의 산업화 시대는 군사독재정권에 의한 자유 억압과 파행적 산업화로 인한 경제적 불평등 심화로 특징지어질 수 있다. 여기에 반공 이데올로기에 의한 분단의 고착화, 외세에 대한 정치 경제적 의존의 심화 등이 가미되면서 사회 역사적 제반 모순이 다양한 형태로 당대 사회를 억누른다. 이러한 사회적 상황에 맞서, 문학의 측면에서는 1970년대의 순수참여 논쟁, 민족문학 논쟁, 1980년대 민족문학주체 논쟁으로 이어지면서 민중에 대한 인식을 강화한다.

이러한 흐름에 따라, 역사소설 분야에서도 역사적 주체로서의 민중의 의미가 강조되고, 이에 따라 '전사로서의 역사소설'에 근접한 작품들이 다양한 형태로 등장한다. 이 시기 작품들은 구체적인 사료에 기초하되, 그 사료에 작가의 현실적 상상력이 유기적으로 결합되고 있다. 그 결과 작가의 현실 인식과 역사관에 의해 과거의 역사가 현재화되고 있다. 이 시기 작품들은 그 특질에 따라 크게 네 가지로 유형화할 수 있다.

첫 번째 유형으로, 분단 문제를 다루는 작품이다. 이병주 『관부연락선』, 『지리산』, 홍성원 『남과 북』, 조정래 『태백산맥』, 이문열 『영웅시대』가 여기에 해당한다. 이병주의 『관부연락선』[6]은 일제 말기부터 한국전쟁까지를 대상으로 하여 유태림을 중심으로 한 지식인의 시련을 그리고 있다. 『지리산』[7]은 1933년 이규의 진주중학교 시절부터 1955년 빨치산이던 박태영이 죽기까지, 일제 말기의 민족해방운동, 6.25전쟁, 휴전 협정을 중심으로 민족의 수난사를 다루면서, 지식인이 이념에 희생당하는 과정을 그리고 있다. 그러나 이들 작품들은 지식인의 관념적 측면이 강화되면서 과거 역사를 객관적으로 재현함에 있어서 한계를 드러내고 있다.

홍성원의 『남과 북』[8]은 총 3부로 구성되었으며, 한국전쟁 발

---

6) 『월간중앙』에 1968월 4월부터 1970년 3월까지 연재되었다.
7) 1972년 9월에 시작해서 1977년 8월까지 『세대』에 연재하던 중 일시 중단하였다가, 1985년 출판사 기린원에 의해 전 7권으로 완간되었다.
8) 『세대』에 1970년 9월부터 1975년 10월까지 「육이오」라는 제명으로 5년여에 걸쳐 62회 연재되었으며, 2000년에 문학과지성사에서 개정판을 내면서 개작하였다.

발 직전부터 휴전 직후인 1953년 9월까지를 대상으로 하여, 남과 북의 다양한 인간 군상을 통해 전쟁의 냉혹성과 이념의 허위성을 비판하고 있다. 이 작품은 여러 명의 군인과 민간인들의 이야기를 삽화처럼 제시하고 있고, 장면 하나하나가 전쟁 르포를 방불케 한다는 한계를 지닌다. 그러나 1970년대 반공 이데올로기의 제약 속에 나온 분단 작품이라는 점에 그 의의가 인정된다.

조정래의 『태백산맥』9)은 일제 말기부터 한국전쟁까지의 시간과, 지리산과 벌교라는 공간을 통해 남북 분단의 원인을 탐색하고 있다. 이 작품은 1980년대 분단모순에 대한 작가의 역사 인식에 기초해, 해방과 한국전쟁을 그러한 역사의 한 전개 과정으로 파악함으로써, 해방 공간을 좌익과 우익의 단순 대립으로 보는 기존의 시각을 극복하고 있다. 곧 이 작품은 분단 원인을 봉건적 토지소유제와 연결하고, 여기에 이데올로기적 측면을 결합함으로써 분단 문제를 여러 측면에서 탐색해 들어가고 있다. 그러면서 이 작품은 중도적 민족주의자 김범우, 극좌 염상진, 극우 염상구라는 전형적 인물을 창출함으로써, 이들을 통해 일제 말기부터 한국전쟁까지의 한국 사회의 전형적 상황을 형상화하는 데 성공

---

9) 1983년 9월부터 1989년 11월까지 『현대문학』, 『한국문학』에 연재되는 과정을 거쳐, 1989년 한길사에서 전 10권으로 간행되었다.

하고 있다.

두 번째 유형으로, 민중이 역사의 주체임을 다루는 작품이다. 이 유형은 다시 네 가지 하위 범주로 구분할 수 있다. (i) 의적과 보부상을 다루는, 황석영『장길산』, 김주영『객주』, (ii) 동학농민 혁명을 다루는, 유현종『들불』, 송기숙『녹두장군』, 한성원『동학제』, (iii) 특정 지역의 역사를 다루는, 현기영『변방에 우짖는 새』, 문순태『타오르는 강』, (iv) 군사독재정권 하에서 민중의 역할을 다루는, 조정래『한강』으로 구분된다.

먼저, 황석영의『장길산』과 김주영의『객주』는 역사의 주체로서의 민중의 의식을 구현하고 있다. 1930년대 홍명희의『임꺽정』과 비교되는 황석영의『장길산』10)은 17세기 말 조선 숙종 때 부패한 관리 사회를 비판하면서 조선 봉건사회의 모순에 의해 억압되고 희생된 민중들의 비참한 삶과 저항을 드러냄으로써 당대 사회의 모순을 비판하고 더불어 민중의 역량을 강조하고 있다. 이 작품은 광대 출신 길산과 이갑송, 상인 출신인 박대근, 소금장수 출신인 강선흥, 군졸 출신인 마감동, 서울 무뢰배 출신 이학선, 과거에 낙방한 김기 등의 의적을 등장시키고 있다. 이들을 통해

---

10) 1974년 7월 11일부터 1984년 7월 5일까지『한국일보』에 연재되었고, 1984년 현암사에서 전 10권으로 간행되었다.

정사에 없는 서민들의 생활상과 사회의 구체적 풍속을 총체적으로 재현해 내고 있다.

김주영의 『객주』[11]는 총 3부로 구성되었으며, 1876년 개항 무렵부터 1882년 임오군란을 거쳐 1883년에 이르는 시기를 대상으로 하여, 보부상의 삶을 다루고 있다. 조선 후기 보부상을 통해 조선 후기 시장 형성 과정, 상인 사회를 중심으로 한 사회적 변동의 측면, 그리고 하층민의 생활상을 생생하게 묘사하고 있다. 곧 정사에서 찾을 수 없는 보부상이라는 특정 계층의 다양한 인물군을 통해 당대 민중의 생활과 풍속과 언어를 재현하고 있는 것이다.

황석영과 김주영의 작품은 1970년대 한국 사회에 대한 시대 인식에서 출발하여, 장길산이나 보부상 같은 민중의 힘을 과거 역사에서 확인하고, 이를 통해 현재 사회의 문제를 해결하는 추동력을 얻으려는 목적과 관련이 있다.

한편, 송기숙의 『녹두장군』[12]은 1892년 동학 접주들이 선운사 도솔암 미륵불에서 비결을 꺼내는 이야기로부터 시작하여 동학농

11) 1979년 6월부터 1983년 2월까지 『서울신문』에 연재되었고, 1984년 창작과 비평사에서 전 9권으로 간행되었다.
12) 1981년 8월부터 1982년 10월까지 『현대문학』에 연재되었고, 그 이후 10여 년에 걸쳐 완성된 작품으로, 1994년에 전 12권으로 창작과비평사에서 간행되었다.

민전쟁의 전 과정을 다루고 있다. 이 작품은 반봉건, 반외세 동학농민운동을 민중의 시각에서 민중의 언어로 재해석하고 있다. 동학농민운동을 집강소를 통해 아래로부터 변혁 운동을 추진한 것으로 파악함으로써 민중의 주체성과 저항 정신을 부각시키고 있다. 여기에 호남 지역의 풍속과 방언, 속담, 육담 등을 활용함으로써 역사를 총체적으로 재구성해내고 있다.

현기영의 『변방에 우짖는 새』[13]는 조선 말기에 제주도에서 일어난 방성칠과 이재수의 난을 다루고 있다. 이 작품은 제주도에 귀양 온 운양 김윤식의 행로와 제주섬 사람들의 행로라는 두 가지 서사로 이루어져 있다. 이 서사가 결합되면서 조선 말기 제주도와 섬사람들의 풍속이 재구성되고 있다.

문순태의 『타오르는 강』[14]은 조선 말기 전라도 나주 부근 새끼네 마을을 배경으로 하여, 양반층과 탐관오리의 횡포로 궁핍한 삶을 살아가는 농민들의 한과 끈질긴 생명력을 그리고 있다. 다양한 농민층을 주인공으로 하여 당대 농민의 삶의 현장을 생생하게 묘사하고 있다.

---

13) 1981년부터 1982년까지 『마당』에 연재되었으며, 1983년 창작과비평사에서 단행본으로 간행되었다.

14) 1975년 『전남매일신문』에 「전라도 땅」이라는 제목으로 연재를 시작했다가 1년 만에 중단하고, 1980년 4월부터 『월간중앙』에 5개월간 연재하다가 또 중단한 후, 1987년 창작사에서 전 7권으로 간행되었다.

조정래의 『한강』15)은 1960년대부터 1980년대까지 군사독재정권의 억압으로 점철된 파행적 역사를 탐구하고 있다. 이 작품은 한국 근대화의 주역을 자본가 계층이 아니라 노동자로 대표되는 피땀 흘리는 민중으로 보고 있다. 이 작품이 공간적 배경을 독일, 베트남, 중동으로 확산하는 것은, 이들 나라에서 피땀 흘려 일한 민중이 근대화의 실체임을 강조하기 위해서이다. 이 작품에 나타나는 역사에 대한 인식이 일반적인 인식에서 더 나아가지 못하고 있다는 비판이 제기되기도 하지만, 4.19부터 6월항쟁까지 격동의 한국 현대사를 본격적으로 소설화하고 있다는 점에서 그 의의를 부여할 수 있다.

세 번째 유형으로, 한민족의 원형을 다루는 작품이다. 박경리 『토지』, 최명희 『혼불』, 박완서 『미망』이 여기에 해당한다. 박경리의 『토지』16)는 1897년부터 해방까지 평사리와 만주 용정과 진주, 부산 등을 배경으로 하여 한민족의 수난사를 다루고 있다. 이 작품은 최씨 일가의 인물과 주변 인물의 갈등을 통해 봉건적 질서의

---

15) 1998년 5월부터 2000년까지 『한겨레신문』에 연재되었으며, 2002년 해냄출판사에서 전 10권으로 간행되었다.
16) 총 5부로 구성되어 있다. 제1부는 『현대문학』(1969. 9~1972. 9)에, 제2부는 『문학사상』(1972. 10~1975. 10)에, 제3부는 『독서생활』(1977. 1~1977. 5), 『한국문학』(1977. 6~1978. 1), 『주부생활』(1977. 12~ 1979. 12)에, 그리고 제4부는 『정경문화』(1983. 7~1983. 12), 『월간경향』(1987. 8~1988. 5)에, 제5부는 『문화일보』(1992. 9. 1~1994. 8. 30)에 연재되었다.

붕괴와 근대적 질서로의 전환을 다루면서, 한민족이 근대적 질서 하에서 근대적이며 민족적 주체로서의 정체성을 확보하기 위해서는 한민족의 무의식적 원형에 해당하는 한과 생명사상을 회복해야 한다고 강조하고 있다.

최명희의 『혼불』17)은 1930년대 전라도 남원의 몰락해 가는 양반가의 며느리 3대 이야기를 다루는 가족사 역사소설이다. 표면적 서사는 청암 부인과 그녀의 아들 이기채 부부, 손자 이강모와 허효원 부부의 삶을 주축으로 하여 가문의 계승 문제를 혼불과 흡월정으로 연계시켜 다루고 있다. 그러나 그 이면에는 유교적 가부장제 사회에서 겪을 수밖에 없는 인간적인 고통과 한국인의 전통적인 생활 습속이 중심을 이루고 있다. 이처럼 전통적인 정신세계를 재현해내는 데 초점을 맞추고 있기에, 이 작품에서 서사는 약화된다.

박완서의 『미망』18)은 구한말에서 한국전쟁 시기까지 4대에 걸친 전처만 가족의 삶을 다루는 가족사 역사소설에 해당한다. 이 작품은 가족사를 통해 근대사의 주요 사건을 다루면서 당대 현실

---

17) 1980년 4월부터 1996년 말까지 연재되었다. 1부는 『동아일보』(1981)에, 2부~5부는 『신동아』(1988~1995)에 연재되었으며, 1996년 한길사에서 전 10권으로 간행되었다.

18) 1985년 3월부터 『문학사상』에 5년간 연재되었으며, 1990년 문학사상사에서 전 3권으로 간행되었다.

의 모순을 드러내고 있다. 또한 이 작품은 개성 상도를 계승하는 여성을 통해 전통 가족의 생활 예절과 풍속을 복원함으로써, 물신주의와 배금주의가 횡행하는 현재 사회가 회복해야 할 가치가 무엇인지를 강조하고 있다.

네 번째 유형으로, 민족주의 입장을 다루는 작품이다. 김원일 『늘푸른 소나무』, 조정래 『아리랑』, 김원우 『우국의 바다』, 홍성원 『먼동』, 홍성원 『달과 칼』이 여기에 해당한다. 김원일의 『늘푸른 소나무』[19]는 백상충, 박상진, 장경부, 함명돈, 조익겸, 석주율, 석선화 등과 같은 다양한 인물들의 삶을 통해, 1910년대에서 1920년대까지 일제의 식민지 지배와 이에 맞서는 항일 운동을 중심으로 하여 당시의 시대상을 다각도로 형상화하고 있다. 이 작품은 조선 독립을 위해 일제와 맞서 싸우는 인물들의 여로를 다루는 서사, 불의의 시대와 타협하면서 자신의 안위만을 도모하는 인물들의 여로를 다루는 서사, 불의의 시대에 맞서 싸우면서도 그 시대를 넘어 보편적인 인간으로서의 자기완성의 길을 걷는 인물들의 내면적 고투를 다루는 서사가 긴밀하게 구조적으로 연결되어 있다.

---

19) 1993년에 문학과지성사에서 전 9권으로 간행되었으며, 2002년에 개정판이 발간되었다.

조정래의 『아리랑』[20]은 전남 김제평야를 중심으로 하여 구한 말부터 해방까지의 역사를 탐색하고 있다. 이 작품은 민족주의 사상이 모든 등장인물과 사건을 규정함으로써, 민족주의자와 친일 반민족주의자의 대결이라는 선명한 이분법적 구조를 취하게 된다. 이는 작품에 언급되고 있는 단재의 역사관인 '아(我)와 비아(非我)의 투쟁'으로 연결된다. 이 강렬한 민족주의로 인해 절대악으로서의 일제가 대립항으로 놓이게 된다. 그 결과 중간항으로서의 당대 사회적 측면에 대한 총체적 재현에 일정한 한계를 지니게 된다.

김원우의 『우국의 바다』[21]는 명성황후 시해 사건의 하수인인 우범선을 일본에서 처단한 고영근의 일생을 다루고 있다. 몰락한 중인 출신으로 독립협회 회장이 된 고영근의 일대기를 통해 당대 상층 계층과 하층 계층을 두루 고찰하고 있는데, 이를 통해 갑신정변과 을미사변으로 이어지는 당시의 조정과 관제, 그리고 한일 양국의 세간의 풍속을 세밀하게 묘사하고 있다. 이 작품 역시 고영근이라는 충신을 통해 민족주의의 측면을 강조하고 있다.

홍성원의 『먼동』[22]은 경기도 수원 지방의 양반, 중인, 하인의

---

20) 1990년 12월 11일부터 『한국일보』에 연재하기 시작하여, 1995년 해냄출판사에서 전 12권으로 간행되었다.
21) 1993년 세계사에서 전 6권으로 간행되었다.

세 집안 이야기를 통해, 이들 집안이 20세기 초 시대의 급격한 변화 속에서 어떤 길을 걷는가를 민족주의 측면에서 탐구하고 있다. 여러 인물을 통해 지방과 서울, 농촌과 어촌 등의 관련된 지리와 풍물을 개략적으로 서술하는 한편, 의병 운동, 3.1운동, 지식인들의 개화 운동 등 뚜렷한 역사적 사건을 인물들의 삶과 밀착시키고 있다.


## 4. 정보화 시대의 역사소설

정보화 시대인 2000년대에 들어서면서 역사소설은 크게 융성한다. 이 시기 역사소설은 대부분 포스트모더니즘의 복고주의 입장에서 역사를 다루고 있다는 점이 특징적이다. 포스트모더니즘의 복고주의는 과거의 향수를 되살리는 의미를 지니는데, 이러한 태도는 가상 이미지가 지배하는 정보사회에서 과거의 역사를 통해 상실된 인간성을 복원하려는 의도와 관련이 있다.

이러한 복고주의가 상업주의와 결합한 것이 팩션(faction)인데, 이 팩션이 등장하면서 2000년대 이후 역사소설의 개념에 심각한

---

22) 1993년 문학과지성사에서 전 6권으로 간행되었다.

혼란을 초래하고 있다. 2000년대 이후 팩션(faction)은 역사적 사실 (fact)에 문학적 허구(fiction)를 가미한 '역사소설'로 분류되면서 대 유행을 하고 있는 상황이다.

팩션에서 지난 역사의 재구성은 진정한 역사성과의 결합이 아 니라 특정 이미지에 의한 재구성에 불과하다. 곧 상업적인 특정 이미지의 환영과 결합되면서 실제 역사는 상업 이미지의 뒤편으 로 사라져 버린다. 상업주의와 상품물신화에 입각하여 그런 여러 다층적인 상업 이미지를 강조[23]하기 위해 과거의 역사마저 공략 하여 역사를 조작하고 수정하는 가공할 현상이 팩션의 세계에서 벌어지고 있는 것이다. 이 팩션 작품들에서 '전사로서의 역사소 설'에 나타나는 역사적 전망을 찾아보기는 힘들다.

따라서, 팩션이 아닌 역사소설을 대상으로 하여 2000년대 역사 소설의 특징을 살펴보고자 할 때, 가상 이미지가 지배하는 정보 사회에서 과거의 역사를 통해 상실된 인간성을 되살림으로써 그 것을 복원하는 '포스트모더니즘적인 복고주의 역사소설'에 주목 할 필요가 있다. 이 유형에 속하는 작품으로, 김탁환『불멸』(1998), 김훈『칼의 노래』(2001),『현의 노래』(2004),『남한산성』(2007),『흑

---

23) F. Jameson, 「포스트모더니즘-후기 자본주의 문화 논리」(『포스트모더니즘론』, 터), 1990.

산』(2011), 김영하『아랑은 왜』(2001), 『검은 꽃』(2003), 전경린『황진이』(2004) 등을 들 수 있다.

이러한 2000년대 역사소설 중 주목되는 것이 전경린의『황진이』(2004)와 김훈의『칼의 노래』(2001)이다. 먼저, 전경린의 작품인데, 이 작품은 다음 두 가지 점에 주목된다. 하나는 북한 역사소설 중에서 '황진이'를 다루는 홍석중의『황진이』(2002)가 있다는 점에서, 이 작품은 2000년대 남북한 역사소설을 비교할 수 있는 중요한 단서를 제공하고 있다. 다음, 이 작품은 '포스트모더니즘적 복고주의' 역사소설에 충실하다는 점이다.

이 작품은 '황진이'가 조선 봉건적 질서와 제도를 거부하고 한 인간으로서, 또 한 여성으로서의 자신의 정체성을 찾기 위해 자유로운 삶을 선택하고, 나아가 그 과정을 거치면서 자신의 그림자와도 같은 모든 타자에게 자신의 모든 것을 나누는 대타자적 희생의 자리로 나아가는 과정을 그리고 있다. 따라서 이 작품에 나타나는 황진이는 조선 봉건적 질서를 거부하고 몸의 자유로움을 통해 자신만의 뚜렷한 정체성을 찾는 근대적 여성의 자리로까지 나아가고 있다. 나아가 이 작품 속 황진이는 근대적 여성 주체로서의 자각에만 머물지 않고 타자와의 상호 공존을 모색하는 탈근대적 여성으로서의 자리에까지 나아가고 있다. 이는 2000년대 한국 사회에 있어서 탈근대적 여성으로서의 정체성 찾기라는 주제를 반영한 것으로 보인다.

김훈의 『칼의 노래』는 임진왜란 때 이순신이 백의종군할 무렵부터 노량해전에서 전사하기까지의 2년여의 이야기를 담고 있다. 이 작품에서 '나(이순신)'는 임진왜란이 차지하는 역사적 의미를 분명하게 자각하고 있는 인물로 제시되고 있다. 임진왜란은 지배자의 거대 담론에 조작되어 구국의 전쟁으로 기록될 것이지만, 실상은 선조와 그 지배 집단의 권력과 이념을 지키기 위한 '헛된', '무의미'한 전쟁일 뿐이다. 이순신은 임금의 절대 권력과 이념이라는 '칼'에 조종되어 죽는 죽음을 거부한다. 모든 절대 권력과 이념을 거부함으로써 절대 권력에 의해 조종되고 획일화된 추상적 보편자가 아니라, 절대 권력과 이념의 '구조물'로부터 벗어난 '탈이념화된 개별자'로서 전쟁에 임함으로써 자연사를 갈망한다. 곧 이 작품에서 '자연사'는 모든 절대 권력의 이념을 거부한 탈이념적 개별자로서의 죽음을 의미한다.

결국, 이 작품은 탈이념적 개별자인 이순신의 자연사를 통해 절대 권력과 이념에 의해 희생되고 조작된 임진왜란의 역사를 해체시킨다. 이러한 탈이념적 개별자에 대한 지향은 2000년대 역사소설의 한 특징에 해당한다. 역사에 덧씌워진 지배 담론을 걷어

냄으로써 '정전화'된 역사를 해체하고, 역사를 하나의 텍스트로 삼아 텍스트에 대해 작가의 새로운 해석이 가해지는 것, 이를 통해 작가가 살아가는 당대 사회의 구조적 모순을 비판하는 것, 그것이 2000년대 이후 역사소설이 나아간 지점이며, 김훈의 작품은 그러한 대표적인 작품에 해당한다고 할 수 있다.


## 5. 맺음말

남북한 역사소설의 동질성과 이질성을 논하기 위한 정초 작업으로, 이 글은 '전사로서의 역사소설'과 '당대 풍속의 디테일한 복원'이라는 관점에서 남한 역사소설의 특성을 살펴보았다. 이러한 기준을 바탕으로 먼저, 해방 이후부터 1990년대까지의 남한 역사소설을 역사적 대상과 주제적인 측면에 따라 다음 네 가지로 유형화하였다.

첫째, 분단 문제를 다루는 유형으로, 이병주『관부연락선』, 이병주『지리산』, 홍성원『남과 북』, 조정래『태백산맥』, 이문열『영웅시대』 등이 여기에 속한다. 둘째, 역사의 주체로서 민중을 다루는 유형으로, 황석영『장길산』, 김주영『객주』, 유현종『들불』,

송기숙『녹두장군』, 한성원『동학제』, 현기영『변방에 우짖는 새』, 문순태『타오르는 강』, 조정래『한강』 등이 여기에 속한다. 셋째, 한민족의 원형을 다루는 유형으로, 박경리『토지』, 최명희『혼불』, 박완서『미망』 등이 여기에 속한다. 넷째, 민족주의 입장에서 역사를 다루는 유형으로, 안수길『북간도』, 조정래『아리랑』, 김원일『늘푸른 소나무』, 김원우『우국의 바다』, 홍성원『먼동』, 홍성원『달과 칼』 등이 여기에 속한다.

다음, 1990년대 이전까지의 남한 역사소설의 네 가지 유형과 더불어 주목할 것이 정보화 시대로 명명되는 2000년대 이후 등장한 역사소설이다. 이 시기 역사소설은 대부분 포스트모더니즘의 복고주의 입장에서 역사를 다루고 있다는 점이 특징적이다. 포스트모더니즘의 복고주의는 가상 이미지가 지배하는 정보사회에서 과거의 역사를 통해 상실된 인간성을 되살림으로써 그것을 복원하려는 의도와 관련이 있다. 한편, 팩션(faction)은 상업 이미지를 강조하기 위해 과거의 역사를 조작하고 수정한다. 이 팩션 작품들에서 '전사로서의 역사소설'에 나타나는 역사적 전망을 찾아보기는 힘들다.

따라서 팩션이 아닌 역사소설을 대상으로 하여 2000년대 역사소설의 특징을 살펴보고자 할 때, 이 시기의 역사소설은 '복고주의로서의 역사소설'로 유형화될 수 있다. 이 유형에 속하는 작품으로, 김탁환『불멸』, 김훈『칼의 노래』, 『현의 노래』, 『남한산성』, 『흑산』, 김영하『아랑은 왜』, 『검은 꽃』, 전경린『황진이』등을 들 수 있다.

# 북한 역사소설의 전개 과정과 특질

# 북한 역사소설의 전개 과정과 특질

## 1. 머리말

북한 역사소설의 경우, 북한 문학이 갖는 정치와의 일체성 내지 동질성과 관련해 당의 문예 정책과 김일성, 김정일의 교시에 따라 그 특징이 변모한다. 대체적으로 북한 문학은 주체문학이 정립되는 1967년을 분기점으로 해서 그 전과 후의 시기에 있어서 문학적 특질에 있어서 차이가 난다. 그러나 북한 문예 전체를 통괄하는 하나의 통일된 기준[1]이 있는데, 그것은 다음 세 가지로 요약된다.

---

[1] 사회과학원 주체문학연구소, 『문학예술사전』(하), 과학백과사전종합출판사, 1993. pp.826~831.

먼저, 북한 문예는 당성, 로동계급성, 인민성을 중시한다. 이 중 특히 강조되는 것이 당성(당파성)인데, 이는 당에 대한 충실성, 곧 김일성 수령에 대한 충실성을 의미한다. 이러한 당성은 아무리 시대가 변화하더라도 벗어날 수 없는 북한 문학의 대전제이다. 노동계급성은, 문학예술은 노동계급의 입장을 고수하면서 그들 계급의 이익을 옹호함으로써 노동계급의 혁명적 위업에 철저히 복무해야 한다는 의미이다. 인민성은 인민들의 감정에 맞고 그들이 알기 쉽도록, 문학예술은 내용적 측면에서는 인민들의 생활 감정과 투쟁과 요구를 진실되게 반영하고 형식적 측면에서는 인민들이 잘 알 수 있도록 교양 기능을 확대하는 형식이어야 한다는 것이다, 이를 통해, 북한 문예는 "사회정치적 생명체인 수령, 당, 대중의 통일단결을 강화하여 인민이 영생하는 사회정치적 생명을 빛내이도록 하는데 적극 복무"해야 하며, "특히 로동계급의 수령의 형상을 창조하며 그와 함께 수령을 중심으로 하여 하나의 전일체를 이루고 있는 수령, 당, 대중의 호상관계"를 잘 그려야 한다.

다음, 북한 문예는 사상성과 예술을 높은 수준에서 결합시키는 것을 중시한다. 사상성과 예술성을 결합시키기 위해서는 "문학작품의 내용과 형식의 통일을 보장하고 일반화와 개성화의 통일을 철저히 실현하며 정치적인 것과 형식적인 것의 통일, 철학적인 것과 생활적인 것, 사상과 정서의 조화로운 통일"을 실현해야 한다고 강조하고 있다.

마지막으로, 북한 문예는 사회주의적 사실주의 창작방법에 입각해 민족문화유산을 유기적으로 결합하는 것을 중시한다. 사회주의, 공산주의를 위한 혁명투쟁 속에서 창조된 혁명적 문화유산뿐만 아니라, 그 이전 시기 선조들이 이룩한 진보적이고 인민적인 모든 고전문화유산을 사회주의 사실주의와 결합할 때 가장 높은 수준의 사회주의적 사실주의 문학이 실현된다고 강조하고 있다.

북한 문예 이론은 이러한 기본 이론을 바탕으로 하되, 시대의 변화에 따라 그 개념을 변화시키면서 특질을 달리한다. 북한 문학은 주체문학을 정립하는 1967년을 전후로 해서, 첫 번째 시기인 해방 직후부터 1966년까지, 두 번째 시기인 1967년 주체문학이 정립된 이후부터 1980년대까지, 세 번째 시기인 1990년대 이후로 나눌 수 있다. 이에 따라, 북한 역사소설도 각 시기마다 그 특질을 조금씩 달리한다.

## 2. 1945년에서 1966년까지의 역사소설

주체문학이 정립된 1967년 이전의 북한 문학은 창작방법론에 따라 (i) 해방 이후~1949년 시기, (ii) 1950년대 시기, (iii) 1960~1967년 시기로 구분2)할 수 있다. 북한 역사소설은 해방 이후부터 1949년 시기까지에는 거의 발표되지 않는다. 그러다가 6.25 전쟁이 끝나는 1950년대와 1960년대에는 다양한 역사소설 작품이 발표된다.

### 1) 1950년대의 북한 역사소설

1950년대 북한 문예의 창작방법으로 규정된 것이 1947년에 정립된 고상한 리얼리즘과 1950년대 초 정립된 사회주의적 애국주의다. 고상한 리얼리즘은 조선 사람의 영웅적 투쟁을 그림으로써

---

2) 『조선문학개관』은 1945년부터 1960년까지 북한문학사 시기 구분을 다음과 같이 하고 있다. '평화적 건설 시기'(1945. 8~1950. 6), '위대한 조국해방 전쟁 시기'(1950. 6~1953. 7), '전후복구건설과 사회주의 기초 건설을 위한 투쟁시기'(1953. 7~1960)로 구분한다. 그리고 1960년부터 1966년까지는 '사회주의의 전면적 건설을 다그치기 위한 투쟁시기'로, 1967년 이후부터는 '당의 유일사상체계를 더욱 철저히 세우며 사회주의의 완전 승리, 온 사회의 주체사상화를 앞당기기 위한 투쟁시기'로 구분한다. 박종원, 류만, 『조선문학개관 II』, 인동, 1988.

조선 사람의 고상한 민족적 품성을 형상화하는 것[3]이다. 이에 따라, 북한 문학은 인민의 영웅적 투쟁 노력과 영광스러운 승리를 그리면서 미래를 향해 낙관적으로 열려 있는 사상을 다루는 것으로 나아간다. 이는 혁명적 낭만주의로 귀결된다. 곧 인간을 현실에서 이탈시키지 않으면서 인간을 현실 이상으로 향상시키는 로맨티시즘에 입각해 사회적 영웅을 창출해내는 것이다. 긍정적이며 고상한 주인공과 혁명적 낭만주의에 기초한 사회주의적 리얼리즘 창작 방법은 이후 북한 문학과 북한 역사소설의 창작방법을 규정하는 중요한 준거틀이 된다.

사회주의적 애국주의[4]는 '쏘련'을 비롯한 공산주의 형제 나라와 단결하면서 미 제국주의라는 '외세'와 그 앞잡이인 '남조선 괴뢰도당'과 맞서 싸워 인민의 이익을 수호하면서 당과 로동계급과 인민에게 충성을 다하는 것을 내용으로 한다. 사회주의적 애국주의에 입각해 혁명적 주인공의 사회주의적 애국주의 측면을 형상화하기 위해서는 계급적인 것과 민족적인 것의 변증법적 통합을 통해 주인공의 사상과 감정을 드러내야 한다. 과거 사실을 다루는 역사소설의 경우, 과거 착취 사회의 계급적 모순과 민족

---

3) 사회과학원 문학연구소, 『조선문학통사, 현대문학편』, 인동 1988. pp.179~180.
4) 위의 책, p.182.

적 모순을 인식하고, 이에 기초해 착취계급과 외세에 대한 증오를 드러내면서 노동자 계급의식에 입각한 '긍정적 인물'들의 영웅적 투쟁과 헌신적 노력을 보여주어야 한다. 그럼으로써 사회주의 제도에 대한 강렬한 지향성과 그 우월성을 표현해야 하고, 또한 이를 통해 궁극적으로 미래에 대한 전망을 표현해야 한다.

이처럼 '고상한 리얼리즘'에 입각한 '사회주의적 애국주의'가 창작방법으로 규정되면서, 긍정적 주인공에 의한 혁명적 낭만주의를 강조하는 것이 1950년대 북한 역사소설의 창작방법으로 작동한다. 이 창작방법에 입각해 1950년대에 발표된 역사소설을 분단 이전의 역사를 다루는 작품과 분단 이후의 역사를 다루는 작품으로 분류하면 다음과 같다.

먼저, 분단 이전의 역사를 다루는 작품이다. 최명익의 『서산대사』(1956)는 총 65장으로 구성되어 있는데, 임진왜란을 배경으로 서산대사를 중심으로 한 민중의 항쟁을 역사적 실제 사건인 동대원 전투, 보통벌 전투, 평양성 전투를 통해 보여주고 있다. 이 작품은 '평양을 수호하는 서산대사 및 민중 계급'과 '왕과 조정의 신료를 비롯한 지배계급'과의 대립, '평양을 수호하는 서산대사 및 민중 계급'과 '침략자 일본군'의 대립 구조로 구조화되어 있다. 전자는 계급적 대립 관세에, 후자는 민족적 대립 관계에 해당한다. 이 대립 구조를 통해, 이 작품은 계급모순과 민족모순을 극복하는 주체 세력으로 평양 민중을 설정함으로써, 평양 민중이야말로 역사를 이끌어가는 혁명 주체 세력임을 강조하고 있다. 이러한 평양중심주의[5]는 작품에서 '평양수호정신'과 '평양인민예찬'으로 구체화되고 있다.

첫째, 평양수호정신이다. 이 작품은 선조가 한양을 버리고 피난해 오던 1592년 5월 초부터 평양성이 해방된 1593년 1월 하순까지를 시간적 배경으로 삼는다. 작품의 공간적 배경은 처음부터 끝까지 평양이다. 이처럼, 이 작품은 평양을 중심으로 임진왜란의 위기를 극복했다는 것을 강조하고 있다.

둘째, 평양인민예찬이다. 이 작품에서 계급적 대립은 왕과 조정 신료를 비롯한 지배계급의 무능함에 대한 민중들의 분노로 촉발된다. 평양성 백성들은 왜적에 맞서 평양성을 지키고자 했지만, 왕을 비롯한 지배층은 백성들의 간청을 무시하고 평양을 떠난다. 백성들은 왕과 신료들을 붙잡고 분노하기도 했으나, 결국 포기하고 그들을 보내준다. 한편, 민족적 대립은 일본군의 잔혹성과 악랄함에 대한 민중의 분노로 촉발된다. 일본군은 조선인이라면 어

---

5) 김윤식, 「최명익론: 평양 중심화 사상과 모더니즘」, 『한국 현대현실주의 소설 연구』, 문학과지성사, 1990.

린 아이도 서슴지 않고 죽이려는 '살인귀', '승냥이' 같은 인물로 제시된다. 이러한 계급적 모순과 민족적 모순에 대한 반발로 평양 민중은 격렬한 투쟁을 전개한다. 단결된 평양 민중의 힘은 보통벌의 추수와 보통벌 전투, 모란봉에서의 전투에서 절정을 이룬다. 이처럼, 이 작품은 평양 민중의 내면에 숨겨진 힘을 임진왜란이라는 역사적 사실을 통해 형상화하고 있다.

최명익의 『서산대사』는 '전후복구건설과 사회주의 기초 건설을 위한 투쟁 시기'(1953~1960)에 해당하는 작품이다. 당시 북한은 전쟁으로 폐허가 된 평양과 국가 기반시설 재건에 몰두하면서 사회주의 기초를 건설하던 시기이다. 이에 따라, 문학에서는 조국해방전쟁 주제의 작품을 독려하면서 혁명적 민중의 영웅적인 모습을 형상화할 것을 요구하였다. 이러한 요구에 의해 이 시기에 발표된 북한 역사소설들은 거의 '혁명적 민중의 영웅적인 모습'을 그리고 있다. 최명익의 『서산대사』 또한 이 창작방법을 '평양중심주의'를 통해 충실히 반영하고 있는 것이다. 곧 이 작품은 역사적으로 국가의 중심이었던 평양이 고구려 시대는 물론이고 임진왜란 때도 폐허가 되었지만 다시 복구되었음을 보여주면서, 위대한 평양(북한) 민중이 힘을 합칠 때 한국전쟁으로 폐허가 된 평양과 인민 경제를 복구할 수 있다는 강력한 희망의 메시지를 전달하고 있는 것이다. 이로 인해, 이 작품에서는 이념성이 대폭 강화되면서 작품 속 인물들은 이념에 의해 꼭두각시처럼 움직이는 듯하다.

한설야의 『설봉산』(1956)은 1955년 1월 『조선문학』에 「약수」라는 제목으로 먼저 발표되었다가 1956년 7월에 완간된 총 71장으로 구성된 역사소설이다. 1930년대 초반 성진 지방을 배경으로 적색농조 여성 회원이 자신의 어머니가 농조원을 밀고했다는 이유로 자신의 어머니를 살해한 사건을 다루고 있다.

이 작품은 긍정적 인물과 부정적 인물의 선명한 이분법적 대립에 의해 서사가 전개되고 있다. 이 작품에 나타난 긍정적 인물은 모두 민중계급이다. 이들에게 중요한 것은 농조 활동이 세력을 형성하여 지주 등의 부르주아적 세력에 대항하는 진보적 계급투쟁을 행하는 것이다. 이들은 농조 기관지를 통해 농민들을 교화시키고, 지주들에게 맞서 소작료 이하 투쟁을 벌이고, 채권 투쟁 등을 통해 차용증서를 불태워 버리는 등, 농민들에게 사회 모순을 인식시키고 동시에 계급의식을 각성시키는 역할을 한다. 이 작품에서 지주계급은 모두 부정적 인물로 설정되어 있다. 지주계급은 농조를 자신의 세력 유지에 방해가 된다고 인식하고 온갖 술수를 동원해 농조 조직과 조직원을 탄압하지만, 결국 모두 비참한 죽음을 맞이한다.

이 작품이 갖는 가장 큰 문제점은 '비현실적'인 아들딸들의 놀음판이 펼쳐진다는 것이다. 이 작품에서 농조를 이끄는 핵심은 농조원 집단도 아니고 농조 지도자 학철도 아니다. 지도자는 '설봉산'이자 '김 장군'이다. 호박이 굴러 3년이 지나야 평야에 이른다는 설봉산. 그 아래 평야 지대의 마을을 끼고 함경도 해안 일대까지 뻗어 있는 설봉산. 그 설봉산에 둥지를 틀고 평야 지대에서 농조 운동을 펼칠 수 있는 곳. 그리고 김일성 장군 휘하로 언제든 들어갈 수 있는 곳. 바로 이 설봉산과 김일성이 농조를 이끄는 핵심 지도자이다. 아니 김 장군만이 유일하게 핵심 지도자이다. 곧 이 작품은 1930년대 설봉산을 배경으로 해 지주계급에 의한 억압과 착취, 그리고 농민계급의 고통스러운 삶을 형상화하려는 목적에서 창작된 것이 아니다. 김일성 장군의 위대한 지도를 받은 학철이 있고, 그 학철에게 지도를 받은 농조원이 김일성 장군의 탁월한 영도력을 나타내기 위해 농조를 결성하고 농조 운동을 펼치는 것을 강조하기 위해서 창작된 것이다. 그러기에 그들의 투쟁에서 실패는 없다. 오로지 승리만 있을 뿐이다. '설봉산 젖줄기 임명천 갯바닥에 오늘 이 땅의 아들딸들의 놀음판이 벌어진 것'은 1930년대 비참한 조선 현실을 살아가는 아들딸들에 의한 '분노의 놀음판'이 아니라, 김일성과 작가 한설야에 의해 조작되고 왜곡된 역사가 낳은 아들딸의 '비현실적인 흥겨운 놀음판'에 불과한 것이다. 왜 이런 사태가 벌어진 것일까.

한설야가 『설봉산』을 창작하는 당시에 북한 문학의 창작방법은 사회주의적 애국주의로 규정된다. 이 창작방법에 따라 당시 역사소설은 과거 착취 사회의 계급적 모순과 민족적 모순을 인식하고, 이에 기초해 착취계급과 외세에 대한 증오를 드러내면서 노동자 계급의식에 입각한 '긍정적 인물'들의 영웅적 투쟁과 헌신적 노력을 보여줌으로써 미래에 대한 강렬한 전망을 제시해야 한다. 바로 이 창작방법을 충실히 구현하다보니 '비현실적인 아들딸들의 흥겨운 놀음판'이 벌어지는 것이다.

여기에 작가 한설야의 주관적 현실 인식이 덧붙여진다. 한설야가 1930년대에 발표한 『황혼』을 보면, 일제의 폭압이 극렬한 상황에서도 주인공 '려순'을 중심으로 해서 일어난 노동 투쟁은 승리를 쟁취한다. 1930년대에 나타난 작가 한설야의 이러한 주관적 현실 인식이 월북 후 북한 사회에서도 그대로 적용되고 있는 것이다. 『설봉산』에 나타난 민중계급의 투쟁에 대한 이러한 낙관성은 순전히 작가 한설야의 주관적 역사 인식과 현실 인식이 큰 원인으로 작동하고 있다. 이 작품이 북한 건국 서사시이고 '김 장군'의 서사시라는 지적은 매우 타당하다. 작가의 주관적 현실 인식이 과도하게 정치적 감각으로 흐를 때, 남한이든 북한이든 그 작품은 정치적 판단에 의해 좌우될 수밖에 없다. 작가 한설야가 숙청된 이후 이 작품에 대한 북한 문학의 저평가는 정치에 예속된 북한 문학의 입장을 고려할 때 어쩌면 당연한 결과일지 모른다.

다음으로 주목되는 것이 이기영의 『두만강』(1954~1961)이다. 이 작품은 19세기 말부터 1930년대까지를 시간적 배경으로 하고, 충청도 송월동, 함경도 무산, 만주 등을 공간적 배경으로 하여, 박곰손과 그의 아들 박씨동이 반제 반봉건 투쟁을 펼치면서 점차 계급적 각성에 이르는 과정을 다루고 있다. 이 작품 전체를 이끌어 가는 대립 구조는 박곰손과 그의 아들 박씨동으로 대표되는 민중계급과 지배계급과의 갈등이다. 여기에 조선 민족과 일제와의 갈등이 중첩되면서 계급모순과 민족모순에 의한 갈등이 중심을 이루게 된다.

1부와 2부는 양반 지식인 출신 이진경과 소작인 박곰손을 중심으로 하여 반봉건, 반외세를 목표로 하는 부르주아 민족주의 혁명을 다루고 있다. 부르주아 민족주의 혁명은 독립 단체들의 이기적인 파행, 독립운동을 하던 자들의 변절로 인해 실패로 돌아간다. 그것이 이진경과 박곰손의 죽음으로 귀결된다. 이들의 죽음은 민족 공동체의 복원을 위해서는 부르주아 혁명이 아닌 새로운 혁명이 필요함을 역설적으로 보여준다. 그것이 3부에서 박곰손의 아들 씨동의 반일 운동으로 제시되며, 씨동의 반일 운동은 사회주의 사상에 의한 계급적 각성으로 연결되고, 궁극적으로 김일성 동지의 출현으로 귀결된다. 곧 반일 운동이 '인민의 혁명적 무장투쟁'이라는 보다 적극적이며 높은 단계로 나아가야 할 필연성을 띨 때, 김일성 동지가 등장하는 것이다.

이 김일성 동지의 출현을 위해 이 작품은 1910년대부터 1930년대까지의 역사적 시간을 중심축으로 하여 송월동, 두만강, 함북 무산, 간도로 공간을 확장하면서 수많은 인물들을 등장시켰던 것이다. 결국 작품의 모든 인물들과 그 인물들이 움직이는 역사적 시간과 공간의 의미망은 '1931년의 김일성 동지라는 위대한 지도자의 출현'으로 집약된다. 이 '위대한 지도자'가 작품 말미에 등장하면서, 이 작품은 미래에 대한 혁명적 낙관과 긍정적 희망을 강렬하게 제시하면서 끝을 맺는다.

그 외, 남궁만의 『홍경래』(1954)는 홍경래의 어린 시절 성장 과정부터 시작하여 정주성에서 관군에 포위된 채 4주 간 농성하다가 백두산으로 들어가 후일을 도모하는 내용을 다루고 있다.

다음, 분단 이후의 역사 내지 김일성 항일혁명을 다루는 작품이다. 한설야 『력사』(1953)는 김일성의 항일혁명역사를 형상화하고 있다. 1935년 봄 무송에서 인민혁명군 제6사 사단장에 취임한 김일성이 여러 유격대를 규합하고, 아동혁명단을 육성해 빨치산 교육 체계를 세우고, '조국 광복회'를 결성하여 반민생단 투쟁을 전개하는 내용을 다루고 있다.

한설야의 『대동강』(1953)은 6.25전쟁 때 국군과 미군에 의해 함락된 평양을 배경으로 하여 1950년 10월 19일부터 1950년 12월 4일의 시간까지, 점순과 상락 등과 같은 청소년들이 국군과 미군에 대항하는 과정을 묘사하고 있다. 점순은 어린 여성의 몸으로 지하생활을 하면서 남장을 하고 삐라를 제작 살포한다. 상락은 인쇄소 노동자로 비라 제작 배포 혐의로 체포되어 사형 당하지만 마지막 순간까지 동지들의 은신처를 말하지 않고 장렬한 죽음을 택한다.

황건의 『개마고원』(1956)은 일제 패망 직전 조선 인민이 처한 비극적 상황에서 시작하여 해방, 토지개혁, 한국전쟁 등의 과정을 김경석이라는 영웅적 인물을 통해 다루고 있다.

박웅걸의 『조국』(1956)은 리태하라는 인물의 성장 과정과 6.25전쟁 참여 과정을 통해, 6.25전쟁 때 탄광촌 노동자를 중심으로 하여 인민군대에 협조하는 인민 빨치산의 영웅적인 투쟁과 활약을 다루고 있다.

### 2) 1960년에서 1966년까지의 북한 역사소설

1958년에 북한 사회는 생산관계의 측면에서 사회주의적 개조가 완결되었다고 보고 보다 높은 사회주의, 공산주의 사회로 나아간다고 공식 표명하면서, 내부적으로 도래할 공산주의에 대한 전망을 대대적으로 선전하기 시작한다. 이에 따라, 문학에서는 새로운 인간 공산주의자의 전형적 성격을 창조하며 시대의 주도적 미를 형상화할 과업이 가장 주된 문제로 제기[6]된다. 또한 1960년 11월에 김일성이 천리마운동과 관련해 천리마시대에 낳은 새 영웅들을 문학 작품에 형상화할 것을 요구하면서, 천리마운동에 알맞은 인간상을 도출하는 것이 문학상 중요 과제로 부상한다. 천리마시대의 기수들의 전형을 형상화하는 것은 대중적 인물 유형을 정립함으로써 사회주의 건설에 따른 대중의 이념을 내면화시키는 데 그 목적이 있다.

이처럼 공산주의 전망이 북한 사회 전반에 공표되면서 문학에

---

6) 박종원, 류만, 『조선문학개관 II』, 앞의 책, pp.228~231.

있어서도 공산주의자의 전형 창조가 중요 과제가 된다. 작품이 다루는 대상이 북한의 천리마시대의 주인공이든 혹은 과거 항일 혁명운동 시기의 공산주의자이든, 혹은 그 이외의 공산주의자이든, 모두 당시 북한 사회 전반에 퍼져 있는 공산주의의 전망에 입각해야 한다는 것이다. 대중적 영웅주의를 바탕으로 새로운 인간 공산주의자의 전형적 성격을 창조하여 대중들을 교양하는 것, 그러기 위해 '중심적인 영웅적, 긍정적 주인공'을 창조하는 것, 그것이 공산주의자 전형 창조 이론의 핵심이다.

이처럼 1960년대 북한 역사소설은 고상한 리얼리즘과 사회주의적 애국주의에 기초하되, 천리마 기수 형상 창조를 통해 새로운 공산주의자의 전형을 창조하는 데 치중한다. 공산주의자의 전형 창조와 관련하여 민족적 형식과 민족적 특성이 강조되면서 이들을 어떻게 공산주의자 전형 창조로 연결하느냐가 문제되었다. 이 논의는 민족적 특성을 탐색하고 적용하여 과거를 현재에 환기하고 활용하는 것으로 귀결된다.

1960년대의 북한 역사소설의 특징과 관련해 주목되는 것이 분단 이전의 역사를 다루는 박태원의 『계명산천은 밝아오느냐』(1966)와 『갑오농민전쟁』(1977~1986)이다. 『계명산천은 밝아오느냐』는 1862년에 일어난 익산민란을 중심으로 민중의 반봉건 투쟁을 다루고 있으며, 후에 발표되는 『갑오농민전쟁』의 전편에 해당한다. 『갑오농민전쟁』은 1986년에 완간되었지만, 작품 구상을 남로당 숙청 후 1960년에 하였고, 수령형상과 거리가 있으며, 공산주의 인간을 창조하고 있다는 점에서 1960년대의 북한 역사소설로 보는 것이 타당하다.

박태원의 『갑오농민전쟁』은 1894년의 갑오농민전쟁을 그 혁명적 성격 및 계급투쟁에 초점을 맞추어 서술하고 있다. 이 작품에서 전봉준과 관련해, 농민전쟁의 지도자로 부상하기까지의 투쟁적인 삶의 과정은 생략되고 처음부터 완결된 영웅적 인물로 제시되고 있다. 이는 작품에 전봉준의 분신이라 할 수 있는 오상민이 있기 때문이다. 곧 작가는 오상민을 통해 그가 평범한 농민에서 농민전쟁의 핵심 인물로 부상하는 과정을 그려냄으로써, 이를 통해 간접적으로 전봉준의 투쟁적 삶의 과정을 역사적 고증이라는 제약으로부터 빗어나 자유롭게 창출할 수 있었던 것이다.

오상민은 농민전쟁이 진행되는 과정에서 인간에 대한 신뢰를 바탕으로 하여 점차 혁명적인 세계관을 전취하면서 자신만의 창조적이면서 고결한 인간적 품성을 완성시켜 나간다. 더불어 오상민은 주변 사람들을 교화시켜 그들의 내면에 내재되어 있는 혁명적 열정을 이끌어 냄으로써 그들을 자주적이고 창조적인 인간으로 거듭나게 한다. 이 점에서 오상민은 북한 문예에서 내세우는 사회주의 리얼리즘에 입각한 주체적 인간, 혁명적 전사의 전형에 해당한다.

이 작품은 긍정적 인물과 부정적인 인물이 선명하게 대립하는 구조를 띠고 있다. 첫째, 오상민을 중심으로 한 소작농민과 조병갑을 중심으로 한 지배계층 및 토호의 대립이다. 이러한 지배계급과 피지배계급의 대립은 갑오농민전쟁 발발의 직접적인 계기로 작동한다.

둘째, 오수동과 중앙 지배계층의 대립이다. 이 대립 구조를 통해, 이 작품은 갑오농민전쟁의 발발 원인으로 지배계급과 피지배계급의 계급 대립과 그로 인한 모순 외에 조선 민족과 외세와의 대립이라는 민족적 대립과 모순이 자리 잡고 있음을 강조하고 있다.

셋째, 전봉준과 최시형의 대립 구조로, 이 대립은 동학 농민군 내의 대립에 해당한다. 이 작품은 갑오농민전쟁에서의 동학의 역할을 전면 부정하고, 동학 대신 오수동의 '일심계'와 함평 민란 주도자 정한순이 이끄는 '활빈당'에서 농민전쟁의 조직적 기반을 추출해 낸다. 갑오농민전쟁에서 동학이 갖는 역할에 대한 이러한 역사적 왜곡은 두 가지 측면과 관련이 있다. 먼저, 종교를 인정하지 않는 북한 사회의 특성을 박태원이 고려하여 이 작품을 창작한 것이라는 점이다. 다음, 갑오농민전쟁의 주체 세력에서 동학을 배제시키고, 갑오농민전쟁과 익산민란의 역사적 계승을 강조하면서 익산민란에서 후일을 기약했던 민중들을 대거 참여시킴으로써, 갑오농민전쟁을 민중계급의 무장 혁명과 투쟁으로 규정짓기 위해서이다. 이 부분은 남한과 달라지는 지점이며, 동학혁명의 역사적 왜곡에 해당한다.

이처럼, 이 작품에도 북한 역사소설에서 볼 수 있는 역사에 대한 왜곡이 일어나고 있다. 그러나 이 작품은 일정 부분 북한의 공식적 이데올로기로부터 벗어나 고유의 미학적 가치를 지니고 있다. 이 작품에는 박태원 특유의 카메라적 고찰을 통한 세태 풍속 묘사가 나타난다. 세세하게 묘사된 서울 거리는 구한말 조선에 침입한 외세의 영향력이 상당했으며, 특히 서울이 전통과 근대의 분물이 혼재된 공산이었다는 점을 세시한다. 또 화려한 왕실의 전경, 농민들의 가난한 삶을 상세하게 묘사하고 있어, 당대 사회의 상층부와 하층부의 삶을 총체적으로 구현하고 있다.

다음, 분단 이후 내지 김일성 항일혁명을 다루는 작품이다. 림춘수의 『청년전위』(1962)는 1929년부터 1945년까지를 배경으로 하여 형성유격대원을 중심으로 한 항일혁명무장투쟁의 영웅적 측면을 다루고 있다. 천세봉의 『고난의 역사』(1964)는 3.1운동 이후 농민들의 고난과 투쟁을 다루고 있다. 『대하는 흐른다』(1964)는 해방 직후부터 북한 토지개혁까지를 배경으로 하여 각계각층의 인물을 통해 새 조국, 새 사회 건설에 앞장서는 농민들의 투쟁을 그리면서 수령에 대한 충성심을 강조하고 있다. 석윤기의 『시대의 탄생』(1964~1966)은 6.25전쟁을 배경으로 하여 각계각층의 인물을 통해 전쟁 당시 대중적 영웅성을 강조하고 있다. 이 작품은 6.25전쟁을 일제강점기부터 미국에 의해 준비된 것이라 보고 서울 전투, 대전 전투 등의 역사적 사건을 다루고 있다.

## 3. 1967년부터 1980년대까지의 역사소설

이 시기에 북한 역사소설은 유일주체사상을 구현하기 위한 수령형상창조와 항일혁명문학계승을 다루는 작품이 대부분이다. 이들 작품은 김일성 우상화를 위해 역사를 명백하게 왜곡하고 있기에 진정한 역사소설로 볼 수가 없다. 이런 입장에서, 이 시기에 발표된 역사소설 작품을 살펴보면 다음과 같다.

먼저, 김일성 혁명전통을 중심으로 수령의 형상을 창조한 '혁명적 대작'인 『불멸의 역사』 총서이다. 이 총서는 역사 왜곡이 심각하고 김일성 우상화라는 이념성이 강하므로 남북한 역사소설의 동질성을 논의하는 데는 부적합하다. 이 총서는 1970년대 초반부터 1995년까지 전 20권이 창작되었는데, 그 순서와 내용을 살펴보면 다음과 같다.

- 권정웅의 『1932년』(1973): 1932년부터 1933년 1월까지의 남만 원정 과정을 다룸
- 천세봉의 『혁명의 려명』(1973): 1924년부터 1928년까지 길림에서의 활동 과정을 다룸
- 석윤기의 『고난의 행군』(1976): 1938년 '남패자 회의'부터 1939년 4월 '북대정자 회의'까지의 과정을 다룸
- 현승걸, 최학수의 『백두산 기슭』(1978): 1936년 3월에서 1936년 5월 '조국광복회' 창립까지의 과정을 다룸
- 석윤기의 『두만강 지구』(1980): 1939년 5월부터 '대부대 석화 작전'이 시작되기 전까지의 과정을 다룸
- 석윤기의 『대지는 푸르다』(1981): 1930년 당시의 과정을 다룸
- 김병훈의 『준엄한 전구』(1981): 1939년 9월에서 1940년 3월까지 대부대 선회를 영도하는 과정을 다룸
- 김정의 『닻은 올랐다』(1982): 1925년에서 1926년 10월 '타도제국주의 동맹' 결성까지의 과정을 다룸
- 천세봉의 『은하수』(1982): 1929년부터 1930년 6월 '카륜 회의'까지의 과정을 다룸

- 최학수의『압록강』(1983): 1936년 8월 무송현성 전투에서 1937
  년까지의 과정을 다룸
- 진재환의『잊지 못할 겨울』(1984): 1937년 가을부터 1938년 가
  을까지
- 석윤기의『봄우뢰』(1985): 1931년 12월 '명월구 회의'에서 1932
  년 4월 '반일인민혁명군' 창건까지의 과정을 다룸
- 리종렬의『근거지의 봄』(1986): 1933년부터 1934년 두만강 연
  안 유격 근거지 창설까지의 과정을 다룸
- 최창학의『위대한 사랑』(1988): 1933년 부모를 잃은 고아들을
  거두어들이는 과정을 다룸
- 박유학의『혈로』(1988): 1934년부터 1936년까지의 북만 원정을
  다룸
- 권정웅의『빛나는 아침』(1988): 해방 직후부터 1946년까지의
  과정을 다룸
- 안동춘의『50년의 여름』(1990): 조국해방전쟁 발발부터 대전
  해방 전투까지의 과정을 다룸
- 천세봉의『조선의 봄』(1991): 해방 직후부터 1946년까지의 과
  정을 다룸
- 정기종의『조선의 힘』(1992): 서울방어전투 작전부터 전략적
  후퇴를 하기까지의 과정을 다룸
- 김수정의『승리』(1994): 반공세를 성공시키고 정전 담판장에서
  항복서를 받기까지의 과정을 다룸

다음, 김일성 항일무장투쟁 때 창작되었다는『피바다』,『한 자위단의 운명』,『꽃 파는 처녀』 등과 같은 항일혁명문학 역시 역사 왜곡이 심각하고 김일성 우상화라는 이념성이 강하므로 남북한 역사소설의 동질성을 논의하는 데는 부적합하다.

마지막으로, 조국해방전쟁과 항일무장투쟁시기를 배경으로 창작된 혁명적 대작이다. 이들 작품은 그나마 수령형상화의 정도가 이 시기의 다른 작품에 비해 약한 것으로 보인다. 그렇지만 여전히 김일성 우상화에 치중하여 역사를 왜곡하고 있기에 남북한 동질성 논의에는 부적합하다. 신윤기의『무성하는 해바라기들』(1970)은 1930년대 초 항일무장투쟁을 중심으로 하여, 김일성 영도 하에 혁명가들이 태양을 따르는 해바라기들처럼 공산주의 혁명 투사로 거듭 나는 과정을 다루고 있다. 정창윤의『천산령을 넘어서』(1970)는 6.25전쟁 때 30살의 청년 지휘관인 주인공 서택림을 중심으로 하여 인민 군대의 영웅적 투생과 후방 인민의 헌신적인 투쟁, 그리고 남한 민중의 애국적인 투쟁을 다루고 있다. 침략국으로서의 미국과 그 앞잡이인 남한 이승만 정권을 비판하면서, 북한군이 남으로 진격하는 장면부터 시작해서 '르시 전투', '천산령 전투' 등에서의 승전을 다루고 있다. 김병훈의『불타는 시절』(1970)은 1930년대 초 항일유격투쟁 시기부터 전후 시기 약 50년을 배경으로 하여, 조선 청년들이 김일성 장군의 주체적인 혁명 노선에 따라 투쟁을 하면서 혁명 전사로 거듭나는 과정을 다루고 있다. 김규엽의 『새봄』(1978)은 북한 토지개혁을 다루면서 당시 김일성 영도 하에 있는 농민들의 투쟁을 그려내고 있다.

## 4. 1990년대 이후의 역사소설

이 시기의 북한 역사소설은 주체사상에 의한 수령형상화를 궁극적 목표로 삼으면서, 다른 한편으로는 이전과는 다른 새로운 여러 가지 측면을 드러내기 시작한다. 김정일은 1980년 1월에 열린 제3차 조선작가동맹 회의에서 '숨은 영웅찾기'를 강조하고, 특히 1987년 8월 13일에 주체사관으로 인민들을 교양시킬 수 있는 역사소설의 창작을 독려하면서 이와 관련된 몇 가지 방침을 정립하였는데, 그 내용은 다음과 같다. 중국과의 관계를 고려하여 이전에는 다루지 못했던 역사적 소재, 가령 을지문덕, 연개소문, 강감찬, 서휘 등과 같은 애국 명장을 다루는 것, 봉건 지배층 내부의 권력 다툼과 당파 싸움을 다루되 현대성의 입장에서 취급할 것, 그 동안 동족상쟁이라는 측면에서 다루지 못한 고구려, 신라, 백제의 삼국 전쟁을 고구려의 강대함을 보여주기 위해 다루는 것, 역사 자료를 작가들이 자유롭게 이용할 수 있도록 하는 것 등이 그 내용이다.

여기에 조선민족제일주의를 강조한 1992년의 김정일 『주체문학론』도 북한 역사소설의 변화에 중요한 동인으로 작동한다. 김정일은 과거의 우리 문화유산을 외면하고 부정하는 것에 대해 '민족 허무주의'라고 비판하면서, 기존의 주체사상에 입각해 민족성의 문제를 강조한다. 민족문화유산에는 사회주의와 공산주의를 위해 혁명투쟁을 하는 과정에서 창조된 '혁명적 문화유산'이 있고, 인민적인 내용을 다루는 '고전문화유산'이 있다. 이러한 유산을 민족문화유산의 핵이자 중추로 보고 그것을 전통으로 계승하여야 한다는 것이다. 곧 역사소설은 민족적으로 '자랑스러운 투쟁의 역사'와 더불어 훌륭한 고전문화전통을 계승해서 형상화해야 한다는 것이다,

이에 따라, 이 시기 북한 문학예술은 혁명적 문학예술 전통을 굳건히 지키면서도 민족문화의 범위를 확대시켜 민족주의적 경향을 더욱 강화하고 이를 사상적으로 재무장하는 데 치중하는 쪽으로 나아간다. 이와 관련해, 과거에 북한 문학에서 단죄되었던 신경향파 문학과 카프 문학, 동반자 작가 문학 등을 비롯해, 반동적이라 평가 받은 최남선, 이광수, 채만식, 김유정, 윤동주 등에 대

한 재평가가 시작되었고, 1962년 이후 언급되지 않던 한설야에 대한 재평가도 이루어지기 시작한다.

또한 역사적 인물을 다루는 측면에서도 과거처럼 역사적으로 중요한 시기를 소재로 해서 그 시기에 활약한 역사상 영웅적 인물을 형상화하는 것에서 벗어나기 시작한다. 이른바 '숨은 영웅 찾기'와 관련해, 역사상 주목을 받은 인물은 아니지만 일상생활 속에서 만날 수 있는 평범하면서도 성실한 인물을 '주체형의 공산주의자의 참된 전형'으로 형상화함으로써 대중적 영웅을 창조하는 방향으로 나아간다.

이에 따라, 이 시기에는 다양한 소재를 다루는 역사소설이 발표되는데, 이들 작품 중에서 주목되는 것이 홍석중의 『황진이』(2002)이다. 이 작품은 1990년대의 변화된 북한 문학의 창작방법에 따르면서 또한 북한의 전통적인 창작방법인 사회주의적 애국주의를 충실히 따르고 있다. 전자의 측면은 북한에서는 드물게 조선 시대 기생 '황진이'를 소재로 함으로써 '훌륭한 고전문화유산'을 소설화했다는 점과 관련이 있다. 후자의 측면은 이 작품의 허구적 인물인 '놈이'가 영웅적인 민중 인물로 그려지고 있다는 점과 관련이 있다.

이 작품은 조선 시대의 명기 '황진이'의 성장 과정과 사랑을 중심으로 하여, 당시 양반의 허위와 위선을 비판하고 황진이가 계급적 자각에 이르게 되는 과정을 다루고 있다. 그러나 무엇보다 주목할 것은 역사적 인물 황진이를 중심인물로 설정하고, 여기에 허구적 인물인 놈이를 설정하고 있다는 점이다. 이에 따라, 이 작품은 황진이와 조선 시대 양반 사대부와의 갈등이라는 하나의 서사와 놈이와 조선 사회 부조리와의 갈등이라는 또 하나의 서사를 마련하고, 두 서사를 통해 양반 계급의 위선과 부조리를 비판하고 이에 대한 민중의 투쟁적 항거를 형상화하고 있다.

첫째, 진이와 양반 계급과의 관계이다. 이 작품은 진이의 출생과 성장, 기생으로서의 삶을 통해 양반 계급의 위선과 부조리를 비판하는 데 치중한다. 양반 계급 중 이러한 비판으로부터 벗어나 있는 등장인물은 서경덕뿐이다.

둘째, 황진이와 놈이의 관계이다. 이 작품은 처음부터 곰보네 나방집 풍경 묘사로부터 시작하는데, 이는 민중의 삶을 먼저 제시하고자 하는 작가의 의도와 관련이 있다. 여기에 동네 사람들의 대화를 통해 놈이의 행위가 소개되고 곧 이어 진이의 외모와 재능이 표현되면서 놈이와 진이가 자연스럽게 연결된다.

놈이는 조선의 봉건적 질서에 맞서 양반 지배계급의 위선과 부조리함을 들추어내고 이를 징계하면서 작품이 전개될수록 점차 영웅적인 인물로 변해간다. 놈이는 진이를 욕보인 양반의 성기를 못쓰게 하기도 하고, 종국에는 자신의 수족인 괴똥이를 살리기 위해 기꺼이 자신의 목숨을 내어놓는다. 이런 과정을 통해 놈이는 조선 민중의 속마음을 후련하게 해주는 영웅적 인물로 부각된다. 놈이의 영웅적 측면은 놈이가 글을 깨치는 과정을 통해서도 제시된다. 놈이는 진이에게 세 번의 편지를 보내는데, 첫 번째 편지는 글을 모르는 놈이를 대신해 괴똥이가 써 준 것이고, 두 번째 편지는 놈이가 쓴 짧은 글이며, 세 번째 편지는 언문을 깨친 놈이가 직접 쓴 것으로 진이에 대한 사랑을 표현한 장문의 편지이다.

이처럼 놈이는 이 작품에서 처음에는 하인으로 등장하지만, 점차 양반 계급에 대한 저항심을 갖고 부조리한 상황에 투쟁적으로 부딪치면서 글 또한 깨쳐가는 인물로 제시되어 있다. 이러한 놈이의 측면은 지배계급의 모순을 인식하고 이에 대해 투쟁하면서 점차 계급적 각성에 도달하는 영웅적인 사회주의 인간형의 전형에 해당한다고 볼 수 있다. 곧 작가 홍석중은 김정일의 '주체문학론'에 입각해 민족문화유산으로서 조선 시대 '황진이'를 소재로 역사소설을 쓰면서, 북한 문학이 규정하고 있는 '숨은 영웅 찾기'와 '인민으로서 영웅적인 사회주의 투쟁을 하는 공산주의 인간 전형을 형상화'해야 한다는 측면을 작품에 반영한 것이다. 그 결과물이 바로 '놈이'라는 민중적 영웅의 형상화이고, 이와 연결된 '황진이'의 양반 계급에 대한 비판 의식이다. 결국 홍석중의 이 작품은 '황진이'를 통해 1990년대 이후 제시된 북한 문학의 창작방법을 충실히 반영하고 있는 것으로 판단된다.

다음으로 주목되는 작품이 김현구의 『리순신 장군』(1990)이다. 이 작품은 두 가지 서사구조로 이루어져 있다. 이순신을 중심으로 한 첫 번째 서사구조는 이순신의 영웅적 측면을 부각시키면서 동시에 당대 지배계층의 무능함과 부패 타락상을 제시하고 있다. 두 번째 서사구조는 일반 백성의 삶을 중심으로 하여 백성들의 항거와 의병의 투쟁을 다루고 있다. 이 두 가지 서사구조를 통해, 민중들의 왜적에 대한 항거와 그런 민중들로 이루어진 의병들의 활동을 두드러지게 보여주고, 이들 민중들과 함께 호흡하는 이순신의 모습을 그림으로써, 이순신과 민중을 하나의 존재로 묶어내고 있다. 이 작품에 등장하는 서분녀, 장쇠, 서첨지, 박천세 등과 같은 민중은 1990년대 북한 문예가 강조하는 '숨은 영웅'에 해당한다고 볼 수 있다.

그 외, 이 시기에 발표된 작품들을 작품이 다루는 역사적 시대에 따라 분류하면 다음과 같다. 첫째, 고조선과 고구려 시대를 다루는 작품이다. 림종상의 「부루나의 밤」(1983)은 전체 26장으로 구성된 작품으로, 역사 속에 사라진 부루나 사람들의 이야기를 통해 고조선의 역사를 다루고 있다. 김호성의 『주몽』(1997)은 고구려를 세운 주몽의 삶을 다루고 있다. 이 작품은 최초의 국가를 수립했던 단군왕검의 땅이 여러 부족으로 갈라져 치욕을 당했던 역사를 상기하고 다시 한 겨레로 부활할 것을 염원하는 주몽의 모습으로 마무리된다. 리성덕의 『담징』(1998)은 고구려 화가 담징을 대상으로 하여, 담징의 조국에 대한 사랑을 재현하고 있다. 담징이 역사적으로 이름난 화가가 될 수 있었던 것은 그의 뛰어난 재능 외에도 강성대국 고구려가 배경으로 작용하고 있었기에 가능하다는 점을 강조하고 있다.

둘째, 고려 시대를 다루는 작품이다. 림왕성의 『설죽화』(1981)는 고려 때 거란 침략 사건을 다루면서 설죽화를 중심으로 한 민중의 애국적 항쟁을 그리고 있다. 이전에는 다루지 못하던 중국 관련 역사를 다루고 있다는 점에서 주목되는 작품이다.

셋째, 조선 시대를 다루는 작품이다. 리영규의 『평양성 사람들』(1981)은 임진왜란 때 왜군이 부산포에 침략하는 1952년 4월부터 평양성이 해방되는 1593년 1월까지를 배경으로 하여 평양성 사람들의 영웅적 투쟁 과정을 다루고 있다. 강학태의 『김정호』(1987)

는 19세기 조선 시대 '대동여지도'를 완성한 김정호의 애국심과 불굴의 의지를 그려내고 있다. 홍석중의 『높새바람』(1983~1990)은 조선 시대 삼포왜란이 일어나기 직전인 1510년 무렵을 배경으로 하여, 왜구의 침략, 조선 봉건 왕조의 미비한 대처, 양반들의 횡포, 그리고 이에 맞서는 농어민의 투쟁 과정을 그리고 있다. 리유근의 『홍경래』(1992)는 북한에서 평안도 농민전쟁이라 부르는 '홍경래'의 난을 다루고 있다.

넷째, 개화기를 다루는 작품이다. 박태민의 『성벽에 비낀 불길』(1983)은 1866년 대동강에 침입한 미국의 '샤만'호를 평양 사람들이 격침시키는 과정을 다루고 있다. 박태민의 『개화의 려명을 불러』(1989)는 1807년부터 1884년까지를 배경으로 하여 개화파 김옥균을 중심으로 일어난 갑신정변을 다루고 있다.

그 외, 김일성 수령형상화를 다루는 작품으로는 고병삼의 『대지의 아침』(1983)이 대표적이다. 이 작품은 해방 후 토지개혁 과정에서 김일성 수령의 지도 하에 주체형의 혁명가로 성장해 가는 민중의 모습을 그리고 있다.

## 5. 맺음말

북한 문학은 당(정치)과 문학과의 일체성에 입각해 당의 문예
정책과 김일성, 김정일의 교시에 따라 그 특징이 변모한다. 북한
문학은 주체문학을 정립하는 1967년을 전후로 해서, 첫 번째 시
기인 해방 직후부터 1966년까지, 두 번째 시기인 1967년 주체문
학이 정립된 이후부터 1980년대까지, 세 번째 시기인 1990년대
이후로 나눌 수 있다.

첫 번째 시기의 창작방법은 1950년대의 '고상한 리얼리즘'과
'사회주의적 애국주의'와 1960년대의 '새로운 인간 공산주의자의
전형적 성격 창조'로 규정된다. 1950년대의 북한 역사소설은 분
단 이전의 역사를 다루는 작품과 분단 이후의 역사를 다루는 작
품으로 분류할 수 있다. 전자에는 최명익의 『서산대사』, 한설야
의 『설봉산』, 이기영의 『두만강』, 남궁만의 『홍경래』가 있고, 후
자에는 한설야의 『력사』와 『대동강』, 황건의 『개마고원』, 박웅걸
의 『조국』이 있다.

1960년대의 역사소설은 대부분 분단 이후의 역사 내지 김일성
항일혁명을 다루는데, 림춘수의 『청년전위』, 천세봉의 『고난의
역사』, 『대하는 흐른다』, 석윤기의 『시대의 탄생』 등이 있다. 이

시기에 분단 이전의 역사를 다루는 작품으로는 박태원의 『계명산천은 밝아오느냐』와 그 후속편인 『갑오농민전쟁』이 있다.

김일성 유일주체사상이 확립된 두 번째 시기의 북한 역사소설은 유일주체사상을 구현하기 위한 수령형상창조와 항일혁명문학 계승을 대부분 다루고 있다. 이들 작품은 김일성 우상화에 치중하여 역사를 왜곡하고 있다. 신윤기의 『무성하는 해바라기들』, 정창윤의 『천산령을 넘어서』, 김병훈의 『불타는 시절』, 김규엽의 『새봄』 등이 있다.

세 번째 시기에 들어서면서 북한 역사소설은 주체사상에 의한 수령형상화를 궁극적 목표로 삼으면서, '혁명적, 고전적 민족문화유산계승'과 '숨은 영웅 찾기'를 중시하게 된다. 과거처럼 역사상 영웅적 인물을 중점적으로 형상화하는 것에서 벗어나, 역사상 주목을 받은 인물은 아니지만 일상생활 속에서 만날 수 있는 평범하면서도 성실한 인물을 '주체형의 공산주의자의 참된 전형'으로 형상화함으로써 대중적 영웅을 창조하는 방향으로 나아간다.

이에 따라, 다양한 소재를 다루는 역사소설이 발표되는데, 특히 분단 이전을 다루는 작품이 다수를 차지한다. 첫째, 고조선과 고구려 시대를 다루는 작품으로 림종상의 「부루나의 밤」, 김호성의 『주몽』, 리성덕의 『담징』이 있다. 둘째, 고려 시대를 다루는

작품으로 림왕성의 『설죽화』가 있다. 셋째, 조선 시대를 다루는
작품으로 김현구의 『리순신 장군』, 홍석중의 『황진이』, 리영규의
『평양성 사람들』, 강학태의 『김정호』, 홍석중의 『높새바람』, 리유
근의 『홍경래』가 있다. 넷째, 개화기를 다루는 작품으로 박태민
의 『성벽에 비낀 불길』, 『개화의 려명을 불러』 등이 있다.

# 항일 운동에서 자기완성의 길에 이르는 서사구조

## : 김원일『늘푸른 소나무』

# 항일 운동에서 자기완성의 길에 이르는 서사구조 :
## 김원일 『늘푸른 소나무』

## 1. 머리말

　김원일의 대하장편소설 『늘푸른 소나무』는 1978년 발표했던 단편 「절명」을 모태로 하여 1987년부터 1992년까지 『중앙일보』에 연재되다 1993년에 전 9권으로 문학과지성사에서 출간되었다. 이 작품은 백상충, 박상진, 조익겸, 장경부, 강중우, 석주율, 석선화 등과 같은 다양한 인물들의 삶을 통해, 1910년대에서 1920년대까지 일제의 식민지 지배와 이에 맞서는 항일운동을 중심으로 하여 당시의 시대상을 다각도로 형상화하고 있다.

이 작품에 대한 기존 연구를 살펴보면 다음과 같다. 이동하[1]는 이 작품을 성장소설, 역사소설, 사상소설이라는 측면에서 고찰하고 있다. 열예닐곱 살의 종 어진이로 등장하는 주인공 석주율이 '무학봉의 소나무같이' 성장해가는 과정을 다룬 측면이야말로 이 작품에서 가장 소중한 점이라고 평한다. 그러면서 1910년부터 식민지 통치체제가 완전히 정착된 1920년대 전반기까지의 시대사를 총망라한 역사소설이며, 유교, 불교, 기독교, 대종교, 무교 등의 다양한 종교사상과 동양적 운명사상, 의병투쟁의 사상, 준비론적 계몽사상, 마르크스주의적 급진론 등의 다양한 사상을 다루는 사상소설로 평가하고 있다.

하응백[2]은 김원일의 이전 소설에서 자주 변주되던 주요 모티브인 배고픔의 문제와 아비상실과 장자되기의 강박관념이 이 작품에서는 사라지고, 대신 구도 혹은 인간 완성이라는 인간 정신의 절대적인 영역으로 주제 의식이 고양되고 있다고 보았다. 또한 거듭되는 좌절과 고난과 폭력에도 꺾이지 않는 보편적 인간 완성을 위한 구도적인 삶의 전범을 제시함으로써 우리 소설사에

---

1) 이동하, 「권하고 싶은 명저 : 진지한 문학정신의 아름다운 승리 - 김원일의 '늘푸른 소나무'」, 『한국논단』 115, 1999.
2) 하응백, 「장자(長子)의 소설, 소설의 장자(長者)」, 『김원일 깊이읽기』, 문학과 지성사, 2002.

보기 어려웠던 극선의 인간성을 창조하고 있다고 보았다.

정호웅[3]은 격동의 시대를 살았던 사람들의 삶을 객관적인 자료를 바탕으로 하여 그린 사실주의적 역사소설이지만, 동시에 역사를 넘어서는 존재로 자신을 세워 가는 사람들의 아름다운 고투를 그림으로써 사실주의적 역사소설 일반의 시간구속성을 해체하였다고 보았다. 또한 사건의 여로가 아니라 인물의 내적 정신의 여로를 가운데 놓고 내성 그 자체가 서사를 구성하는 새로운 형식을 창출하였다는 점과 자기 부정을 통해 끊임없는 갱신의 길을 걸어가는 새로운 인물 유형을 창출하였다는 점에 의의가 있다고 보았다.

김치수[4]는 당대 사회의 우리 민족이 체험한 삶의 진정한 모습을 보여줄 뿐만 아니라, 민족의 많은 지도자들 뒤에는 그보다 훨씬 많은 민중들의 보이지 않는 삶과 죽음, 기쁨과 고통, 환희와 절망이 있다는 것을 보여준다고 하였다.

이 글은 이 작품의 서사구조의 특질과 각 서사구조에 내포된 의미망에 주목하고자 한다. 이 작품은 크게 세 가지 서사구조로

---

3) 정호웅, 「자기완성의 길-김원일의 '늘푸른 소나무'」, 『한국의 역사소설』, 역락, 2006.
4) 김치수, 「개인과 역사2: 김원일의 '늘푸른 소나무'에 대하여」, 『문학과사회』 27, 1994.

이루어져 있다. 첫째 백상충과 박상진을 중심으로 하여 일제강점기라는 모순된 시대와 맞서 싸우는 인물들의 여로를 다루는 서사구조, 둘째 조익겸, 장경부, 강중우를 중심으로 하여 불의의 시대에 굴복하면서 자신의 안위만을 도모하는 인물들의 여로를 다루는 서사구조, 셋째 석주율과 석선화를 중심으로 하여 시대에 맞서 싸우면서도 그 시대를 넘어 인간으로서의 자기완성의 길을 걷는 인물들의 여로를 다루는 서사구조가 그것이다.

그런데 이 세 가지 서사구조는 다음 세 가지 의미망과 엄밀하게 대응하고 있다. 첫 번째 서사구조는 일제의 식민지 지배에 맞서 1910년대에서 1920년대에 걸쳐 울산 지방을 중심으로 하여 일어난 항일운동의 측면을 객관적 사료(史料)에 기초해 영남유림단 사건, 대한광복회 사건, 언양 삼일만세운동 사건 등으로 이어지는 역사적 전개 과정에 따라 다루고 있다. 따라서 이 서사구조는 역사적 사건이 중심을 이루고 있다. 그러면서 이러한 역사적 사건과 관련해 불의의 세계에 맞서 싸우는 인물의 투쟁 과정을 다룸으로써 불퇴전의 항일투쟁 의지를 강조하고 있다.

두 번째 서사구조는 항일투쟁을 주로 다루는 첫 번째 서사구조가 담아내지 못하는 영역, 곧 일제에 의한 경제적 측면에서의 수탈과 착취, 교육적 측면에서의 왜곡, 그리고 민족의식 내지 민족정신 측면에서의 말살을 다루고 있다. 따라서 이 두 번째 서사구조는 역사적 사건 단위보다는 인물들의 구체적인 삶과 밀착된 일상적인 사건이 중심을 이루고 있으며, 이를 통해 경제, 교육, 의식의 측면에서 일제의 식민지 지배가 일상적 삶에 고착되는 과정을 보여주고 있다.

앞의 두 서사구조가 1910년대와 1920년대라는 특수한 사회 역사적 상황과 밀접한 관련을 맺고 있다면, 세 번째 서사구조는 일제강점기라는 특수한 역사적 상황과 관련을 맺으면서도 이러한 특수한 역사적 의미망을 넘어서고 있다. 이 서사구조는 일제강점기라는 특수한 영역을 넘어 보편적인 인간 존재가 도달해야 할 궁극적인 자기 완성태는 무엇이며, 나아가 인류의 평화로운 공동 삶이 가능한 이상적 공동체는 무엇인가를 제시하고 있다. 따라서 이 서사구조는 역사적 혹은 일상적 사건이 서사의 기본축을 이루면서도, 각 사건에서 인물이 겪게 되는 고난과 그 고난의 극복과정과 관련된 내면적 고투가 서사의 중심을 이루고 있다.

이 글은 이러한 측면에 주목하면서 세 가지 서사구조의 특징과 그 의미망을 고찰하고자 한다.

## 2. 역사적 사건 중심의 서사와 항일 운동의 숭고함

이 작품의 첫 번째 서사구조는 조선 독립을 위해 일제에 맞서 싸우는 인물들의 여로를 다루고 있다. 이 서사구조는 중심인물인 백상충이 외롭게 걸어온 독립운동의 과정, 곧 구한말 의병운동에 서부터 영남유림단 결성, 대한광복회 운동, 언양 삼일만세 운동, 만주에서의 독립운동으로 이어지는 과정을 주로 다루고 있다.

이 서사구조에서 서술자의 요약적 진술이나 인물 간의 대화적 진술 등을 통해 각 역사적 사건의 발단, 진행 과정, 결과 등이 자세하게 제시되고 있는데, 이는 일제에 의한 억압과 이에 맞서는 항일운동을 다루되 객관적 사료에 입각해 작가의 주관적 측면을 최대한 배제하고자 하는 작가의 의도에서 비롯된 것으로 볼 수 있다.

이러한 역사적 사건 중심의 서사에 백상충, 박상진, 함명돈 같은 독립운동가, 그리고 표충사의 애국 승려 등의 투쟁과 순국이 교직되면서, 이들 인물들의 삶의 여정을 통해 일제의 억압에 맞서는 애국지사들의 불퇴전의 저항운동이 강조되고 있다.

이 서사구조에서 주목할 것은 백상충과 박상진이 선택한 일제와의 대결 방식이다. 울산 군수 백하명의 둘째 아들인 백상충은 사대부 집안의 선비로 태어났지만 신교육을 받았고, 하인 석주율에게 글을 가르친 스승이기도 하다. 백상충은 1905년 한일강제조약이 체결되자 의병장 이강년의 휘하로 들어가 의병운동을 하다가 오른쪽 무릎에 총상을 입고 끝내 절름발이가 된다. 1911년에 부친이 '망국의 통분'으로 생을 마감하자, 백상충은 오로지 '조국 광복의 큰 뜻'을 품고 일제와 대결하는 것에 자신의 전 생애를 바친다.

작품 전반부에서 백상충은 일제 강점 하에 있는 조선이 독립하기 위해서는 무력항쟁도 중요하지만 백성들의 계몽도 중요하다고 생각한다.


　(i) "서방 강대국은 물론 이웃 중국에까지, 조선이 비록 일본의 속국이 되었으나 기필코 광복을 쟁취할 것임을 암살과 폭동을 통해 계속적으로 선전해야 합니다. 그것이 또한 조선인에게 긍지를 심어주는 길입니다. 최후의 한 명까지 조선 인민은 죽기를 각오하고 왜놈과 싸워야 합니다."

　박상진의 목소리가 어느덧 높았다. 그 얼굴이 붉게 상기되고 무릎에 놓인 불끈 쥔 주먹이 떨렸다.

　"그 점은 상진이 말에 일리가 있습니다. 양쪽을 동시에 추진해야 합니다. 무력으로 싸울 자는 싸우고, 인재를 양성할 자는 그쪽에 매진해야 합니다."

백상충이 절충안을 내었다.[5]

(ii) '영남유림단'의 실천 방향 설정에는 명칭을 정하기보다 더 힘이 들었다. 의병 활동과 같은 무력 항쟁으로 나아가느냐, 민중 계도적 차원의 실무역행주의로 나아가느냐의 방향 설정에는 열세 명의 의견이 반쪽으로 나누어지고, 반쪽으로 나누어진 중에도 여러 갈래의 수정안이 나왔다. (중략)

백상충은 두 가지를 다 수용하자는 의견을 내세웠다. 그러나 무력 항쟁만은 의병 활동과 같은 단체 행동이 국내에서는 불가능하므로, 경찰서나 헌병대 폭파, 간악한 일본인이나 조선인 친일분자의 암살과 같은 소수 정예의 거사(擧事)는 가능하리라는 단서를 달며, 안중근 의사의 거사를 예로 들었다.[6]

(i)에서 박상진이 '무력투쟁'을 주장하자 백상충은 '무력투쟁'과 '인재양성' 두 가지 모두에 매진할 것을 주장한다. (ii)에서도 영남유림단 실천방향 설정과 관련해 백상충은 민중계도와 무력항쟁을 동시에 병행할 것을 주장하고 있다.

이런 입장에서, 백상충은 영남유림단에서 '문치부' 활동의 일환으로 간이학교를 세울 돈을 모금하는 한편, 영남유림단과 광복회 등에서 '무력부'로 활동하며 만세운동에도 참가한다. 하지만

---

5) 김원일, 『늘푸른 소나무』 1권, 문학과지성사, 1993. p.153.
6) 위의 책 1권, p.212.

만세운동으로 옥고를 치르고 나오면서부터 백상충의 생각은 변한다.

(i) "내가 감옥에 있을 때 야학이나 보통학교를 다녀 글을 깨우친 여러 조선 청년을 만났던 바 그들의 사고 방법이 하나같이 글러먹어 통분함을 금할 수가 없었기 때문이다. 글을 배워 순박한 동족을 등쳐먹은 횡령·사기·협박범은 글을 배운 목적을 면서기나 순사보나 왜놈 회사나 상점에 취직을 목표로 했다니, 왜놈의 충복이 되자는 심보가 아니고 무언가. 그들을 교화시켜보려 강론을 펴도, 조선 독립은 영 가망이 없다는 패배주의에 젖어 마이동풍(馬耳東風)이니 이제 조선민의 교육에도 큰 기대를 걸 수 없음을 깨달았다."[7]

(ii) "주율이 너한테도 할 말이 있어. 농촌 운동이다, 서숙이다, 다 좋아. 그러나 그런 조선민의 실력 양성 운동이랄까, 민족 개량주의 사상으로서는 조선 독립의 길이 요원하다는 걸 알아야해. (중략) 농촌 운동을 통한 농민의 피땀 바친 미곡 증산이 왜놈 배만 불려주는 꼴이요, 서숙을 통한 교육 운동 또한 조선민을 더 충량한 식민지 종으로 양성하는 데 이바지한다면 어쩌겠어? 글 배워 면서기가 되거나 왜놈 밑에 서생이라도 되겠다? 그게 말이나 되는 소린가!"[8]

---

7) 위의 책 9권, pp.25~26.
8) 위의 책 9권, pp.24~25.

(i)에서 보듯, 감옥에 있을 때 백상충은 '조선민 교육'은 조선인을 '왜놈의 충복'만으로 만들 뿐이며, 그런 충복들을 교화시키려 해도 그들은 '조선 독립은 영 가망이 없다는 패배주의'에 빠져 있다는 것을 뼈저리게 깨닫는다. (ii)에서 백상충은 출소 후 제자 석주율에게 '농촌 운동'이나 '서숙을 통한 교육 운동'이 갖는 문제점을 비판하면서 그런 '민족 개량주의 사상'으로는 '조선 독립의 길이 요원하다'고 강조한다. 여기에 오랜 친구인 박상진이 무력투쟁을 하다 감옥에서 순국하자, 이에 충격을 받은 백상충은 "동무가 걸은 길을 서둘러 달려가 똑같은 최후를 맞겠다"[9]는 각오를 한다. 그리하여 백상충은 무력투쟁만이 조선 독립을 위한 유일한 방법이라 결심하고 북지 만주로 가서 약산 김원봉을 만나 독립군이 되어 총을 들고 직접 투쟁에 나선다.

한편, 백상충의 친구로, 백상충과 함께 "울산 지방 국권 회복 운동의 두 마리 용(龍)으로 일컬어지는"[10] 박상진의 경우이다. 박상진은 어릴 적 백상충과 신교육을 함께 받은 인물이다. 그는 대한제국의 마지막 사법시험에 합격한 수재이지만, 나라를 빼앗기게 되자 "내 손으로 동지와 우국지사를 논죄해야 함은 사람의 도

---

9) 위의 책 9권, p.24.
10) 위의 책 1권, p.147.

리가 아니다."11)라고 하며 사표를 내고 향리로 내려왔다가 독립
운동을 위해 곧바로 북지로 건너간다. 그런 박상진은 무장투쟁만
이 조선 독립의 길임을 굳게 믿고 있다.

　　"땅덩어리가 작고 물산이 부족한 조선으로서는, 혁명의 길이
　　오직 네 가지 임무 수행뿐이라는 데 결론을 얻었습니다. 이것이
　　바로 비밀·명령·폭동·암살입니다."12)

　박상진은 '비밀, 명령, 폭동, 암살'만이 유일한 조선 독립의 길
이라는 신념 하에 광복회 활동을 이끌어 가던 중 수감된다. 박상
진은 모진 고문을 받으면서도 최대한 독립운동에 해를 끼치지 않
게 하기 위해 일본 순사들에게 광복회의 범위를 충청도 지부에
한정시켜 자백한 뒤, 대구 감옥에서 순국한다.

　이처럼, 백상충과 박상진은 조선 독립을 위해서 무력투쟁이 불
가피하다고 생각한다는 점에서 의견을 같이 한다. 하지만 조선
독립을 통해 이루고자 하는 이상세계에 있어서 두 사람은 차이점
을 지닌다.

---

11) 위의 책 1권, p.13.
12) 위의 책 1권, p.152.

(i) "여태까지 중국은 『논어(論語)』를 법통으로 삼은 전통적 유교 사상의 고수로 오늘의 문명 낙후를 자초했고, 외국 열강에 침탈당하는 화를 입고 말았습니다. 우리나라 역시 똑같은 수순을 겪었지요, '의화단란'을 통해 중국 인민이 이제서야 그 수모의 충격을 자각하기 시작하여, 사회 혁명(社會革命)에 눈을 뜨게 된 셈이지요. 의화단의 난 이후 득세했던 개명정치론(開明政治論) 주창자인 개혁파들의 그 개량주의도 인민에게 통하지 않음이 이번 민국 혁명(民國革命: 신해 혁명)을 통해 백일하에 드러나고 있습니다. 계급 구별을 인정하던 공자의 군주제가 이제 마지막 설 땅마저 잃고 있는 셈이지요. 저는 중국 다수 인민이 전통적인 유교 사상에서 깨어나 혁명파를 열렬히 지지하고 있음을 현장에서 똑똑히 보고 왔습니다."[13]

(ii) "중국이 바야흐로 대변혁기를 맞아 밖으로는 서구 열강의 침탈과 싸워야 하고 안으로는 보수와 혁신의 틈바구니에서 갈등을 겪고 있는 줄은 나도 알고 있어. 그런데 혁명파라는 그 급진주의자들이 다윈의 진화론을 사회적 측면에서 받아들여 전통적인 주자학을 부정하고, 심지어 국가론까지 배척하여 무정부주의(無政府主義)도 좋다는 쪽으로 나아가고 있음은 나로선 찬동할 수가 없어. 나 역시 탁상공론이 승한 주자학의 폐습을 모르는 바 아니나 공맹(孔孟) 사상을 깡그리 밟아뭉개고 서양 사상의 여러 갈래를 분별없이 받아들여 주장함은, 적을 앞에 두고 자중지난(自中之亂)만 일삼는 꼴이지. 조선이 망한 교훈을 타산지석

---

13) 위의 책 1권, p.149.

(他山之石)으로 삼아도 시원찮을 텐데 말이야."

　백상충의 말이었다. 백성이라는 널리 쓰이는 말을 두고 상진
이 인민이라는 진보적 용어를 자꾸 사용함조차 그에게는 거부
감이 느껴짐도 사실이었다.[14]

　(i)은 박상진의 주장에, (ii)는 백상충의 주장에 해당한다. 박상
진은 낡은 제도인 공자의 군주제와 전통적인 유교 사상을 타파하
고 인민에 의한 혁명정부 수립을 강조하고 있다. 이와 달리 백상
충은 박상진이 '백성'이 아닌 '인민'이라는 용어를 사용하는 것에
대해 거부감을 느끼면서, 주자학의 유학 이념을 바탕으로 하고
백성이 존경하는 인물을 중심으로 한 공화제 법치국가야말로 조
선 독립의 유일한 방법이라 강조하고 있다.

　백상충의 유학 이념에 입각한 공화제 법치국가나 박상진의 인
민에 의한 혁명정부에 대해 작가는 어느 한 쪽에 무게중심을 두
지 않는다. 작가는 일제 강점 하에서 박상진 식의 항일운동이나
백상충 식의 항일운동 모두 국권회복을 위한 의미 있는 투쟁임을
강조하고 있다. 이는 박상진의 순국이 계기가 되어 백상충이 무
력투쟁을 위해 만주로 떠나는 것에서 확인할 수 있다.

　이처럼, 첫 번째 서사구조는 1910년대에서 1920년대까지 일제

---

14) 위의 책 1권, p.150.

의 억압과 이에 맞서는 항일운동의 역사적 전개 과정을 객관적 사료에 입각해 다루고 있다. 이에 따라, 이 서사구조는 역사적 사건이 중심을 이루고 있다. 그러면서 이러한 역사적 사건 중심의 서사에 백상충과 박상진으로 대표되는 애국지사들의 투쟁과 순국이 교직되면서, 이들 인물들의 삶의 여정을 통해 불굴의 항일 투쟁의지가 갖는 숭고한 의미를 강조하고 있다.

### 3. 일상적 사건 중심의 서사와 일제에 의한 경제, 교육, 정신적 측면의 수탈

두 번째 서사구조는 불의의 시대와 타협하면서 자신의 안위만을 추구하는 인물들의 여로를 다루고 있다. 이 서사구조에서 대표적인 인물로 조익겸, 장경부, 강중우를 들 수 있다.

조익겸 집안은 중인 계급으로 "조부대에 와서 가산을 착실히 늘려 만석꾼 토호로, 그 전답이 철마산 이남에서 동해 갯가까지 널리게"[15] 되었다. 조익겸의 부친은 부산포에서 어물 장사를 하여 크게 성공하였다. 조익겸은 그런 아버지를 뒤이어 재산을 크게 불린다.

---

15) 위의 책 1권, p.47.

128

조익겸 역시 상재(商材)에 밝아 이른바 한일 수호 조규(1876년, 병자 조약 혹은 강화 조약) 이후, 부산 초량 왜관에 설치된 일본 공관을 들락거리더니, 그해 부산포가 개항되자 보부상 조직인 객주회(客主會)를 등에 업고 선친대에서 못다 이룬 무역업에 본격적으로 뛰어들었다. 처음에는 울산 이남의 말린 전복과 해삼을 독점하여 개항 이후 부산에 진출한 대표적인 일상(日商) '고니시키 상사'에 팔아넘기는 중개업을 시작하였다. 그렇게 부(富)를 치적하자 숙원의 하나였던 문한의 유학자 집안과 사돈맺기를 원했으니, 진사댁 집안임을 내세워 울산 백군수댁에 청혼을 넣었던 것이다. 조익겸은 맏딸을 출가시키고 난 뒤 상재를 더욱 떨쳐 무역업의 물목을 차츰 넓혀나가, 건어물은 물론 피륙도 취급하게 되었다. 춘궁기면 영세 농어민에게 장리빚을 놓고 이를 제철에 물건으로 대납케 했으니 곱절로 이문을 남기는 장사였다. 그는 또한 부산 초량에다 여각(旅閣)까지 열고 있기도 하였다.16)

조익겸은 격변의 시대를 잘 이용해서 큰돈을 벌고, '장리빚' 같은 고리대금업을 하면서 재산을 불리는 인물이다. 조익겸은 사위 백상충에게 금전적으로 도움을 주기도 하고, 백상충이 수감 중일 때에는 헌병대의 높은 사람에게 부탁해 수월한 수감 생활을 할 수 있게 해준다. 그러면서 집 안에서는 유카타를 입고 나막신을

16) 위의 책 1권, pp.47~48.

신으며 지낸다. 백상충이 감옥에 가자 그의 아이들을 거두어 일본식 교육을 시키면서 자신처럼 일본식 생활을 하면서 살도록 강요한다. 그는 조선이 독립할 수 있을 것이라고 생각하지 않기에, 독립운동을 하는 사위 백상충에게 시대의 흐름에 맞게 사는 것이 옳다고 말한다.

> "백 서방, 생각 좀 해보게. 시대는 작년과 올해가 또 달라. 옛말에도 있듯, 흐르는 물을 거스를 수 없는 법. 조선 일천 오백만 백성이 한 목숨으로 맹세하고 벌떼같이 일어난다 해도 이젠 어림없어. 암, 어림없고 말고. 그러니 이럴 땐 강한 쪽으로 몸을 기대거나, 뜻이 있어 그도 싫다면 차라리 강태공처럼 가는 세월 가게 두고 무심한 마음으로 낚시질이나 하며 후생이나 돌봄이……"[17]

조익겸 외에도 '조센징 오니게이사츠'라고 불리는 헌병대 강중우도 조선이 독립할 수 있다는 생각 자체를 하지 않는다. 그는 "백년만 지나봐. 이 반도 땅에 댁 같은 조선족 순종은 한 명도 살게 되지 않을 테니깐. 이제 대일본 제국은 천지가 개벽할 때까지 이 땅을 지배할 거야. 백상은 믿지 않겠지만 나는 믿어!"[18]라

---

17) 위의 책 1권, p.52.
18) 위의 책 1권, p.99.

고 말하는 인물이다. 조선과 일본의 혼혈인으로 태어난 그는 자신을 일본인으로도 또 조선인으로도 여기지 않으며 그저 자신과 처자식의 안위만 생각하는 인물이다.

"백상은 나를 조선인으로 볼 필요도 없고 그렇다고 일본인으로 생각지도 마시오. 내 별명이 조센징 오니게이사츠(鬼警察)인 줄은 당신도 알고 있잖소. 조센징이 비하(卑下)의 뜻인 줄 내 모르는 바도 아니나 나는 오직 내 직분에 성실하는 직업 형사로 만족하오."

(중략)

"백상, 난 그렇게 생각하오. 사람이란 자기 직업에 충실할 때 삶의 보람을 느끼지. 열심히 일해 그만한 보수도 받구. 그 보수로 처자식을 건사하고. 사내장부가 그러면 되지 않겠소? (중략) 세상 이치가 그런 것 아니겠소? 내가 내 직업에 충실하다보니 백상을 증오하듯, 백상 역시 나를 지긋지긋하게 싫어하는 줄은, 개돼지도 주인 심사를 짐작하는데, 내가 왜 모르겠소. 먹고 먹히는 자연계의 이치와 같달까. 인간 관계 역시 그렇게 맺어져 있으니깐. 내 직업이 농사꾼이라면 구태여 백상을 추적할 필요가 없겠지. 그렇잖아요?"[19]

강중우는 시대에 관심이 없다는 태도를 보이면서, 조선이 독립

19) 위의 책 2권, p.42.

하거나 일본의 속국이 되거나 하는 것들은 자신의 삶과는 전혀 무관한 것이라고 생각한다. 자신이 독립군을 추적하고 고문하는 것도 조선 독립을 원하지 않아서가 아니라 헌병이라는 직업을 가졌기 때문이라고 강변한다.

한편, '울산 읍내에서 몇 되지 않는 한양 유학생 중의 하나'인 장경부는 작품 초반부에서는 항일운동을 하는 인물로 제시되고 있다. 장경부는 박상진의 사상에 동조하면서 백상충이 독립운동에 적극적으로 나서지 않는 점을 아쉬워한다. 그러면서 장경부는 다리가 불편한 백상충에게 '일본어판 신간 서적'을 가져다 주기도 하고 "대동신보나 매일신보에 실린 새 소식"[20]을 알려주기도 한다. 그러나 작품 후반부로 갈수록 장경부는 일본 문화정책에 길들여져 독립운동에서는 한발 물러서는 자세를 취하면서 그의 아버지처럼 절충론(중용의 입장)을 따르게 된다. 장경부의 부친 장순후는 "대지주로 목재상까지 경영하고 있었는데, 개화 사상의 적극적인 수용자"로 "남 먼저 단발령을 따랐고 총독부 정책에도 중용(中庸)을" 취하는 인물로 제시되고 있다. 그러나 장경부의 절충론은 시간이 지나면서 점차 친일의 방향으로 나아간다.

이러한 세 인물의 삶을 통해 이 서사구조가 강조하는 것은 일

---

20) 위의 책 1권, p.63.

제에 의한 경제적 측면에서의 수탈과 착취, 교육적 측면에서의
왜곡, 민족의식 측면에서의 말살이다. 곧 두 번째 서사구조는 항
일투쟁을 다루는 첫 번째 서사구조가 담아내지 못하는 영역을 중
점적으로 다루고 있는 것이다[21]. 따라서 두 번째 서사구조는 역
사적 사건 단위보다는 인물들의 구체적인 삶에 밀착된 일상적인
사건이 중심을 이루게 된다. 이를 통해, 이 서사구조는 일제의 식
민지 지배가 일상적인 삶에서 어떻게 고착되는지를 보여주고 있
다.

조익겸의 경우 일제에 의한 파행적 근대화와 이로 인해 식민지
화되어가는 조선 경제의 풍속도를 드러내는 역할을 한다. 무역업
과 고리대금업으로 돈을 벌은 조익겸은 '흥복상사'라는 무역회사
와 두 개의 여관을 경영하는 거부 상인이다. 그는 수십 명의 직
원을 두고도 "내 눈으로 보지 않고는 믿지 못한다"는 '현장 중시
경영' 방식에 입각해 직접 "건어물 물목의 재고와 출납을 장부와
현물과 대조하여 일일이 조사"한다. 또한 "자를 것은 자르고 편
리를 보아줄 건수는 반드시 머릿속의 주판알로 셈을 따져 이문이

---

21) 정호웅은 조익겸과 강오무라야말로 첫 번째 서사구조에 나타난 인물들의
    외줄기 행로가 주도하는 이 소설의 날선 분위기를 누그러뜨리는 역할을 수
    행하는 존재로서 그 의미가 간단하지 않다고 보고 있다. 정호웅, 앞의 글,
    p.195.

있을 때만 응대"[22]한다. 이처럼 조익겸은 철저하게 이윤을 따지고 꼼꼼하게 회사를 경영하고 관리하는 거상으로 묘사되고 있다. 이러한 조익겸을 통해 부산을 중심으로 전개되는 일제에 의한 식민지 경제 수탈 측면이 자세하게 그려지고 있다.

(i) "이제 일본이 이 반도 땅을 제 나라로 알아 그 운영을 착실히 하고 있고, 그 기반이 더욱 공고해졌어. (중략) 사통팔통 철길을 까는 공사하며, 도로를 넓히고, 광업과 상업도 일으키고, 경성에는 높은 서양식 관청도 우뚝우뚝 세우고…… 조선이 백년 하청으로도 못할 일을 일본은 몇 년 사이에 해내고 있지 않는가."[23]

(ii) 그는 인력거에 흔들리며 생각하였다. 앞으로 피혁만이 아니라 부산에 모아지는 모든 물목의 상권은 일본인에게 넘어갈 것이 앞산의 불 보듯 환하였다. 그들과 더 유착하지 않고는 상업에서 살아 남을 길이 없었다. 아니면 그들이 미처 손대지 않은 새로운 업종에다 눈을 돌려야 할 형편이었다. 부산의 인구만 해도 경술년 합방 당시 조선인이 3만이었고 일본인은 1만 정도에서 조금 웃돌았다. 그러나 근래에 와서 부산 경무부의 통계에 따르면 부산부가 날로 팽창하여 일본인이 3만을 넘어버렸고 조선인은 2만 5천 명 정도로 줄어버린 실정이었다. 부산부는 이제

---

22) 김원일, 앞의 책 3권, p.250.
23) 위의 책 3권, p.238.

섬나라의 어느 항구와 다를 바 없이 변해가고 있었다.[24]

(i)은 조익겸이 사위 백상충과 나누는 대화의 일부이다. 조익겸
은 일제에 의한 조선의 근대화를 칭찬하고 있는데, 이를 통해 이
작품은 일제에 의한 식민지 조선의 경제적 수탈 방식이 무엇인지
를 제시하고 있다. (ii)에서는 일제에 의한 경제적 수탈이 모든 업
종으로 확대되어 더욱 심해질 것이며, 그러한 수탈의 결과 부산
이 이미 일제의 한 항구가 되어 버렸음을 제시하고 있다.

조익겸이 일제에 의한 경제적 수탈의 측면을 제시하는 역할을
한다면, 장경부는 일제에 의한 교육과 문화 측면의 수탈과 왜곡
을 제시하는 역할을 한다.

  (i) "이제 좋은 세상이 됐네, 만세 운동이 있은 후 총독부가
  은전을 내려 인도주의에 입각하여 반도를 통치하니 세상 인심
  이 아주 바뀌어버렸어. 마치 자유천지가 도래한 듯하이. 조선인
  이 조선글로 쓴 문학 잡지책도 생겨나고, 조선어로 법국·영국
  의 연애소설이며 시도 번역이 되어 읽히고, 마을마다 활동사진
  까지 들어와 청춘남녀를 울리고 웃기는 세상이 되었다네."[25]
  (ii) "세간에는 나를 변절자라 험담하고, 심지어 내가 면회를

---

24) 위의 책 3권, pp.252~253.
25) 위의 책 8권, p.190.

가니 누가 고자질을 했는지 백선생님까지 나를 탐탁잖게 생각
하고 계시지만…… 내 뜻에 동조하는 양식 있는 조선인들도 많
아. 석군도 두 번이나 옥고를 치렀으니 알지 않는가. 세계 정세
로 보나 동양의 상황으로 보나 일본의 권좌는 반석과 같아. 그
런 의미에서 현단계로는 조선의 독립은 절대 무망해. 독립 투쟁
에도 한계가 있어. 달걀로 바위 치기 아닌가. 그러니 양식 있는
조선인이 일본 제국에 협조할 건 협조해가며…… 조선민의 자
력갱생 문제는 점진적으로 성취해나가자는 방법론이지. 그 중
성공 사례의 일례를 꼽는다면, 나는 교육에 있다고 봐. 조선민
은 급선무로 무지에서 깨어나야 해. 아는 게 없으면 현 위치에
서의 개선이 없고 희망도 가질 수 없는, 짐승 같은 삶이지."[26]

  (i)과 (ii)는 석주율이 울산 읍내 광명고동보통학교에서 교감 선
생으로 있는 장경부를 찾아갔을 때 장경부가 석주율에게 한 일종
의 훈계와 같은 것에 해당한다. 장경부는 만세운동 후 총독부가
인도주의에 입각해 문화정치를 표명하면서부터 조선이 '자유천
지'가 되었다고 주장하고(i), 나아가 '일본의 권좌는 반석' 같아
'조선 독립은 절대 무망'하다고 강변하면서 당대 식민지 교육이
나아갈 길을 제시하고 있다(ii). 장경부가 지향하는 식민지 교육은
일제에 의해 왜곡된 당대 교육상을 단적으로 보여주는 것에 해당

26) 위의 책 8권, p.192.

한다.

　마지막으로, 식민지 권력에 기생하여 살아가는 친일분자 강중우는 민족의식 내지 민족정신마저 철저하게 말살하는 일제의 식민지 지배 구조를 보여주는 역할을 한다.

　　내 비록 일본인이 아니지만, 조선인 중에 누구보다도 먼저 일본인이 된 나다. 나는 의무를 다하고 있다. (중략) 아닌 말로 설령 헌병복을 벗더라도 일본말에 능통하니 취직 자리는 쉽게 구할 수가 있었다. (중략) 수사관으로서의 의무만이 아니라 자신의 일차 목표가 독립 단위의 책임자, 즉 헌병대 분견소장이나 주재소장의 승진이었으므로, 조선인으로서 그 직위에 오르자면 학력이 별무한 자기로서는 특별한 공을 세우는 길밖에 없었다. 그 공을 따내기 위해서는 사건이 있을 만한 데라면 섶을 지고 불 속에 뛰어들더라도 찾아다녀야 하였다.[27]

　민족의식이라고는 전혀 찾아볼 수 없는 강중우의 이러한 가치관은 일견 근대적 직업관에 기초한 것이라 볼 수 있다. 그러나 민족의식과 민족정신이 철저하게 배제된 이러한 가치관은 일제에 의한 식민지 지배가 민족의 정신 내지 사상의 차원에까지 진행되고 있음을 단적으로 보여주는 것에 해당한다. 일제는 식민지 조

27) 위의 책 5권, p.221.

선인의 민족정신을 말살하고 조선인들을 단순한 근대적 직업인 내지 기능인으로 양성함으로써 식민지 지배 통치를 용이하게 하고자 한다. 이러한 식민지 통치 정책에 철저하게 길들여지고 그러한 정책을 앞장서서 실천하는 대표적인 인물이 친일분자 강중우이다.

## 4. 내면적 고투 중심의 서사와 자기완성의 길

세 번째 서사구조는 불의의 시대에 맞서 싸우면서도 그 시대를 넘어 보편적인 인간으로서의 자기완성의 길을 걷는 인물들의 여로를 다루고 있다. 이 서사구조를 이끌어가는 중심인물은 석주율과 석선화이다.

먼저, 석주율의 자기완성 과정이다. 백상충의 가노인 행랑아범의 3남 2녀 중 넷째로 태어난 어진이(후에 석주율)은 집안 주인이면서 스승인 백상충의 도움으로 어린 시절 '동운사'를 들락거리며 처음으로 글자를 익힌다. 석주율은 성장하면서 스승인 백상충을 도와 영남유림단 활동을 하다 투옥되어 가혹한 고문을 받아 식물인간이 되기도 하고, 언양 삼일만세운동에 참여했다가 투옥되어 청옥산 벌목장에서 가혹한 형벌을 받기도 하면서 자기완성을 길을 걸어간다.

석주율이 걸어가는 이러한 길은 "고독한 나그네의 길처럼 많은 어려움을 넘기게" 되는 '화산려(火山旅)'[28]로 표현되는데, 이 화산려의 과정에서 석주율은 중대한 두 가지 사건을 경험하면서 자신의 삶의 방향과 사상을 결정짓는다. 간도 방문과 폭력 체험이 그것이다.

첫째, 간도 방문이다. 석주율은 두 번 간도를 방문한다. 첫 번째 방문은 무기 운반을 위해서이다. 석주율은 삶의 회의를 느껴 표충사로 들어가 스님이 된다. 그러나 스승 백상충의 추천으로 곽돌, 경후와 함께 북지 간도로 가서 총포를 운반하는 일에 가담한다. 당시 간도 청포촌에 사는 사람들은 대부분이 대종교 교인이었다. 이들은 조선 독립을 위해 온 역량을 집중하면서 독립군을 키워내고 있었다. 석주율과 동행한 곽돌은 그 교에 들어가 교인이 되고, 석주율도 대종교 교리를 익힌다.

석주율, 곽돌, 경후는 국내로 총포를 무사히 들여와 보국사 뒷산에 묻어 둔다. 그러다가 대한광복회가 친일파를 위협해 자금을 모으려다 일경에 발각되고, 그 조사 과정에서 석주율 일행의 북지 여행이 들통 난다. 석주율은 구금되어 모진 고문을 당한 끝에

28) 위의 책 5권, p.167.

식물인간이 되어 투옥된다. 감옥에서 석주율은 에릭 선교사로부터 처음으로 기독교 복음을 듣게 되면서 큰 충격과 깊은 감동을 받는다.

> 야소는 마음이 가난한 자, 착한 자, 우는 자, 의(義)와 덕(德)에 주리고 목말라 하는 자, 불쌍한 자, 마음이 깨끗한 자, 의를 위하다가 곤란을 받은 자는 모두 복을 받고 천국에 갈 수 있다고 외쳤던 것이다. 그는 이 세상의 높고 밝고 행복한 데를 보지 않고 낮고 어둡고 누추한 데로 눈을 돌려, 그곳에 사는 백성들의 곤핍한 마음에 희망을 주려 했음이 분명하였다.[29]

'낮고 어둡고 누추한 데로 눈을 돌려 그곳에 사는 백성들의 곤핍한 마음에 희망'을 주려 한 야소의 가르침을 접한 석주율은 출옥 후 산문을 떠나 속세로 내려간다. 석주율은 부산 용미산 토막촌에 들어가 고아들과 스스로를 돌보지 못하는 사람들을 거두어 거적집을 짓고 함께 생활하기 시작한다.

석주율의 이러한 선택은 야소교와 같은 특정 종교에 영향을 받았다기보다는 그가 "참된 말씀의 집"[30]으로 생각하는 불교와 야

---

29) 위의 책 5권, pp.107~108.
30) 위의 책 5권, p.140.

소교와 대종교 등의 종교사상에 종합적으로 영향을 받은 것으로
볼 수 있다.

　　"이 길로 석방이 된다면 인간이 아닌, 마소처럼 살아도 좋으
리라. 마음껏 들판을 나다니며 흙을 밟고, 구슬땀을 흘리며 일
할 수 있는 그 자유나마 감사한 마음으로 받아들이리라. 그는
그런 생각을 하였다. 그러나 마소처럼 사는 삶이 어떤 삶일까.
결과적으로 주인의 부림을 당하며, 시키는 대로 수동적으로 일
하며, 목숨의 이어가기가 아닌가. 그렇다면 마소가 아닌, 이 지
상 만물의 영장으로 태어난 사람이라면 마땅히 남을 위해서, 나
보다 더 낮은 자를 위하여 바치는 삶이 참다운 인간의 도리이
리라. 더욱 자신은 글을 익혀 배운 행운을 잡았고, 선문의 세계
에서 짧은 세월이나마 참다운 삶의 길을 예시받지 않았던가. 그
렇다면 사바 세계 중생을 위해 내 한 몸 던져 그들의 고통에 동
참하며 더 나은 길로 인도함이 살아 생전 내가 치러야 할 업보
가 아닐까."[31]

　'나보다 더 낮은 자를 위하여 바치는 삶'을 살기로 결심한 석
주율은 토막촌의 공동체 생활에 매진한다. 그러다가 거적집을 철
거당하게 될 상황이 되자, 석주율은 울산 범서면 구영리에서 야

---

31) 위의 책 5권, p.118.

소교회를 세우고 아동들을 가르치는 함명돈 선생을 찾아가 그의 소유인 잡종지를 빌려 '석송농장'을 건립한다.

두 번째의 간도 방문이다. 석주율은 공동체 생활을 하던 중 언양 삼일만세 운동에 참가하다가 다리에 총상을 입는다. 그런 석주율을 정심네가 업고 산길을 타서 도운사로 데려가 살려낸다. 몸이 나아진 석주율은 만세운동한 일을 자수할까 고민하다가 정심네와 두 번째 간도 여행을 간다. 석주율은 명동촌을 방문해서 명동학교를 설립한 김약연 선생과 교장인 김종규 장로를 만나 대화를 나누게 되는데, 독실한 기독교인인 두 사람으로부터 큰 감화를 받는다.

한편, 명동촌에서 석주율은 '무산자주의자' 진성식을 만나 사회주의에 대해 대화를 나눈다. 진성식이 사회주의는 사유재산제를 없애고 정부가 모든 소유물을 관리 감독하는 것이라 말하자, 석주율은 "협동 농장, 즉 농민들 여러 가구가 땅을 공동으로 소유하여 공동으로 개간한 뒤, 그 땅의 생산물을 공동 관리하는 제도와 사회주의는 별 차이가 없을 듯싶었다. 자신이 앞으로 하고 싶은 일이 바로 그러하였다."[32]라고 생각하면서 사회주의에 대해 관심을 갖는 태도를 취한다. 그러나 석주율은 진성식과 대화를

---

32) 위의 책 6권, p.292.

길게 나누는 과정에서 사회주의를 받아들일 수 없다는 결론을 내린다.

　　진성식의 말에 석주율은 완강히 도리질을 하였다. 개인의 재산 증식을 인정하지 않고 만민 평등 사회를 실현한다는 점에서 사회주의에 호기심이 동했으나, 사회주의가 종교마저 부정한다는 그 결연성에는 동의할 수가 없었다. 종교가 내세를 인정하여 그 처소의 높낮이를 구별짓고는 있으나 그 점은 어디까지나 이승의 참다운 삶에 많은 교훈적 경고를 기반으로 하여 설정되었으며, 자신이야말로 앞으로의 계획에 그 말씀을 근간으로 한 실천적인 삶을 목표로 하고 있었던 것이다.[33]

석주율은 종교를 인정하지 않는 사회주의를 거부하고 종교적 사랑과 협동에 기초한 만민평등 공동체를 자신이 지향할 이상세계로 설정한다. 정심네와 같이 국내로 돌아온 석주율은 만세운동에 참가한 것에 대해 자수를 하고 징역살이를 하면서 청옥산 첩첩산중에서 벌채 노동에 동원된다. 출소한 석주율은 '석송농장'으로 돌아가 '공동체의 호혜정신'을 통해 농장을 꾸려 나간다. 이후 석주율은 울산 농민궐기대회에 참가했다가 체포되어 구류를 살다

---

33) 위의 책 6권, pp.293~294.

나온 뒤, 도요오카 농장의 소작쟁의를 주동하다가 강중우가 쏜 총에 맞아 사경을 헤매게 된다.

둘째, 폭력 체험이다. 첫 번째 간도 방문에서 무기를 구입해 곽돌과 함께 귀국하던 석주율은 도중에 곽돌이 자신을 미행하는 심마니들을 잡아 칼로 무찌르고 소금물만 먹이며 데리고 다는 모습을 보고 살생과 폭력에 대해 거부감을 느낀다. 또한 두 번째 간도 방문에서 북로군정서에서 독립군으로 활동하다 일본군을 사살한 후에는 공포에 질려 '살육의 현장'에서 벗어나 조선으로 돌아가기로 결심한다. 그런 과정을 겪으면서 석주율은 일본이 조선을 폭력으로 빼앗았다고 해서 조선도 그렇게 폭력으로 대항하는 것은 옳지 않다고 여기게 된다.

> "설령 상대가 원수라도 폭력으로 굴복시키는 방법은 정의롭지 못하다고 봅니다. 폭력이 상대방을 육체적으로 굴복시킬 수 있으나 그의 정신까지 굴복시킬 수는 없지요. 일본이 조선을 총검으로 굴복시켰으나 조선인의 정신까지 노예로 만들지는 못했습니다. 진선생이나 저도 조선을 일본의 속국이요 일본의 노예라고 생각지는 않고 있지 않습니까? 또한, 일본이 조선을 총검으로 위협하여 폭력으로 빼앗았다고 우리도 반드시 그렇게 응수해야 한다는 주장은 옳지 못합니다."[34]

이 깨달음을 얻은 후, 석주율은 문제가 발생하면 단식과 묵비권 행사로 자신의 뜻을 알릴 뿐 폭력을 사용하지 않는다. 석주율의 이러한 모습에 감명 받은 주변 사람들은 그를 '선생'이라고 부르게 되고, 일본 총대장마저 그를 인격적으로 존중하게 된다.

이처럼 석주율은 두 번의 간도 방문을 통해 '나보다 더 낮은 자를 위하여 바치는 삶'을 강조하는 종교적 사랑, 그리고 호혜정신과 협동에 기초한 만민평등 공동체를 자신의 지향점으로 설정한다. 또 폭력 체험을 통해 '폭력이 없는 공동선', '베품과 자기희생, 친절과 양보, 겸손과 낮춤'을 삶의 지향점으로 설정한다. 이 두 가지 지향점의 결정체가 바로 '석송농장'이다. 곧 '원시공동사회' 같은 소규모 농장인 석송농장은 종교적 사랑과 만민평등, 그리고 폭력 없는 공동선이라는 가르침을 온몸으로 실천하면서 자기완성의 길을 걸어온 석주율의 삶의 결정체라 할 수 있다.

따라서 석주율은 양심과 신념과 신앙에 따라 식민지 시대를 온몸으로 부딪치면서 조선 독립에 대한 열망을 드러내는 한편, 식민지 시대라는 특수한 상황을 뛰어넘어 보편적 인간으로서 자기완성을 위해 고행의 길을 걸어온 인물이라 할 수 있다.

다음, 석주율의 여동생인 석선화의 자기완성 과정이다. 그 과

---

34) 위의 책 6권, p.297.

정은 "밝은 것이 자취를 감추고 어두운 것이 세상을 온통 지배"[35) 하는 '지화명이(地火明夷)의 괘'를 극복하는 것으로 제시되고 있다.

석선화는 가족과 오라버니를 위해 자신을 희생하는 인물이다. 그녀는 여섯 살 때 열병을 앓은 뒤 청맹과니가 된다. 석선화의 부모님은 소경인 딸을 누가 데려가겠냐며 한탄하지만, 석선화는 앞을 보지 못하는 대신 다른 감각으로 사람을 구분하거나 행동을 맞추는 등 영민한 모습을 보인다. 열일곱 살이 되던 해 석선화는 양반집 첩으로 중신이 들어오자 반대하는 부모님께 집안이 도움이 된다면 자신을 팔아달라고 말한다.

> "제 한 몸 죽는 것이야 아무렇지 않아 이 세상 하직하려고 모진 마음도 먹었으나 정말 부모님께 더 큰 시름을 얹을 것 같아, 제가 부모님 슬하를 떠나야겠다고 때를 기다려온 게 사실입니다. 병신 중에도 상병신인 저라 시집가기를 애초에 단념해서 점이나 배울까 하고 응달말 무당촌으로 짝지 짚고 찾아가기도 수십 차례였습니다. (중략) 마침 나락 여섯 섬까지 준다 하니 첫째오라버님 앞으로 밭 한 마지기나 사주시고, 저를 팔아주세요."[36)

---

35) 위의 책 3권, p.294.
36) 위의 책 2권, p.229.

그녀는 집을 떠난 후 겁탈을 당하는 등 갖은 고난을 겪다가 부산으로 넘어가 조익겸이 운영하는 '길안여관'에서 안마사로 머물게 된다. 여기서 선화는 장님 물금댁에게 안마를 배우면서 '참는 슬기'를 배운다.

천벌을 받고 태어난 몸, 죽지 못해 산다면 이 세상이 주는 어떤 고난도 달게 받아야 함이 우리들의 팔자이니라. 오직 마음만은 청정(淸淨)하게 가져 한 세월의 고통을 견디어낸다면 이 다음에 죽어 틀림없이 두 눈 환희 뜨고 극락왕생할 것이다. 선화야, 너는 이제 그 시작이니 앞으로 어떤 모욕과 수치를 당하더라도 참는 슬기를 배워야 한다. 내가 한가할 적이면 늘 염주알을 굴리지 않더냐. 염주알을 굴리며 나는 보리달마(菩提達磨) 선사를 생각한단다. 벽을 마주하고 꼿꼿이 앉아 참선하기를 구 년이었으니, 그 고통이 얼마였겠느냐. 달마 선사께서는 스스로 그런 고통을 자청하여 깨달음을 얻었으나, 하늘은 우리에게 앞 못 보는 고통을 미리 점지해주셨으니 오로지 참고 참아 마음의 눈을 밝혀야 한다……37)

이후 선화는 배경준(백운거사)을 만나 역술을 익히게 되면서 부산부에서 이름을 날린다. 배경준의 후처가 된 그녀는 많은 돈을

---

37) 위의 책 3권, pp.260~261.

벌어 석송농장의 최대 후원자가 된다. 석주율은 예전부터 동생 석선화가 지혜롭다고 여겼는데, 석선화가 역술을 익히며 앞을 내다보자 동생에게만 자신의 속마음을 털어놓기도 하고 조언을 구하기도 하고 도움을 청하기도 한다. 이러한 삶의 과정을 거치면서 석선화는 한 치의 흐트러짐도 없는 조신한 인물로 성장한다.

> "선화는 이제 명이괘(明夷卦)에서 벗어나 환(渙)의 괘로 접어들었습니다. 바람이 불어 물 위에 널린 티끌을 쓸어내듯, 고난과 좌절에 갇혔던 새가 그물을 벗어나 창공을 날 듯, 그런 운세요. 이는 세월의 흐름에 따라 저절로 얻어진 열매가 아니라 참고 참는 인내와 각고의 노력 끝에 수확한 추수로 봐야 합니다. 선화 슬기로움이 거기에 있습니다."38)

'참고 참은 인내와 각고의 노력 끝에 수확한 추수'가 바로 석선화가 도달한 자기완성의 자리이다.

다음 인용문은 석주율이 동생 석선화에게 고백하는 내용으로, 석주율과 석선화가 격변의 시대를 살면서 그 시대에 치열하게 부딪치고, 이를 통해 시대를 넘어 인간으로서의 자기완성을 길을 걸어온 과정을 압축적으로 보여주고 있다.

---

38) 위의 책 7권, p.31.

"선화야, 앞으로 내 운명이 어찌 될는지는 모르나 나는 절에서 내려오며, 이 세상에서 버림받은 가련한 사람들과 함께 살기로 결심했다. 내가 둘째서방님 아래 학문을 배우고, 출가하여 부처님의 경전을 읽고, 어쩌다 이태 동안 옥살이를 겪은 끝에, 내가 얻은 결론이 그러했다. 내가 갈 길은 학문의 길도, 득도의 길도, 광복 운동에 나설 혁명가의 길도 아니다. 그 도정에서 일가를 이루기에는 나는 너무 부족함이 많은 인간임을 알았다. 머리도 모자라고 기백도 없고, 내가 생각하기로도 빈 들녘을 나는 비 맞은 참새와 같으다. 그래서…… 내가 할 수 있는 일이란, 이 세상 가장 낮은 곳으로 내려가 그곳에서 육신고로 신음하는 뭇 백성들과 함께 내 능력이 닿는 한 그들을 도우며 살기로 결심한 것이 그 일이다. 물론 어려움도 많고 지금도 어려움을 겪고 있다. 낙담할 때도, 서러울 때도, 너무 힘이 들어 혼자 운 적도 있다. 그러나 잠들기 전에 일기를 쓰며 나는 나를 추스린다. 이겨야 한다고, 어떤 난관도 참고 나아가야 한다고 새롭게 다짐하곤 하지. 하느님은 나의 그런 선한 싸움을 도와주실 거라고 나 스스로에게 최면을 걸기도 한다……"[39]

세 번째 서사구조에 나타나는 석주율과 석선화의 이러한 자기 완성의 과정을 통해, 이 작품은 일제강점기라는 특수한 시대적 상황을 넘어서서 보편적인 인간 존재가 도달해야 할 궁극적인 자

---

39) 위의 책 5권, pp.322~323.

기완성태는 무엇이며, 인류의 이상적 공동체는 무엇인가를 문제
삼는 자리에까지 나아가게 된다.


## 5. 맺음말

이 글은 김원일의 대하장편소설 『늘푸른 소나무』의 서사구조
의 특질과 각 서사구조에 내포된 의미망에 주목하였다. 이 작품
은 크게 세 가지 서사구조로 이루어져 있다.

이 작품의 첫 번째 서사구조는 조선 독립을 위해 일제에 맞서
싸우는 인물들의 여로를 다루고 있다. 이 서사구조는 일제 식민
지 지배에 맞서 1910년대에서 1920년대에 걸쳐 울산 지방을 중
심으로 하여 펼쳐지는 항일운동의 측면을 객관적 사료(史料)에 기
초해 영남유림단 사건, 대한광복회 사건, 언양 삼일만세운동, 만
주에서의 독립운동 등으로 이어지는 역사적 전개 과정에 따라 다
루고 있다. 따라서 이 서사구조는 역사적 사건이 중심을 이루고
있다. 그러면서 이러한 역사적 사건 중심의 서사에 백상충, 박상
진, 함명돈 같은 독립운동가, 그리고 표충사의 애국 승려 등의 투
쟁과 순국이 교직되면서, 이들 인물들의 삶의 여정을 통해 일제
의 억압에 맞서는 애국지사들의 불퇴전의 항일투쟁 의지와 그 숭

고한 의미를 강조하고 있다.

　두 번째 서사구조는 불의의 시대와 타협하면서 자신의 안위만을 도모하는 인물들의 여로를 다루고 있다. 이 서사구조에서 대표적인 인물로 조익겸, 강중우, 장경부를 들 수 있다. 이러한 인물들의 삶의 형태를 통해 이 서사구조가 강조하는 것은 일제에 의한 경제적 측면에서의 수탈과 착취, 교육적 측면에서의 왜곡, 민족의식 측면에서의 말살이다. 곧 두 번째 서사구조는 항일투쟁을 다루는 첫 번째 서사구조가 담아내지 못하는 영역을 중점적으로 다루고 있는 것이다. 따라서 두 번째 서사구조는 역사적 사건 단위보다는 인물들의 구체적인 삶에 밀착된 일상적인 사건이 중심을 이루게 된다. 이를 통해 이 서사구조는 일제의 식민지 지배가 일상적인 삶에서 어떻게 고착되는지를 보여주고 있다. 조익겸의 경우에는 일제에 의한 파행적 근대화와 이로 인해 식민지화되어가는 조선 경제의 풍속도를 제시하고, 장경부는 일제에 의한 교육과 문화 측면의 수탈과 왜곡을 제시하며, 강중우는 민족의식 내지 민족정신 측면의 말살을 제시하는 역할을 한다.

　세 번째 서사구조는 석주율과 석산화를 중심으로 하여 불의의 시대에 맞서 싸우면서도 그 시대를 넘어 보편적인 인간으로서의 자기완성의 길을 걷는 인물들의 여로를 다루고 있다. 앞의 두 서사구조가 1910년대와 1920년대라는 특수한 사회 역사적 상황과 밀접한 관련을 맺고 있다면, 이 세 번째 서사구조는 일제강점기라는 특수한 역사적 상황과 관련을 맺으면서도 이러한 특수한 역사적 의미망을 넘어서고 있다. 석주율과 석선화의 자기완성의 과정을 다루는 이 세 번째 서사구조에 의해, 이 작품은 일제강점기라는 특수한 시대적 상황을 넘어서서 인간 존재가 도달해야 할 궁극적인 자기완성태는 무엇이며, 인류의 이상적 공동체는 무엇인가를 문제 삼는 자리에까지 나아가게 된다. 따라서 이 세 번째 서사구조는 역사적 혹은 일상적 사건이 서사의 기본축을 이루면서도, 각 사건에서 인물이 겪게 되는 고난과 그 고난의 극복 과정과 관련된 내면적 고투가 서사의 중심을 이루고 있다.

이 세 가지 서사구조가 긴밀하게 구조적으로 연결되면서 이 작품은 역사소설이면서 동시에 역사소설의 범주를 넘어서는 영역에까지 나아가게 된다. 항일운동을 다루는 첫 번째 서사구조와 일제의 식민지 수탈을 경제적, 교육적, 민족의식적 측면에서 다루는 두 번째 서사구조에 의해 이 작품은 역사소설로 기능한다. 그러면서 일제강점기라는 특수한 역사적 상황을 넘어 보편적인 인간 존재가 도달해야 할 궁극적인 자기 완성태와 이상적 공동체를 다루는 세 번째 서사구조에 의해 이 작품은 역사소설의 범주를 넘

어 보편적 인간 존재의 자기완성을 다루는 영역으로까지 그 소설
사적 의의를 확장, 심화한다.

# 부르주아 민족주의자 '이진경'에서
# 위대한 사회주의 지도자 '김 동지'로
## : 이기영 『두만강』

# 부르주아 민족주의자 '이진경'에서 위대한 사회주의 지도자 '김 동지'로: 이기영『두만강』

## 1. 머리말

이기영은 해방 이전 이른바 카프 문학을 주도했을 뿐만 아니라 해방 이후 월북하여 북한 문학을 주도했다는 점에서 남북한 문학을 논하는 자리에서 빠질 수 없는 중요한 위치를 차지한다. 장편 대하소설『두만강』은 1954년에 제1부, 1957년에 제2부가 발표되었고 1961년에 제3부가 최종적으로 발표되었다.

북한에서는 이 작품에 대해 천편일률적으로 고평을 하고 있다. 『조선문학통사』는 "조선 인민의 민족해방투쟁의 첫 단계를 그 복

잡한 면모로 생동하게 비쳐준 거울로 되었으며, 심오하고 선명하게 개성화된 예술적 형상과 그리고 이야기와 세부들의 예술적 감흥으로 말미암아 전후문학에서뿐만 아니라 현대 조선문학에 있어서 최대의 예술적 수확의 하나"[1]로 평한다.

남한에서 이 작품에 대한 평가는 다음과 같다. 김재용[2]은 이 작품이 1920년대 한국 민족해방운동의 총체성을 보여준다고 평한다. 최원식[3]은 『두만강』을 1부와 2, 3부로 나누어 고찰하면서 1부는 구한말의 격동 속에서 우리 민중의 삶의 궤적을 진실하게 묘파했다고 긍정하는 한편, 2부와 3부는 관념이 현실을 획득하지 못하고 역사의 법칙성에 인물과 사건이 종속되는 경향이 드러나고 있다고 비판한다. 조남현[4] 역시 1부와 2부에 대해 긍정적인 평가를 내린다. 반면 3부에 대해서는 역사 인식이 불철저하다는 점을 지적하면서, 농민들을 투쟁 일변도로 그리고 있으며 김일성에 대한 절대 신앙이 강조되고 있다며 부정적인 평가를 내린다. 또 연애 담론의 소멸과 선악 이분법을 지적하며 사회주의 체제의 정당성을 굳히고자 한 목적 아래 역사를 종속시켰다고 비판한다.

---

1) 사회과학원 문학연구소, 『조선문학통사, 현대문학편』, 인동, 1988. p.338.
2) 김재용, 「역사의 주체인 민중의 생활과 투쟁의 서사학적 형상화」, 이기영『두만강』, 풀빛, 1989.
3) 최원식, 「소설과 역사의 법칙성」, 이기영『두만강』, 사계절, 1989.
4) 조남현, 「'두만강'을 통해 본 북한문학」, 『문학사상』, 1989. 6.

정호웅[5])은 뚜렷한 선악의 윤리적 대립은 작가의 세계관을 전언하기 위한 작위적인 수법이라며 비판한다. 『두만강』이 이전 작품들에 비해 정확한 역사 인식에 근거하여 객관적으로 서술되었다고 평가하면서도 인물 형상화의 도식성과 역사적 사실의 심각한 왜곡을 비판하면서 우연성의 남발, 3부의 딱딱한 설교조, 감상적 고백조는 결점이라고 평하고 있다.

이 글에서는 작품에 나타나는 인물의 대립 구조에 주목하면서, 긍정적 인물을 보다 높은 단계로 고양시키는 매개자의 특성과 그 변이에 주목함으로써 궁극적으로 이 작품이 전달하고자 하는 주제가 무엇인지를 고찰하고자 한다. 논의를 위해 풀빛 출판사판(1989)을 기본 텍스트로 삼는다.


## 2. 부르주와 민족주의 혁명과 그 실패 : 매개자로서의 이진경

1부에서 3부까지 이 작품 전체를 이끌어 가는 대립 구조는 박곰손과 그의 아들 박씨동으로 대표되는 민중계급과 지배계급과의 갈등이다. 여기에 조선 민족과 일제와의 갈등이 중첩되면서 계급모순과 민족모순에 의한 갈등이 중심을 이루고 있다.

5) 정호웅, 「‘두만강’론-항일무장투쟁에의 길」, 『창작과비평』, 1989. 가을.

1부를 보면, 서울 한판서의 손자 한길주가 출현하면서 박곰손과 농민들과의 갈등이 일어난다. 송월동의 새로운 봉건 지주로 등장한 한길주는 마을에 오자마자 농민들을 새로운 논을 개간하는 부역에 동원시킬 뿐만 아니라, 사치스러운 천렵 행사를 연다. 또한 한길주는 박곰손이 개울녘 진펄에다가 개간한 논을 지주의 권세를 이용해 빼앗으려 한다. 이 과정에서 박곰손을 비롯해 송월동 소작농민인 권치백, 이춘실, 김관일, 전대목 등과 봉건 지주 한길주와의 갈등이 전개된다.

충청도의 작은 농촌 마을인 송월동에서 농사를 짓는 박곰손은 자기 주장이 강하고 무서운 강단이 있는 사람이다.

> 사람은 제각기 의견이 있다. 남의 의견을 강제할 것도 없고, 내 의견을 굽힐 것도 없다는 것이 곰손의 주장이었다. 이런 사람은 여간해서 남과 다투지 않는다. 싸워야 할 때는 무섭게 싸워도 여느 때는 양순해보인다. 곰손이는 보통키에 까무잡잡하니 깡마른 몸집을 가졌다. 하건만 그는 무서운 강단이 있었다.[6]

박곰손은 철도공사장 십장의 매질에 맞서 항의 시위를 주도하고, 자신의 개간논을 빼앗으려는 한길주에 당당히 맞서 감옥을

---

6) 이기영『두만강』1권, 풀빛, 1989. p.14.

부수고 나와 시위에 참여한다. 어쩔 수 없이 땅을 빼앗길 때에도 소작인으로 살기를 거부한다. 또 의병이 된 한길주의 비부(婢夫) 덕만의 부탁을 받아 제사공장에 폭탄으로 불을 지르기도 한다. 이로 인해, 곰손이 감옥에 갇히자 이춘실과 김관일이 중심이 되어 이 사건에 대해 한길주의 편을 든 이군수를 들것에 실어다 마을 밖으로 내다버리고 소요를 일으킨다.

그러다가 1부 9장 '경부선 철도공사'에서부터 일본 제국주의 세력이 등장하면서 외세와의 갈등이 중첩된다. 이처럼, 이 작품에는 민중계급과 지주계급의 갈등이라는 한 축과 민중계급과 일제로 표상되는 제국주의 외세와의 갈등이라는 또 다른 한 축이 작품 전체를 관통하고 있다.

이러한 갈등 구조는 여타의 북한 역사소설에서 흔히 접할 수 있는 것이다. 그런데 이 작품은 이러한 갈등 구조에 매개자를 삽입한다. 그리고 그 매개자가 1부에서 3부로 전개되는 과정에서 바뀐다. 이 매개자의 변화야말로 이 작품의 특성을 규정짓는 핵심 요소이다.

1부의 매개자는 이진경이다. 이진경은 명망 높은 한학자 이진사의 아들이다. 이진경은 일제에 의해 억울하게 죽은 아버지처럼 배일사상을 강하게 가지고 있으며 실학의 영향을 받은 진보적 지

식인으로, 농민들의 무지를 일깨워주고 바른 길을 제시하는 선각
자로 그려진다. 양반 출신의 지식인이지만 농민들의 편에 서서
반봉건, 반제 투쟁을 하는 진보적인 사상가이자 애국투사로서 형
상화되고 있는 것이다.

이진경은 별안간 혀를 차며 한 손가락으로 춘실이를 가리키
고는 다시 말을 꺼낸다.
"인제 보니 춘실이가 송월동 통안에서는 반상간에 '인기'인
줄 알았더니 아주 졸장부로구나! 정봉준이같이 큰일은 못한다
할망정 아니 그만 일을 못한단 말이냐? 더구나 자기에게 직접
관계되는 일인데, 왜 그들과 합심해서 관가에 정소를 못 가느냐
말야?"
"정소를 하면 성사가 되겠습니까?"
"안될 땐 안되더라도 해볼 데까지는 해봐야 할 것이 아니냐
말이야, 이 사람아 수틀리면 그깟놈의 원을 들어내더라두……"
"네! 그만하면 알겠습니다."
춘실이는 어떤 암시를 받았다.[7]

이진경의 꼿꼿하고 직선적인 언술은 평범한 농민들을 각성시
키는 계기로 작용한다. 양반 출신의 지식인인 이진경의 의식적인

---

[7] 위의 책 1권, p.186.

언행이 민중들을 변화시키는 기폭제가 되는 것이다. 그동안 양반과 일본의 강압적인 부역에 끌려 다니던 곰손이를 비롯한 송월동 농민들은 이진경에 의해 변화해 간다.

이진경의 매개적 역할은 두 단계를 거친다. 먼저, 이진경은 조선 독립을 위해 학교를 세우는 일에 전념한다. 이진경은 일제의 침략 의도가 노골화되자 개화사상에 입각해 '교육'의 필요성을 절감하고 끊임없이 교육의 중요성을 강조한다. 이진경은 송월동 마을 사람들을 설득해 읍내에 사립개명학교를 설립하고 무지한 농민들과 청년들을 가르친다.

다음으로, 이진경은 을사보호조약이 체결되자 곰손에게 의병 운동의 필요성을 강조하고, 곰손이를 의병 운동에 참여하도록 매개해준다.

곰손이는 그제야 이진경의 행동이 심상치 않았던 까닭을 알고 놀래어 묻는다.

"역적놈들이 '을사조약'을 맺었단다.…… 소위 우리나라 정부가 있다 하지만 인제는 모든 것을 왜놈들이 주장하게 되었으니 나라가 아주 망했구나! 이런 분하고 절통한 일이 또 어데 있단 말이냐. 역적놈들이 나라를 팔아먹었단다."

이진경은 다시금 비통해서 흑! 흑! 느낀다. 그들은 한동안 아무 말이 없었다.

(중략)

"곰손아! 우리나라가 개명 발달하여 반상을 타파하고 자유 평등의 세상이 되어서 백성들은 제각기 생업에 종사하고 관리들은 백성을 잘 다스려 올바른 정사를 해나간다면 얼마나 좋겠느냐? 나같은 사람도 그런 희망이 있었기에 학교를 세우는 데 발벗고 나섰더니…… 아, 인제는 다 틀렸다! 그러나 나라가 멸망하더라도 백성은 죽지 말아야 한다. 나라는 백성이 근본이다! 백성만 죽지 않으면 나라를 또 찾을 수 있는거야.…… 그러니 너도 네 아들을 잘 교육하란 말야! 백성까지 죽으면 그 나라(민족)은 영원히 멸망하고 만다……. 알아듣겠니?"

말을 마치고 이진경은 가슴이 타는 듯한 한숨을 또다시 내쉰다.

"네! 고맙습니다. 서방님께서 저같은 사람을 일깨워주시니……"

곰손이는 진심으로 이진경에게 감사를 드리었다.

그도 부지중 눈물이 솟아나왔다.

"내가 왜 이런 말을 하는고 하니 자네는 '천하지대본'인—모든 인간을 먹여살리는 농민이요, 농민 중에도 진정한 농민으로 보았기 때문일세. 다시 말하면 자네 같은 사람이 정말 백성이란 말야!……"

이진경은 잠시 말을 끊었다가 곰손의 귀에 입을 대고 가만히 소곤거린다.

"넌 의병이 될 생각은 없니?"

"네! 의병이요?……"

곰손이는 뜻밖의 이 말에 끔찍이 놀래었다.

"뭐, 놀랠 것은 없다…… 네 의향을 물어보는 것뿐야!"

"저같은 사람이 어떻게 의병이 될 수 있겠사오니까?"

곰손이는 이진경의 심중을 알아채고 이렇게 대답하였다.

"아니다. 의병은 자네 같은 심지가 바른 사람이래야 할 수 있는 일야!"

"서방님께서 그렇게 생각하신다면……"8)

이진경은 곰손이에게 '을사조약' 소식을 전하면서 나라(민족)의 중요성을 강조하며 의병이 되도록 종용하고, 곰손이는 이를 승낙한다.

여기서 주목할 것은 이진경의 이러한 매개자의 역할이 작품에서 갖는 의미이다. 1부 15장 '빼앗긴 땅'을 보면, 한길주의 부인인 이씨 부인이 친정에 들러, 집안을 일으킬 생각은 않고 학교 일에만 매달리는 동생 이진경을 나무란다. 그러자 이진경은 한길주가 곰손의 땅을 빼앗은 것을 두고 이씨 부인을 나무란다. 이에 이씨 부인이 분통을 참지 못하자, 이진경은 이씨 부인에게 다음과 같은 말을 한다.

---

8) 위의 책 1권, pp.295~296.

"누님은 점두룩 자기 생각만 하시는거야요! 조금도 남의 사정은 모르시고 자기 이익만 주장하려는거야요. 좀 처지를 바꿔 생각해보시오. 왜놈들은 우리 조선을 옛날부터 침략하였지요. 임진조국전쟁도 그래서 일어나지 않았습니까?…… 그러나 그때는 더러 어진 양반들이 백성들과 협력하여 원수를 쳐물리치고 나라를 구원하였는데 근자의 양반들은 왜놈을 쳐물리칠 생각은 고사하고 도리어 왜놈과 야합해서 백성을 쳤습니다. 갑오년 동학난리가 그렇지 않았습니까? 그리고 양반들은 백성의 피를 긁기에만 눈이 벌개서 날뛰었지요. 이런 것을 백성들의 안목으로 볼 때 왜놈이나 조선 양반이나 무엇이 다릅니까. 그들의 눈에는 똑같이 보일 것입니다. 똑같은 웬수로 보일 것입니다! 다를 게 뭐여요?…… 조선을 통으로 삼키려는 왜놈이나, 백성을 통으로 먹으려는 양반이나, 대체 무엇이 다르냐 말이어요? 누님! 우선 작년 봄에 이 고을로 철로를 들이밀 때 왜놈들은 각 동리로 돌아다니며 강제로 부역을 징발하고, 백성들한테 행악질이 무쌍하지 않았어요. 그러나 읍촌을 막론하고 소위 유력자라는 양반들이, 환난을 겪고 있는 백성을 위하여 무슨 도움을 주었습니까? 왜놈한테 한마디 말로라도 불의를 책망한 사람이 누가 있었나요?…… 도리어 형님은 철로공사에 부역을 나가라고 남 먼저 그들을 내몰지 않았습니까?…… 이게 왜놈의 하는 짓과 무엇이 다르냐 말이어요?…… 그러니까 가난한 백성들은 양반이나 왜놈을 똑같이 보는 것입니다. 똑같은 불공대천지웬수로 보고, 그들은 양반이 망하기를 축수하는 거야요. 뭐, 인제는 축수를 안하여도 알뜰히 망해가는 판이지만……"

이씨부인은 아무 말도 못하고 앉았다. 그는 오직 얼굴이 푸르락붉으락할 뿐이었다.

"그런데 인제 나라가 망하고 양반이 망하게 되니까, 그들은 우리의 철천지 웬수인 왜놈들과 부동해서 돈 가진 새 양반이 되어보려고 또다시 백성을 못살게 굴지 않소. 누님! 왜놈은 임진조국전쟁 때부터 우리나라와 웬수지간이요, 우리 아버지를 죽인 웬수요! 그러므로 왜놈과 결탁하는 조선놈은 어떤 놈이든지 나의 웬수요. 누님! 그렇지 않소? 나는 이 웬수들을 용서할 수 없소. 이런 놈들은 누구든지 웬수로 미워하겠소. 그놈들을 저주하겠소!"

이번에는 진경이가 두 주먹으로 가슴을 치며 통곡하는 바람에 옆에 있던 사람들이 또다시 소동을 일으켰다. 진경이는 참으로 극도의 격분이 치밀었다. 한식경을 울고나서 그는 옷소매를 쳐들어 흐르는 눈물을 닦았다.

"애! 덕렬아, 그만 진정하여라. 네 말을 듣고보니 과연 옳다!"[9)]


'조선을 통으로 삼키려는 왜놈'과 '백성을 통으로 먹으려는 양반'이 이진경에는 동등하게 '불공대천지웬수'로 각인되어 있다. 한길주 같은 봉건 양반과 조선을 침략하는 왜놈이 동일시되고 그 대립항에 백성이 설정된다. 곧 이진경은 봉건 양반과 관련된 모

9) 위의 책 1권, pp.271~272.

순된 제도를 타파하기 위해서는 신교육을 통한 개화사상의 계몽이 필요하다고 강조한다. 그리고 그러한 교육을 통해 봉건 질서와 왜놈을 물리치고 백성들이 편하게 살 수 있는 세상을 지향한다.

개화를 통한 반봉건, 그리고 일제에 맞선 조선 민족, 이 양자가 결합된 이진경의 사상은 다름 아닌 부르주아 민족주의에 해당한다. 곧 이진경의 매개적 역할은 반봉건, 반외세를 목표로 하는 부르주아 민족주의 혁명을 담지하는 것에 국한된다. 민중의 계급적 자각과 계급투쟁에 의한 무장 혁명은 이진경이라는 매개자가 사라지고 새로운 매개자가 등장하면서 가능해진다. 그것이 3부에서이다. 이진경이 매개자의 역할을 할 때에는 봉건적인 신분 제도와 봉건 지주, 봉건적 악습인 조혼과 미신(무당, 지관) 등은 타파되어야 할 구시대적 유산으로 비판되고, 대신 자유연애, 신교육 등이 강조된다.

이처럼 이 작품은 1부에서 이진경을 매개자로 내세워 부르주아 민족주의 혁명에 의한 조선 독립을 지향한다. 그러나 이 민족주의 혁명은 3.1운동처럼 실패로 귀결된다. 그것은 다음 두 가지 사건에 의해 제시된다. 이들 사건들은 2부 전체와 3부 초반부의 중심 내용을 이룬다.

먼저, 박곰손의 죽음이다. 송월동에서 살기 어렵게 된 곰손 일가는 새로운 정착지를 찾아 두만강을 건너려 했지만, 곰손이 일본 경찰에 잡혀 옥고를 치르는 바람에 강을 건너지 못하고 무산에 정착한다. 무산이라는 공간에는 남편이 민란의 장두로 나서는 바람에 무산으로 숨어 든 봉룡 어머니, 옛 사포수 출신으로 백두산 의병을 돕는 장포수, 덕만이 의병이 된 후 무산에 정착한 덕만이 처와 딸 옥이 등이 있다.

2부 37장 '여명'을 보면, 곰손이와 송월동 마을 사람들은 3.1운동과 칠앗 주재소 습격 사건으로 옥에 갇히게 되고, 곰손이는 모진 고문을 당하고 옥사한다. 곰손이의 죽음은 3.1운동과 부르주아 혁명의 실패를 의미하며, 매개자인 이진경의 죽음으로 연결된다. 또한 곰손이의 죽음은 민족 공동체의 복원을 위해서는 부르주아 혁명이 아닌 새로운 혁명이 필요함을 역설적으로 보여준다. 그것이 3부에서 곰손이의 아들 씨동의 반일 운동으로 제시되며, 씨동의 반일 운동은 사회주의 사상에 의한 계급적 각성으로 연결되고 궁극적으로 김일성 동지의 출현으로 연결된다. 결국, 이 작품은 3.1운동을 전후해서 민족해방운동의 패러다임이 부르주아 민족주의에서 사회주의로 바뀌었다고 보는 북한의 근대사 인식을 충실히 반영하고 있는 것이다.

다음, 독립 단체들의 이기적인 파행이다. 곰손이 일본 경찰의 고문으로 죽게 되고, 의병 운동을 주도하던 안무마저 최가의 변절로 일본 경찰에 저격당해 죽게 되며, 이진경 역시 서대문 형무소에서 사형을 당한다. 기존 독립운동을 하던 이들은 죽거나, 변절하여 일제의 앞잡이가 되는 것이다. 이들의 죽음과 변절은 기존의 독립운동, 즉 부르주아 민족주의에 의한 독립운동의 실패를 의미한다.

이러한 상황은 씨동을 통해서도 제시된다. 씨동은 처음에 안무의 지휘 아래 봉오골 전투와 청산리 전투에 참가한다. 하지만, 이후 화룡현의 3대 독립 단체인 광복단, 태극단, 군비단 사이의 갈등에 실망한 씨동은 가족이 있는 명동촌으로 돌아온다. 씨동은 민족의식을 가르치던 명동학교가 교장 김약연의 변절과 일본의 탄압으로 사라지게 된 것을 알게 되면서 방황하게 된다.

씨동의 방황을 야기한 기존 독립 단체의 분열과 변절은 장포수를 통해서도 제시된다. 장포수는 독립 단체에서 저항 운동을 하지만, 독립단 내 통의부, 정의부, 참의부 간의 갈등으로 인해 서로 전투까지 벌이는 장면을 목도하고, 몰래 부대에서 빠져나와 독립운동을 그만두고 아동골 근처 제인강에서 농사를 짓기로 결심한다.

씨동과 장포수를 통해 제시되는 독립운동 단체의 분열과 대립과 변절은 더 이상 부르주아 민족주의에 입각한 의병독립운동이 불가능함을 드러내는 지표이자, 그러한 의병 운동을 대체할 새로운 독립운동, 곧 계급적 각성에 의한 사회주의 독립운동 등장의 필요성을 강화하는 지표이다.


## 3. 사회주의 이념에 의한 조직화 : 매개자로서의 사회주의 서적과 노동 체험

3부는 씨동과 분이의 성장 과정을 다루고 있는데, 그 과정을 크게 세 부분으로 나눌 수 있다. 1장 '역사적 전환기'에서 10장 '여자 고학생'까지는 씨동과 분이 남매가 책을 통해 사회주의 사상을 접하게 되는 내용을 다루고 있다. 11장 '오누이'에서 29장 '폭동'까지는 인물들이 사회주의 이념에 의해 조직화되는 과정을 다루고 있다. 30장 '평강판'에서 마지막 36장 '투쟁의 불길 속에서'까지는 김일성이 등장하고 모든 인물들이 김일성의 영도 하에 해방구인 어랑촌으로 들어가는 과정을 다루고 있다.

씨동과 분이가 김일성 휘하로 들어가기 전에 접하는 것이 사회주의 책과 노동 체험이다. 씨동과 분이는 이 사회주의 책과 노동 체험을 매개자로 하여 사회주의 이념을 알게 되고 그 이념에 의해 조직화되는 과정을 밟는다. 이 과정을 살펴보면 다음과 같다.

먼저, 씨동의 여동생인 분이의 경우이다. 분이는 사회주의 서적을 매개로 해서 사회주의 이념에 눈 뜨고 이념에 의해 조직화되어 간다. 분이는 공부를 하기 위해 명동촌을 떠나 무작정 상경한다. 때마침 3.1운동에 참가했다가 일여 년간의 옥고를 치르고 나온 이중호와 박두남이 고학생을 위해 청량리 숲속에 학교를 세우는데, 분이는 이곳에서 신학문을 접한다. 그리고 돈을 벌기 위해 종로 야시장에서 책을 팔면서 사회주의 서적을 읽으면서 계급의식에 눈떠간다.

그러나 일제의 탄압으로 고학당 사정이 어렵게 되자 한길주의 서자인 창복의 집에 머물게 된다. 그곳에서 분이는 창복에게 겁탈 당할 위기를 모면하고, 종로 거리를 거닐다가 조선공산당의 열성 당원인 갑룡을 만난다. 갑룡을 매개자로 하여 분이는 갑룡의 반제 반봉건 투쟁 조직에 가담하게 된다. 분이는 소녀회라는 여학생 모임을 만들어 갑룡의 지도 아래 단성사 앞에서 삐라를 뿌린다. 또 분이는 갑룡의 지시를 받아 송월동으로 가서 송월동 사람들을 포섭하여 반일 운동에 나선다. 그러다가 분이는 송월동 사람들의 소식이 궁금해 덕성의 고모댁에 갔다가 그곳에서 노모의 약을 구하기 위해 서울에 온 덕성이를 만난다.

"옳아요! 3.1 독립운동은 실패하였어요. 어째 그런 운동이 실패하였을까요? 그것은 대중의 투쟁목표를 분명히 내세우고 그들을 이끌고 나갈 지도자가 없었기 때문이어요. 그래 그들은 거저 막연하게 조선독립만세만 불렀지 어떻게 독립을 하여야겠다는 구체적인 방법과 목적을 내세우지 못하였거든요. 3.1운동 때에 그중 많이 동원한 것이 농민들인데, 토지가 없는 농민들에게 땅을 주라! 소작료는 3·7제를 실시하라!는 구호도 없었고, 8시간 노동제 실시와 임금인상, 남녀평등권을 실시하라!는 노동자나 여자를 위한 구호도 없이 거저 만세만 불렀으니 그런 막연한 운동이 실패할 수밖에 없지 않아요. 게다가 소위 상층지도부는 대중의 기세가 무서워서 거사 직전에 변절 투항했구요. 그러나 오늘의 노동자, 농민운동은 그런 게 아니라 제가끔 자기의 이익을 주장하는 '분명'한 목표를 내세우고 자본가와 지주를 대항하여 왜놈의 탄압을 반대하여 싸우자는 것이며, 공산주의자들은 그들 근로대중을 당에 묶어세우자는 것이기 때문에 한덩어리로 뭉쳐서 싸우면 성사를 할 수 있는겁니다."

하고 분이는 알아듣기 쉬운 말로 덕성이에게 계급투쟁과 사회주의에 대한 것을 해설해주었다.

덕성이는 분이의 말이 매우 신기하게 들리었다. 그러나 그는 알듯 모를듯 한 것이 반신반의한 생각이 나서 가부간 무엇이라고 판단을 내릴 수가 없었다. 덕성이의 이런 심리를 눈치챈 분이는 하던 말을 잇대었다.

"오빠! 모레 내려가신다면 내일 안으로 책을 구해드릴테니

집에 가서 잘 읽어보세요. 그럼 내가 지금 한 말의 옳은 '이치'
를 투철히 깨달을 수 있을거예요."

"그런 책을 구할 수가 있나?"

"네 있어요. 그런데 주의하셔야 해요. 몰래 비밀히 읽으셔야
해요."

"건 어째서?……"

"순사나 헌병놈들이 알면 그런 책을 읽는 사람도 취체를 한
답니다."10)


분이는 덕성에게 3.1운동의 실패 원인과 3.1운동을 대신할 계
급투쟁과 사회주의에 대해 설명하면서 지도자의 필요성을 강조한
다. 그러다가 분이는 덕성이 공산주의에 호감을 갖고 있다고 판
단하고 책을 구해준다.

덕성은 송월동으로 돌아와 분이가 준 책을 읽고 비로소 사회주
의에 대해 눈을 뜬다. "이 세상을 뒤집어엎어서 모두 다 잘살 수
있는 새 세상을 만드는 이치를 말한 것이 바로 사회주의인데, 그
게 이 책 속에 들었으니 의병보다 더 무섭지 않느냐 말야?"11)라
고 하면서 새로운 세상을 발견한 듯 기뻐한다. 덕성은 이춘실에
게도 '팜프레트 한 책'을 빌려준다. 춘실 역시 책을 읽기 전에는

---

10) 위의 책 4권, p.201.
11) 위의 책 4권, p.269.

사회주의에 대해 반신반의하다가 책을 다 읽은 후에는 사회주의에 대해 알게 된다.

춘실이가 읽은 그 책의 내용은 문답식으로 되었는데, '계급이란 무엇이냐?' '자본주의란 무엇이냐?' '노동자 농민은 어째서 가난하게 사느냐?' '지주와 자본가는 놀면서도 어째서 만판 호강을 하며 잘사느냐?' '일본제국주의는 조선을 어떻게 침략하였던가?' '로씨야의 사회주의 10월혁명은 어떻게 승리했는가?' '노동자, 농민의 나라 소련 인민들은 지금 얼마나 행복하게 사는가?' '혁명이란 무엇인가?'…… 이런 식의 일문일답을 논리적으로 체계를 세워서 알기 쉬운 말로 썼기 때문에 춘실이도 그 내용을 대강 이해할 수가 있었다.

"얘, 덕성아! 인제 너한테 말이지만 난 생각하기를 의병도 시운이 진한 것 같구 해서 무슨 다른 수가 없는가? 답답한 심정을 누구와 터놓고 말할 상대도 없다고 했었는데…… 하긴 지금 각처에서 소작쟁의니, 동맹파업이니 하고 노동자와 농민들이 떠든다지만 그게 무슨 소용이 있느냐고 했었는데 실상 그게 다 이런 속이 있어서 하는 줄을 여적 몰랐구나."

하고 춘실이는 덕성이를 쳐다보며 마주 웃는다.[12]

책과 팸플릿을 매개체로 한 계급의식 고취와 각성은 3부 28장

---

12) 위의 책 4권, pp.293~294.

'탄광의 봄'에서 한경식의 며느리 윤씨에게도 나타난다. 시댁에서 나와 탄광촌 술집에서 일하던 윤씨는 씨동을 우연히 만나게 되고 씨동은 윤씨에게 "사회주의의 대의를 해설한 소책자 한권"[13]을 건넨다. 윤씨는 그 책을 읽고 또 다른 책을 요구해 읽으면서 계급사회의 모순에 대해 깨닫게 되고 사회주의에 대해 눈뜨게 되면서 사회주의 조직에 가입한다.

다음, 씨동의 경우이다. 씨동은 사회주의 서적을 통해 사회주의 이념에 눈뜨면서 나아가 노동 체험을 통해 이념에 의한 조직화 과정을 밟는다. 3부 1장 '역사적 전환기'를 보면, 씨동은 명동학교 폐쇄로 절망하고 있을 때 명동학교 후원자인 윤주사로부터 사회주의 운동에 대한 소문을 처음 듣는다. 또 3부 3장 '갈림길'을 보면, 독립 단체 내분에 실망해 '쏘련'으로 넘어갔다가 사명을 띠고 돌아온 김명섭을 통해 장포수가 '로씨야 10월 혁명'에 대해 듣게 되고, 그 내용을 씨동에게 다시 들려준다. 씨동은 이러한 사회주의에 대해 듣고 가슴 설레지만, 사회주의에 대해 아직 확신을 갖지 못한다. 그런 상황에서 씨동은 무작정 집을 나와 새로운 독립운동을 모색하지만, 운동 자금을 마련하기 위해 한족 지주집을 털다가 붙잡혀 옥살이를 하게 된다.

13) 위의 책 5권, p.177.

감옥에서 씨동은 의병 대장이던 임병국의 소개로 최혁을 만나게 되고, 최혁은 씨동에게 맑스주의 책을 소개해준다. 이처럼 씨동은 오랜 의병 운동과 감옥 생활을 거치면서 사회주의에 다가가는 것이다. 그러나 씨동은 책을 통해서만 사회주의에 눈떠가는 것은 아니다. 씨동은 연길 감옥을 탈옥한 후 다시 방황하면서 임춘호로 이름을 바꾸고 처 이모부의 소개로 신흥탄광에 탄부로 취직한다.

탄부들은 날마다 뼈가 부서지도록 힘든 일을 하면서도 이와 같이 여러 놈들한테 뜯기워서 겨우 목숨을 연명하는 비참한 생활을 해갈 뿐이었다.

씨동이는 탄광의 이런 내막을 알았을 때 너무도 어이가 없었다. 왜놈은 조선인민의 불공대천지원수요 자기의 부친을 죽인 살부지수다. 다년간 의병활동을 하던 씨동이는 당장에 몇놈을 쳐죽이고싶은 적개심이 불타올랐다. 그러나 그는 치솟는 분을 참아가며 하루 이틀 고된 노동에 육체를 단련시켜갔다.

(중략)

탄광으로 처음 들어왔을 때 씨동이는 이런 생활이 무등 어설피고 또한 서글픈 생각이 없지 않았으나 인제는 모든 것이 익숙해졌다. 뿐만 아니라 그는 도리어 그전에는 경험이 없었던 집단생활이 지배계급에 대한 반항심과 단결의 힘을 솟구치게 하는 계급의식을 각성케 하였다.

이것이 바로 노동계급의 사상의식이 아닌가! 씨동이는 날이 갈수록 탄부 생활에 숙련되어갔다.[14]

씨동은 힘든 탄부 생활을 직접 체험하면서 점점 강인해지게 되고, 더불어 책을 통해 알게 된 사회주의 사상과 계급의식을 확고하게 내면화해가면서 노동자의 정체성을 획득해간다. 여기에 같은 탄광에서 일하는 이철수를 통해 맑스주의 소조에 가입하게 되고, 이를 통해 씨동은 노동자의 조직화에 앞장선다. 씨동은 김윤호를 비롯한 노동자들이 노름판을 벌이는 것을 비판하고 그들을 깨우친다. 또한 씨동은 신흥탄광 술집에서 일하는 한경식의 며느리 윤씨를 의식화하여 조직에 가입시킨다.

이처럼, 씨동은 아버지 박곰손의 혁명 활동을 계승한 인물로, 인간에 대한 신뢰를 바탕으로 하여 점차 혁명적인 세계관을 전취하면서 자신만의 창조적이면서 고결한 인간적 품성을 완성시켜 나가고, 더불어 주변 사람을 교화시켜 그들의 혁명적 열정을 이끌어냄으로써 그들을 자주적이고 창조적인 인간으로 거듭나게 한다. 이 점에서 씨동은 북한 사회주의 리얼리즘에 입각한 주체적 인간 내지 혁명적 인간의 전형에 해당한다.

14) 위의 책 4권, pp.360~361.

## 4. 공산당 조직에 의한 항일무장혁명투쟁으로 : 매개자로서의 김 동지

3부 30장 '평강판'에서부터 씨동은 반제동맹에 가입해 김일성을 만나면서 책을 통해 또 탄부 생활을 통해 받아들이게 된 계급의식과 사회주의 이념과 완벽하게 일체가 된다. 씨동은 신흥탄광 파업 후 일본 경찰의 추적을 피해 두만강을 건너 아동골로 향한다. 그곳에서 씨동은 가족과 상봉하고 새로운 동지들을 만난다. 아동골은 항일유격대의 영향권 내에 있는 곳으로, 그곳 '동북지방' 사람들은 이미 사상적 의식화나 조직화의 정도에 있어서 높은 수준에 도달해 있었다. 가령, 씨동이 만난 김병구는 반제동맹 지부의 책임자이며, 조명호는 농민협회, 반일회, 자위대에 가입하여 열성적으로 활동하는 좌익 청년이다. 씨동은 김병구의 소개로 반제동맹에 가입하고 추수폭동을 주도한다.

그러다가 3부 35장 '항일유격대'에 이르러, 춘황폭동을 주도하던 씨동을 비롯한 농민들은 공산당의 지도 아래 조직적인 무장을 하게 되면서 민족해방운동의 새로우면서도 가장 높은 단계로 나아간다. 그 단계의 종착점은 김일성 동지의 영도 하에 들어가는 것이다.

일제는 심각한 세계 경제공황의 물결 속에 휩싸여서 정치 경제적 위기를 벗어나려고 대륙침략을 더욱 노골화하였다. (중략) 이러한 정황에서 조선인민의 민족해방운동은 새로운 보다 높은 단계에로의 발전을 요구하고 있다.

그것은 필연적으로 반일민족해방투쟁을 보다 적극적이며 높은 단계로 올려세워야 할 문제가 일정에 오르게 되었다. 오직 인민의 혁명적 무장투쟁만이 대중운동을 계속 앙양시키며 적을 타승할 수 있다는 결정적 순간이 닥쳐왔다. 사실 인민들은 자신이 무장하지 않고서는 왜놈들과 싸울 수 없었으며 언제 어디서 원수놈들에게 학살당할는지 모르는 아주 긴박한 사태에 처해 있었다. 이처럼 긴장된 정세가 닥쳐온 1931년 11월, 명월구(옹성라자)에서 열린 공산주의자들의 회의에서는 별동대(공농유격대)를 조직할 것을 결정하였다.

그당시의 정세는 '9·18사변'을 일으킨 일제가 만주를 점령한 후 동만지방, 특히 화룡에서 채세영이, 옹성라자 부근에서는 오의성이 병변을 일으킨 때였다.

이때 왕덕림이 영장이었는데 국자가에서도 일부 병변이 일어났다.

공정 책임자로서 회의에 참가하였던 김동지는 11월회의 후 무장대오 조직 사업에 곧 착수하였다.

그전에 청년들을 맑스-레닌주의사상으로 교양하며 동포들의 자녀를 가르치기 위하여 김동지는 가족이 있는 홍룽촌에 학교를 세우고 주야로 활동하고 있었다. 그이는 11월회의 직후에 집으로 돌아와서 그곳 청년들과 소사하, 대사하지방의 청년들 수십 명을 집결하여 무장대오를 조직하기 시작하였다.

그당시 김동지는 청년들에게 조중 양국 인민의 공동의 원수인 일본제국주의를 타도하려면 우리도 손에 무기를 들고 싸워야 한다. 발톱까지 현대적 무기로 장비한 왜놈들과 어떻게 맨손으로 싸울 수 있겠는가? 그렇기 때문에 우리도 무장을 잡아야 되고 무장투쟁을 하지 않고서는 절대로 일제를 타도할 수 없다. 현시기 조성된 정세는 우리들에게 더욱 무장투쟁의 긴급한 문제를 제기한다고 역설하였다.

그리고 무장을 획득하는 방법은 적의 무장을 뺏는 것이 가장 쉬운 길이라고 하였다.

그후 안도에서 김동지의 직접적 지도 밑에 처음으로 조직된 조선인민의 항일유격대의 창건을 4월 25일에 선포하였다.[15]

반일 운동이 '인민의 혁명적 무장투쟁'이라는 보다 적극적이며 높은 단계로 나아가야 할 필연성을 띨 때, 김일성 동지가 등장한다. 김일성 동지는 맑스-레닌주의 사상을 동포 자녀들에게 가르치는 교육자이면서, 무장투쟁을 이끄는 군인으로, 또 완벽한 지도자로 묘사되고 있다. 이러한 김 동지는 작품에서 직접 등장하지 않고 다른 등장인물을 통해 그 모습이 제시되고 있다. 이는 김

---

15) 위의 책 5권, pp.365~366.

동지를 신비화하려는 글쓰기 전략에 기인하는 것으로 보인다.

총 3부 102장으로 된 이 작품에서 김일성 동지가 등장하는 것은 마지막 두 장이다. 사실 마지막 이 두 장이야말로 이 작품의 주제에 해당한다. 1부에서 박곰손, 이진경을 비롯한 인물들은 부르주와 민족주의 입장에서 민족의식을 갖게 되고 반봉건 반일 투쟁운동에 참여한다. 2부에서는 무산, 간도, 송월동을 오가면서 인물들은 반일 투쟁을 전개한다. 그러다가 3.1운동이 실패로 끝나고 의병 활동을 하는 독립 단체들의 분열과 변절이 일어나면서 3부에서는 새로운 혁명 운동의 필연성이 제기된다. 그 혁명 운동은 씨동과 분이의 성장을 중심으로 하여 사회주의 이념에 따른 계급 각성과 무력계급투쟁으로 질적 변용을 일으킨다. 이처럼 민족의식과 계급의식이 결합된 자리에 진정한 지도자 김일성 동지가 자리 잡고 있는 것이다.

이 김일성 동지의 출현을 위해 이 작품은 1910년대부터 1930년대까지의 역사적 시간을 중심축으로 하여 송월동, 두만강, 함북 무산, 간도로 공간을 확장하면서 수많은 인물들을 등장시켰던 것이다. 결국 작품의 모든 인물들과 그 인물들이 움직이는 역사적 시간과 공간의 의미망은 '1931년의 김일성 동지라는 위대한 지도자의 출현'으로 집약된다. 이 '위대한 지도자'가 작품 말미에 등

장하면서, 이 작품은 미래에 대한 혁명적 낙관과 긍정적 희망을
강렬하게 제시하면서 끝을 맺는다.


　씨동이의 눈앞에는 해방된 고향마을, 송월동이 마치 주마등
처럼 지나갔다. 그들은 우선 오랜 세월에 걸쳐서 왜놈의 압제를
받아오던 식민지 노예의 멍에를 벗어던지고 자기의 조국을 가
진 떳떳한 공민으로 살 수 있다는 것만도 얼마나 기쁘겠는가?
그리고 노동자, 농민들──근로대중은 계급적 해방을 만나서 착취
와 압박이 없는 새 생활을 건설할 수 있게 될 것이다!
　(중략)
　그렇다! 오늘 조선인민의 모든 불행의 원인은 조국을 잃은 때
문이다. 나라가 없는 백성은 부모를 잃은 자식보다도 더 불행한
것이다. 그러므로 조선인민은 자기의 조국을 찾아야 한다.
　그런데 오늘 자기는 항일유격대의 일원으로서 조국을 찾기
위한 성스러운 전투에 용약 출전하게 되었으며 벌써 첫 전투에
서 원수놈들에게 통쾌한 불벼락을 안기었다. (중략)
　왜놈들에게 빼앗긴 나를 다시 찾기 위하여 김동지의 영도하
에 항일유격대가 창건되고 그래 자기도 유격대의 한 사람으로
서 원수놈들과 최후 결전을 하는 싸움터로 나간다는 것은 얼마
나 영예로운 일이며 또한 그것은 조선 청년으로서 얼마나 보람
찬 행동이라 할 것이냐!
　씨동이의 아름다운 환상은 마치 꿈을 꾸는 것 같았다.

그것은 지금 어둠 속으로 보이는 훤한 눈길이 마치 승리의 길로—장차 닥쳐올 광명의 서광을 비쳐주는 것과 같은 커다란 감격과 흥분을 느끼게 하였다……16)

민족이 곧 노동인민계급이라는 자각을 하고 그러한 노동계급의 단결과 무장투쟁을 통해 민족해방을 지향하는 것, 그러한 민족과 노동계급 전부를 아우르는 위대한 지도자가 김일성 동지라는 것, 그 김일성 동지야말로 '조국' 그 자체이자 '백성'을 감싸 안는 '부모(어버이 수령)'라는 것, 그 수령은 자신의 실체를 드러내지 않는 신비로운 존재이지만 '광명의 서광'을 비쳐주는 위대한 존재이며 그런 존재의 영도를 따르는 것이야말로 '영예로운' 것이라는 것, 그런 김 동지와의 완전한 합일을 강렬히 지향하는 것, 그것이 이 작품의 궁극적인 주제이다.

## 5. 맺음말

1부에서 3부까지 이 작품 전체를 이끌어 가는 대립 구조는 박곰손과 그의 아들 박씨동으로 대표되는 민중계급과 지배계급과의

---

16) 위의 책 5권, pp.433~434.

갈등이다. 여기에 조선 민족과 일제와의 갈등이 중첩되면서 계급 모순과 민족모순에 의한 갈등이 중심을 이루게 된다. 이 작품은 이러한 갈등 구조에 긍정적 인물을 보다 높은 단계로 고양시키는 매개자를 삽입한다. 그리고 그 매개자가 1부에서 3부로 전개되는 과정에서 바뀐다. 이 매개자의 변화야말로 이 작품의 특성을 규정짓는 핵심 요소이다.

1부의 매개자는 양반 지식인 출신 이진경이다. 이진경은 봉건 양반과 관련된 모순된 제도를 타파하기 위해서는 신교육을 통한 개화사상의 계몽이 필요하다고 강조하면서, 그러한 교육을 통해 봉건 질서와 왜놈을 물리치고 백성들이 편하게 살 수 있는 세상을 지향한다. 이처럼 개화를 통한 반봉건과 일제에 맞선 조선 민족이 결합된 이진경의 사상은 다름 아닌 부르주아 민족주의에 해당한다. 곧 이진경의 매개적 역할은 반봉건, 반외세를 목표로 하는 부르주아 민족주의 혁명을 담지하는 것에 국한된다.

이진경을 매개자로 한 부르주아 민족주의 혁명은 실패로 귀결된다. 실패의 원인은 독립 단체들의 이기적인 파행으로 제시되고 있다. 기존 독립운동을 하던 이들은 죽거나, 변절하여 일제의 앞잡이가 된다. 이들의 죽음과 변절은 부르주아 민족주의에 의한 독립운동의 실패를 의미한다.

이 실패는 박곰손의 죽음으로 연결된다. 곰손이의 죽음은 3.1 운동과 부르주아 혁명의 실패를 의미하며, 매개자인 이진경의 죽음으로 연결된다. 또한 곰손이의 죽음은 민족 공동체의 복원을 위해서는 부르주아 혁명이 아닌 새로운 혁명이 필요함을 역설적으로 보여준다. 그것이 3부에서 그의 아들 씨동의 반일 운동으로 제시되며, 씨동의 반일 운동은 사회주의 사상에 의한 계급적 각성으로 연결되고 궁극적으로 김일성 동지의 출현으로 귀결된다.

3부에서는 씨동과 분이의 매개자로 먼저 사회주의 서적과 노동 체험이 제시된다. 씨동과 분이는 김일성 휘하로 들어가기 전에 사회주의 책과 노동 체험을 매개자로 하여 사회주의 이념을 알게 되고 그 이념에 의해 조직화되는 과정을 밟는다.

3부 30장 '평강판'에서부터 씨동은 반제동맹에 가입해 김일성을 만나면서 책을 통해 또 탄부 생활을 통해 받아들이게 된 계급의식과 사회주의 이념과 완벽하게 일체가 된다. 여기서 매개자는 김일성 동지이다. 반일 운동이 '인민의 혁명적 무장투쟁'이라는 보다 적극적이며 높은 단계로 나아가야 할 필연성을 띨 때, 김일성 동지가 등장하는 것이다.

매개자로서의 김일성 동지의 등장이야말로 이 작품이 드러내고자 하는 궁극적 주제에 해당한다. 민족이 곧 노동인민계급이라는 자각을 하고 노동계급의 단결과 무장투쟁을 통해 민족 해방을 지향하는 것, 그러한 민족과 노동계급 전부를 아우르는 위대한 지도자가 김일성 동지라는 것, 그 김일성 동지야말로 '조국' 그 자체이자 '백성'을 감싸 안는 '부모(어버이 수령)'라는 것, 그 수령은 자신의 실체를 드러내지 않는 신비로운 존재이지만 '광명의 서광'을 비쳐주는 위대한 존재이며 그런 존재의 영도를 따르는 것이야말로 '영예로운' 것이라는 것, 그런 김 동지와의 완전한 합일을 강렬히 지향하는 것, 그것이 이 작품의 궁극적인 주제이다.

이 김일성 동지의 출현을 위해 이 작품은 1910년대부터 1930년대까지의 역사적 시간을 중심축으로 하여 송월동, 두만강, 함북 무산, 간도로 공간을 확장하면서 수많은 인물들을 등장시켰던 것이다. 결국 작품의 모든 인물들과 그 인물들이 움직이는 역사적 시간과 공간의 의미망은 '1931년의 김일성 동지라는 위대한 지도자의 출현'으로 집약된다. 이 '위대한 지도자'가 작품 말미에 등장하면서, 이 작품은 미래에 대한 혁명적 낙관과 긍정적 희망을 강렬하게 제시하면서 끝을 맺는다.

# 역사의 왜곡과 미학적 가치,
# 그 진폭이 갖는 의미

## : 박태원『갑오농민전쟁』

# 역사의 왜곡과 미학적 가치, 그 진폭이 갖는 의미 :
## 박태원 『갑오농민전쟁』

## 1. 머리말

박태원의 『갑오농민전쟁』은 1977년에 제1부, 1980년에 제2부
가 발표되었고, 작가 사후인 1986년에 제3부가 출간된 3부작 대
하역사소설로, 1894년 갑오농민전쟁을 다루고 있다. 박태원은 『갑
오농민전쟁』의 전작에 해당하는 『계명산천은 밝아오느냐』 1, 2부
를 1963년과 1964년에 발표하였다. 『계명산천은 밝아오느냐』는
발표 당시 '갑오농민전쟁 전편'이라는 부제를 달고 있는데, 이는
1960년대부터 박태원이 갑오동학농민전쟁을 소재로 한 작품을

구상하고 있었으며, 그러한 의도가 23년 후에 완결된 형태로 제출된 것임을 보여준다. 따라서『갑오농민전쟁』을 고찰하기 전에 그 전작에 해당하는『계명산천은 밝아오느냐』에 대한 검토가 필요하다.

『계명산천은 밝아오느냐』는 1862년 3월 27일에 익산 지방에서 일어난 농민항쟁인 임술민란 시기를 역사적 배경으로 삼아, 당시 봉건 군주의 무능함, 세도 정치의 폐해, 지주와 세도가의 횡포, 이에 맞서는 농민들의 투쟁을 형상화하고 있다. 여기서 주목되는 것은 이 작품이 민란의 역사적 전개 과정보다는 익산민란 주모자들에 대한 효수 장면을 특히 중점적으로 다루고 있다는 점인데, 그 장면이 16장에서 22장에 걸쳐 세밀하게 그려지고 있다. 이 장면에서『갑오농민전쟁』과 관련해 주목되는 것은 다음 세 가지 측면이다. 먼저, 익산민란 주창자인 임치수는 최후 진술을 통해 임술농민항쟁이 봉건 체제의 구조적 모순에 대한 본질적 변혁으로 나아가지 못하고 고립된 민중 봉기에 머물고 만 한계를 지적하면서, 동시에 민란이 확대 조직되어 보다 근본적인 혁명으로 나아갈 것임을 천명한다는 점이다. 다음, 민란에 가담했다가 지명수배자가 된 정한순이 담양 박참봉으로 변장하고 형장을 지켜본다는 점, 천창혁이 아홉 살 된 아들 전봉준을 데리고 나와 역사적 현장을 지켜본다는 점이다. 마지막으로, 효수 당하기 직전 오덕순이 아들 오수동을 향해 끝까지 살아남아 투쟁하여 아비의 원수를 갚아줄 것을 유언하고, 아들 오수동은 밤에 몰래 형장에 들어가 아버지 시체를 빼내어온다는 점이다.

이 세 가지 측면은 『갑오농민전쟁』에서 작중 인물의 회상을 통해 환기되는데, 이는 1862년 임술농민항쟁과 1894년 갑오농민전쟁이 민중 항쟁의 역사에서 그 내적 필연성으로 연결되어 있음을 강조하기 위해서이다. 따라서 두 작품은 유기적으로 연결된 하나의 작품이라는 관점에서 접근되어야 할 것이다.

지금까지 『갑오농민전쟁』에 대한 연구 경향은 크게 네 가지로 구분될 수 있다. 첫 번째로 『갑오농민전쟁』을 사회주의 리얼리즘의 창작 노선에 의한 작품으로 보는 논의1)가 있다. 두 번째로 『갑오농민전쟁』을 모더니즘 문학에서 사회주의 리얼리즘 문학으로 변모하는 박태원 문학과 관련해 보는 논의2)가 있다. 세 번째로

---

1) 이재선, 「사회주의 역사소설과 그 한계 - 박태원의 갑오농민전쟁론」, 『문학사상』 200, 1989.
　　윤정헌, 「역사적 사건의 계급적 형상화 - 갑오농민전쟁론」, 『박태원소설연구』, 깊은샘, 1995.
　　홍성암, 「박태원의 역사소설 연구 - 갑오농민전쟁을 중심으로」, 『현대문학이론연구』 18, 현대문학이론학회, 2002.
　　임금복, 「박태원의 갑오농민전쟁 연구」. 『동학학보』 6, 동학학회, 2003.
2) 김윤식, 『갑오농민전쟁론』, 『동서문학』, 1990. 1.

박태원의 초기 소설들과의 연속성과 관련해 작가 의식, 서사 구성, 기법적인 면 등을 중심으로 해서 보는 논의[3]가 있다. 네 번째로 박태원의 이 작품과 다른 동학농민전쟁을 소재로 한 작품을 비교 연구한 논의[4]가 있다.

이 글에서는 『갑오농민전쟁』에 등장하는 인물 유형을 분류하고, 이러한 인물들을 중심으로 해서 펼쳐지는 갈등 양상을 분석함으로써, 이 작품이 전달하고자 하는 주제가 무엇인지를 검토하고자 한다. 논의를 위해 1993년 깊은샘에서 출판된 『갑오농민전쟁』(전 8권)을 기본 텍스트로 삼는다.

---

장수익, 『박태원소설연구』, 서울대학교 석사, 1991.
김종회, 「월북 후 박태원 역사소설의 시대적 성격 고찰」, 『비평문학』 34, 한국비평문학회, 2009.
정현숙, 『박태원의 문학세계』, 새미, 1995.
3) 정호웅, 「박태원의 역사소설을 다시 읽는다 - 인물 창조를 중심으로」, 『구보학보』 2, 구보학회, 2007.
정준영, 「박태원의 내면에 담긴 주체성」, 『구보학보』 3, 구보학회, 2008
4) 이상경, 「동학농민전쟁과 역사소설」, 『번역주체와 한국문학』, 역사비평사, 1990.
김승종, 「녹두장군과 갑오농민전쟁의 비교연구」, 『현대소설연구』 2, 한국현대소설학회, 1995.
이주형, 「동학농민운동 소재 역사소설에 나타난 역사인식과 그 소설화 양상 연구」, 『국어교육연구』 33, 국어교육학회, 2001.
이영호, 「1894년 농민전쟁의 역사적 성격과 역사소설」, 『동학과 농민전쟁』, 혜안, 2004.
박상준, 「이념의 구현과 역사구성의 변주-박태원의 갑오농민전쟁과 송기숙의 녹두장군」, 『남북한 역사소설 비교연구』, 계명대학교출판부, 2006.

## 2. 긍정적 인물 유형 : 전봉준과 오상민, 그리고 일반 민중과 지식인

이 작품은 긍정적인 인물과 부정적인 인물이 선명하게 이분법적 대립을 이루고 있다. 긍정적 인물로는 이 작품의 중심 인물이라 할 수 있는 전봉준과 오상민을 비롯한 농민군과 일반 민중, 양심적 지식인이 등장한다.

첫째, 농민군의 경우이다. 이 소설에서 가장 긍정적으로 그려지고 있는 인물이 전봉준과 오상민이다. 그런데 두 인물은 서로 다른 성격적 특성을 가진 인물이라기보다 일종의 '쌍생아'이자 '하나로 환원될 수 있는 인물'이다. 곧 전봉준이 역사적 실제 인물이라면 오상민은 전봉준의 허구적 인물에 해당한다.

(i) 전봉준은 듣던 바와 같이 나이 서른대여섯 된 체소한 사람이었다. 얼굴이 깨끗하고 준수한 데다가 그 크고 맑은 눈에 사람을 쏘는 듯한 영채가 돌아 첫눈에 남의 마음을 꽉 틀어잡고 놓지 않는 매력이 있으면서 또한 어딘지 마구 대하기 어려운 위엄이 있는 사람이었다.[5]
(ii) 머리를 떨구고 묵묵히 앉아 있는 원에게 전봉준은 계속해

---

5) 박태원, 『갑오농민전쟁』 4권, 깊은샘. 1993. p.217.

서 천하대세며 전주화약 후 집강소 설치의 전후시말을 자세히 이야기해 주었다. 소문으로 듣던 것보다 훨씬 숫우어보이는 전봉준의 늠름한 기상과 준수한 외모와 그잡고 놓지 않는 위엄있고 무게있는 눈길이며 논리정연하고 사리밝은 말에 원은 온몸이 빨려들어가는 듯한 것을 느끼며 넋을 잃고 앉아 있었다.6)

(iii) 장막 안에서 별안간 군악이 유량하게 울리더니 얼굴 생김이 수려한 젊은 장부가 '받들어 총'한 수십 명 대원들에게 전후좌우에서 옹위를 받으며 나왔다. 머리에 주립 쓰고 몸에 남철릭(높은 급의 무관이 입는 옷의 한가지)입고 발에는 목화를 신은 당당한 용복 차림에 허리에는 환도를 두 자루나 차고 있어 아주 위엄이 있어 보였다.

"오대장이란 사람이 참 사내답게 잘생겼소."

"내 들어 다 아는데 전대장님이 제일 사랑하시는 제자랍디다."7)

(i)~(iii)에서 보듯, 전봉준과 오상민은 '위엄' 있는 비범한 인물로 그려지고 있다. 그러면서 (iii)에서 보듯, 오상민은 전봉준이 '제일 사랑하는 제자'로 설정되어 있다. 이처럼 전봉준과 오상민 두 사람 모두 영웅적 위엄을 갖추고 있다는 점에서, 그리고 오상민이 전봉준이 제일 아끼는 제자라는 점에서, 오상민은 전봉준의 분신 같은 닮은꼴의 인물이자 대리 인물로 그려지고 있음을 알

---

6) 위의 책 8권, pp.86~87.
7) 위의 책 7권, p.178.

수 있다.

　작가가 갑오농민전쟁이라는 역사적 사건을 소설화하면서 그 사건의 핵심 인물인 전봉준 외에 제2의 전봉준이라 할 수 있는 오상민을 설정한 것은 역사적 실존 인물을 소설화할 때 드러나는 한계 때문이다. 역사소설에서 역사적 실존 인물을 형상화할 때 작가의 창작 의도를 투사시키면서 그 인물을 재창조하고자 하는 경우 항상 역사적 고증이 문제가 된다. 이러한 한계를 극복하기 위해 작가는 오상민이라는 허구적 인물을 내세움으로써, 갑오농민전쟁이라는 역사적 사건을 다루면서 자신의 창작 의도를 자유롭게 투사하고자 했던 것이다. 이 작품에서 전봉준이 농민전쟁의 지도자로 부상하기까지의 투쟁적인 삶의 과정이 생략되고 처음부터 완결된 영웅적 인물로 제시되는 것은 전봉준의 분신이라 할 수 있는 오상민이 있기 때문이다. 작가는 오상민을 통해 그가 평범한 농민에서 농민전쟁의 핵심 인물로 부상하는 과정을 그려냄으로써, 이를 통해 간접적으로 전봉준의 투쟁적 삶의 과정을 역사적 고증이라는 제약으로부터 벗어나 자유롭게 창출할 수 있었던 것이다.

　작품 전개 과정과 관련해 두 인물의 특성을 살펴보자. 먼저, 전봉준은 아홉 살 때에 아버지 전창혁의 손에 이끌려 전주 감영에서 익산민란 주창자들이 처형당하는 장면을 목격하면서 장차 농민들의 편에 서서 행동할 것을 결심한다. 전봉준은 소작인으로 있던 상민이 봉건사회의 모순을 깨닫고 혁명에 관해 눈을 뜨게 만든다. 전봉준은 고부봉기의 시작에서부터 사소한 문제에도 관여하여 계책을 세우고 일을 처리한다. 사발통문 작성, 농민군가 짓기, 각종 전투 계획, 전주화약, 2차 농민전쟁 기병 등과 같이 대부분의 중대한 일을 혼자 결정하고 명령을 내린다. 전봉준은 전주화약 이후 홀로 전주성에 들어가 감사 김학진과 집강소에 대해 담판을 짓는다. 그리고 집강소 설치에 나주성이 협조하지 않자 역시 홀로 나주성에 들어가는 대범함을 보인다. 전 여산 부사 김윤식이 전봉준을 단독으로 만나고자 했을 때 흔쾌히 만나 그를 굴복시키는 용맹함을 보이기도 한다. 이런 능력과 성격으로 인해 그의 사상적 교화가 미치지 않은 곳이 없다.

다음, 오상민은 이진사의 논을 얻어 부치는 평범한 소작인이다. 평범한 소작인에 불과했던 오상민이 봉건사회의 모순을 깨닫고 혁명에 관해 눈을 뜨게 되는 것은 전봉준과의 만남을 통해서이다. 하지만, 전봉준을 만나기 전부터 오상민은 장차 농민전쟁을 이끌어 갈 인물로 암시되고 있다.

(i) 이윽히 바라보고 있는 중에 총각의 입에서 한숨이 새어나왔다. 저 넓으나넓은 벌에 오곡이 무르익어 금빛 물결이 술렁이던 일이, 그리고 그것을 바라보며 기뻐들 하던 일이 바로 어제 같건만……

문득 그의 얼굴에 그늘이 진다. 등골이 빠지게 농사를 지어 절반은 지주집에 또 절반은 관가에다 모두 털어 바치고 뒤에는 오직 눈물과 한숨만이 남는 가난한 농군들의 가을걷이라는 것이 끝난 지도 어느덧 달포가 지났다……[8]

(ii) 춘보영감은 일손을 멈추고 그를 마주 건너다보며

"살고 못 사는게 다 저 타고난 팔자란 말이다. 그러기에 가난구제는 나라에서도 못헌다는 것이 아니여?"

하고 일러 주기라도 하듯 말했다.

상민이는 저도 일손을 놓고 말했다.

"아저씨, 그런 말씀 마십시오. 우리가 못 사는 게 팔자가 무슨 팔자예요? 못 살게 구는 놈들이 있으니 그렇죠. 가난구제는 나라에서도 못하는 거라지만 구제는 그만두고 뺏어가지나 말라죠."

상민이의 음성은 격정으로 해서 떨렸다.[9]


(i)에서 보듯, 상민은 농사를 지어 거두어들인 작물의 거의 전부를 지주와 관가에 바치는 제도에 문제가 있음을 철저히 각인하

8) 위의 책 4권, pp.18~19.
9) 위의 책 4권, p.178.

고 있다. (ii)에서 보듯, 상민은 이웃사람들을 각성시키기까지 한다. 이처럼 오상민은 전봉준을 만나기 전에 이미 농민전쟁에서 중요한 역할을 할 인물로 암시되고 있다. 이러한 측면은 오상민이 익산민란에서 활동한 할아버지와 갑신정변에서 활동한 아버지의 혁명적 혈통을 이어받은 것으로 설정된 것에서도 확인할 수 있다. 여기에 오상민은 혁명지도자로서 갖추어야 할 도덕성이나 민중에 대한 애정도 충분히 지니고 있다. 극빈자인 길보네 집에 대신 나무를 해다 주고, 자신이 먹을 양도 모자라는 판에 죽 한 그릇을 아낌없이 준다. 또 이진사네 머슴 문서방이 학질에 걸려 앓아눕자 귀한 닭을 잡아 병간호를 한다. 이처럼, 상민은 주변 민중들의 고통을 지켜보면서 새로운 세상을 열어야 한다는 생각을 키워나가고 있었던 것이다.

고부봉기가 시작되고 상민은 조병갑을 잡는 일에 선두에 선다. 그는 일개 소작인이 아닌 총포대 대장 농민군으로서 그의 능력을 발휘하기 시작한다. 농민전쟁이 전개될수록 오상민은 영웅적인 인물로 부상한다. 오상민의 이러한 성격과 역할 변화는 농민전쟁의 전개 과정에서 무기의 변화와 관련해 상징적으로 제시된다. 고부농민봉기에서는 오상민은 손에 곤봉을 쥐며, 태인봉기에서는 화승총을, 황토현 전투에서는 아버지 오수동에게서 받은 신식 양총을, 장성 전투에서는 대장태를, 전주성 입성 시에는 장성 전투에서 노획한 두 문의 대포를 쥐고 있는 것으로 변한다. 이러한 농민군 투쟁 과정을 통해 오상민은 전봉준이 부여한 임무만을 수행하던 인물에서 벗어나 뛰어난 기지와 용기를 발휘하면서 스스로 솔선해서 중요한 일들을 수행하는 인물로 변화한다.

작품이 전개될수록 오상민은 전봉준보다 더 영웅적 인물로 묘사된다. 농민전쟁에서 가장 빛나는 전투인 황토현 전투와 장성 전투에서 오상민의 전략과 용맹성으로 농민군은 대승을 거둔다. 황토현 전투에서, 전봉준이 황토현에 복병을 숨겨두고 적을 공격하기로 한다. 그런데 적을 함정으로 끌어들일 방책을 찾지 못하자, 오상민이 나서 계책을 낸다. 금산 장돌뱅이로 가장해 적 속에 들어가 적을 농민군이 파놓은 함정으로 유인하자는 것이다. 오상민은 직접 장돌뱅이로 가장해 적을 유인한 후 앞장서서 적을 물리친다. 한편, 장성 전투에서는 전봉준이 부재한 상황에서 오상민은 전봉준을 대신해 싸움을 지휘한다. 적의 기습에 당황하지 않고 오상민은 침착하게 대응해 대승을 거둔다.

이들 전투에서 전봉준의 역할은 거의 드러나지 않는다. 오상민은 전봉준이 예상하지 못했던 일을 예견하고 그 일에 미리 대처하는 모습도 보인다. 이러한 과정을 통해, 오상민은 전봉준의 분신이자 전봉준과 하나의 인물로, 나아가 전봉준을 넘어서는 영웅적 인물로 작품 속에서 그 역할이 강화되고 있다. 오상민은 전봉준처럼 인간에 대한 신뢰를 바탕으로 하여 점차 혁명적인 세계관을 전취하면서 자신만의 창조적이면서 고결한 인간적 품성을 완성시켜 나간다. 더불어 오상민은 전봉준처럼 주변 사람들을 교화시켜 그들의 내면에 내재되어 있는 혁명적 열정을 이끌어 냄으로써 그들을 자주적이고 창조적인 인간으로 거듭나게 한다. 이 점에서 오상민은 북한 문예에서 내세우는 사회주의 리얼리즘에 입각한 주체적 인간, 혁명적 전사의 전형에 해당한다. 북한 문예에서 주체적 인간은 혁명에 대한 강고한 신념과 충성심을 가지며, 동지들에 대한 헌신적 애정과 굳건한 신뢰를 지니고, 이를 바탕으로 해서 온갖 고난과 역경을 극복하면서, 그 과정에서 혁명적 열정과 의지를 완성해 나가는 인간에 해당한다. 따라서 오상민은 박태원이 이 작품을 통해 당대 북한 문예에서 요구하는 사회주의 리얼리즘에 입각한 혁명적이고 주체적인 인간을 창출하기 위해 내세운 허구적 인물에 해당한다고 볼 수 있다.

그러나 3부에 이르면서 오상민의 역할은 거의 미미해지고 대신 전봉준의 역할이 작품 전면으로 부상한다. 청국과 일본의 파병으로 농민군이 대패하고 전봉준이 체포되면서 오상민의 역할은 작품에서 급격히 감소한다. 이런 이유로 제3부는 박태원의 실제 창작품으로 보기 어렵다는 견해가 설득력을 지니게 된다. 오상민이 다시 등장하는 것은 전봉준이 죽은 뒤인 작품 말미 부분으로, 살아남은 오상민은 말을 타고 사라진다. 오상민의 이러한 모습을 통해, 작가는 갑오농민전쟁에서 농민군이 패하였지만, 그들의 저항 정신은 사라지지 않을 것이며 장차 그 정신이 계승될 것임을 강조하고 있다.

둘째, 농민군을 직, 간접적으로 도와주는 긍정적인 인물로 오수동과 정한순이 있다. 여기서 정한순은 함평민란을 주도한 역사적 실제 인물이며, 오수동은 허구적 인물이다. 이러한 역사적 실제 인물과 허구적 인물을 창출한 이유 역시 앞서 살펴본 것처럼 역사적 인물의 고증과 관련된 한계를 극복하고 작가의 창작 의도를 투사시키고자 하는 목적에서 비롯된 것이다. 후술하겠지만, 작가가 오수동이라는 허구적 인물과 정한순이라는 역사적 인물을 엮은 이유는, (i)1862년에 일어난 임술농민항쟁과 1894년에 일어난 갑오농민전쟁이 민중 항쟁의 역사에서 그 내적 필연성으로 연결되어 있다는 점을 강조하면서, (ii)서울이라는 공간을 중심으로 하여 당시 봉건 지배계층의 타락상과 외세의 침략 과정을 보여주고, (iii)나아가 서울과 고부를 공간적으로 연결하여 고부에서 일어난 농민항쟁의 원인이 서울로 상징되는 중앙 정부의 부패와 타락에 기인함을 강조하기 위해서이다.

오수동은 익산민란 주동자 중의 한 명인 오덕순의 아들이자 오상민의 아버지이다. 수동의 나이 17살 때 아버지 오덕순과 함께 익산민란의 주동자로 활동하면서, 관군에 붙잡혀 효수당한 아버지의 시신을 훔쳐내 장례를 치른다. 수동의 이러한 영웅성은 그의 아들 상민에게 전수된다. 4권 이후, 수동은 상민이 수행하는 혁명 사업의 주변적 인물로 변화한다. 고부봉기 이후 농민전쟁의 한 축으로 수동이 이끄는 일심계가 설정되어 있지만, 농민군의 실제 전력에는 그다지 큰 도움이 되지 못한다. 북접을 농민전쟁에 참전토록 유도하는 마지막 영웅성을 발휘한 오수동은 죽음을 맞는다.

정한순은 활빈당을 이끌면서 고부의 농민군과 오수동의 일심계와 함께 농민전쟁의 한 축으로 참여한다. 서울을 제외하고도 전라도와 충청도 일대에 산재되어 있는 100여 명의 활빈당이 그의 관리 하에 있는 것으로 설정되어 있다. 선운사에서 오수동을 첫눈에 알아본 일, 기찰 당한 수동을 위기에서 구출한 일, 천안 삼거리에서 두부 독에 걸린 아낙의 목숨을 구한 사건 등은 모두 그의 지략과 용기를 가늠하게 해주는 사건들이다. 그는 농민전쟁

중에 갑성이를 통해 일본군의 동정 등 국내외 정치 상황에 대한 정보를 농민군에게 전달해 준다. 소설의 결말부에서는 김봉득, 최공우, 오상민 등 차기 혁명 지도자들을 결집시켜 주고 다음을 기약할 수 있는 발판을 마련해 준다.

셋째, 일반 민중 역시 긍정적인 인물로 묘사되고 있는데, 특히 주목되는 것은 여성을 매우 진보적인 입장에서 다루고 있다는 점이다. 윤영아는 상민의 애인이자 여성 농민군으로 활약하는 인물이다. 영아는 조병갑의 학정으로 아버지를 잃고 오빠들과 뿔뿔이 흩어져 할머니와 단둘이 양교리로 이사를 오게 된다. 할머니가 죽은 뒤로는 상민의 집에 와서 살아간다. 그녀는 농민전쟁 중에 아낙네들도 무엇이든 도와야 한다며 농민군들의 군복을 지어주면서 농민군에게 큰 힘이 된다. 그녀의 본격적인 영웅적 활약은 8권 14장에 집중되어 있다.

영아는 달리는 말 위에서 허리에 찬 칼을 넌뜻 뽑아들고 숲 속의 나무를 향해 이리 치고 저리 치고 곤추치고 후려치는데 말은 나무와 나무 사이를 요리조리 날래게 빠져 달리었다. 영아의 칼쓰는 솜씨도 날래고 익숙하였지만 나무 사이를 요리조리 빠져 달리는 말의 날랜 동작은 말할 수 없이 기이하였다. 이윽하여 영아는 달리는 말 위에서 환도를 허리에 도로 지르고 활

을 벗겨 이리저리 대고 쏘았다. 말잔등에서 자유자재로 몸을 틀
고 쏘아 맞히는데 영락없이 겨눈 나뭇가지에 가 꽂히곤 하였
다.[10]

영아가 상민이 보내준 말을 타고 농민전쟁에 참여하기 위해 무
술 연습을 하는 장면으로, 여자의 몸으로는 상상할 수 없을 만큼
민첩하고 날쌘 동작으로 칼과 활을 자유자재로 사용한다. 실제
전쟁터에서도 영아는 위기에 처한 전봉준과 오상민을 구하기도
한다.

오상민의 할머니는 아들 수동이 갑신정변으로 죽었다는 소문
을 듣고 고부로 이사 와서 이진사의 소작인으로 살아가는 인물이
다. 할머니는 늘 강하고 굳은 의지를 지니고 살아간다. 남편이 죽
은 뒤에는 아들 수동에게 희망을 걸고, 아들 수동이 죽었다는 소
문을 듣고는 손자 상민에게 희망을 걸면서, 결코 절망하는 모습
을 보이지 않는다. 이용태에 의해 옥에 갇히는데, 같이 잡혀간 영
아의 할머니가 나약한 모습을 보이다 죽자, "원수 놈들을 그대로
두고 죽다니 원, 나는 저렇게 죽을 수 없어." 하고 분통을 터트린
다. 또한 농민군의 전주성 입성 때, 할머니는 남편 오덕순의 한을

10) 위의 책 8권, p.186.

풀겠다는 의지로 막걸리 한 잔에 몸을 의지하면서 밤새 백십 리나 되는 길을 걸어 전주성 입성을 보고야 만다.

오상민의 어머니는 공주 전투가 한창일 때 적진 깊숙이 침투하여 적의 대포에 물을 부어 적의 화력을 무력화시킨다. 공주 전투에 참전하기 이전에도 동네 아낙들이 농민전쟁에 대한 믿음을 잃고 안절부절 못할 때, 그들을 타일러 민심의 동요를 막기도 한다. 왜놈에게 막대한 타격을 입힌 죄로 붙잡혀 처형을 당하면서도 오상민의 어머니는 왜군과 관군을 준엄하게 꾸짖는다.


어머니는 왜놈 장교를 이윽토록 쏘아보고 나서 다시 말했다.
"이 섬오랑캐야, 이목구비는 다 갖추고 있다마는 너희놈들은 어찌 그리도 흉측하고 간악하냐! 너희는 우리와 무슨 원수가 져서 매양 남의 나라에 기어들어 갖은 못된짓을 다 하느냐.
너희놈들은 예로부터 우리의 원수라더라. 썩 물러가거라. 이 나라 백성들을 무엇으로 아느냐? 이 나라의 아들들은 너희놈들을 가만두지 않을 게다."
(중략)
왜놈 장교를 한동안 쏘아보다가 문득 눈길을 돌려 거기에 둘러서 있는 정부군 군사들을 보고 소리쳤다.
"이 미련한 것들아! 제 한몸 위해 원한이 하늘에 사무친 저 광패한 원수들을 도와 제 형제를 죽이느냐? 그리고도 너희들은

스스로 부끄러운 줄 모르느냐? 아, 원수도 가려보지 못하는 불
쌍한 것들!"11)

넷째, 양심적 지식인도 긍정적인 인물로 그려지고 있는데, 그
대표적인 인물로 이상무, 이충식, 신상모, 전창혁, 신상균을 들
수 있다.

이상무는 이진사의 서자로, 전봉준과 오상민과 교유하면서 양
반과 상민의 구분이 없는 올바른 세상을 꿈꾸면서 점차 적극적으
로 모순된 현실에 저항한다. 상무는 고부봉기 후에 전봉준의 명
령으로 전주로 가 감영의 움직임과 그곳의 정세를 고부 봉기군에
게 알려준다. 1차 농민전쟁에서는 전봉준의 명령을 받아 농민군
의 사기 진작을 위해 척양척왜와 보국안민을 주제로 한 창의가를
짓는다. 그리고 전주입성 때는 무혈입성 계획을 수립하는 등의
활약을 보인다.

이충식은 학문이 매우 깊고, 나라의 정치와 외세의 범람에 대
해 매우 비판하는 인물이다. 그는 병인양요 때 자원해서 싸우러
나가고, 고부봉기 소식을 접하고 육십 나이에도 자신이 할 일을
찾아나선다.

---

11) 위의 책 8권, pp.222~223.

신상모는 죽마고우인 전봉준을 돕기 위해 외아문 서리인 자신의 직위를 이용해, 농민전쟁 초기에 왜군과 청군의 움직임과 이에 따른 정부의 대응 등을 알아내어 농민군에게 알려준다.

전창혁은 아홉 살된 아들 전봉준을 익산민란 주모자들을 공개 처형하는 곳에 데려가서, 지금은 잠시 좌절되지만 다시금 불타올라야만 하는 혁명의 씨앗을 전봉준에게 심어준다. 그리고 그는 고부봉기의 기폭제 역할을 한다. 고부 농민들은 봉기 이전에 최후의 수단으로 육십여 명의 지도자가 연명해서 청원하기로 결정하는데, 전창혁이 맨 첫머리에 이름이 적히기를 지원한다. 그러나 전창혁은 전주감영에서 매질을 당하고 고부로 쫓겨와, 조병갑에 의해 곤장을 맞고 죽는다. 이 사건을 계기로 사발통문이 돌아 고부봉기의 횃불이 타오른다.

몰락한 양반인 신상균은 농민전쟁 과정에서 상민이 계획한 일들을 도와준다. 장돌뱅이로 변장한 상민에게 장돌뱅이의 겉모양은 물론 인사법과 행동 습관 등을 지도해 주고, 상민이 황토현 전투를 승리로 이끄는 데 조력한다. 그는 전봉준의 서사 역할을 수행하면서 한자로 된 창의문과 격문 등을 우리글로 번역하는 일을 하기도 한다. 또 전주화약 이후에는 고부 집강소의 집강으로 선정되어 공정하고 탁월한 일 처리로 화제가 된다.

## 3. 부정적 인물 유형 : 왕과 지배계층, 그리고 동학도

이 작품에서 지배계층은 모두 부정적 인물로 그려지고 있으며, 특히 일부 동학도 역시 부정적으로 묘사되고 있다. 첫째, 지배계층의 정점에 있는 고종과 민비는 철저하게 부정적인 인물로 제시되고 있다. 고종은 오로지 사치와 향락만을 추구하면서 주체적인 왕권의 행사를 전혀 하지 못하는 무능한 왕으로 그려져 있다. 민비의 정치 간섭에 의해 허수아비 왕이 되는 장면, 외국 군대를 불러들여 백성을 치고자 하는 장면, 신하를 세 편으로 가르고 노론이면 '친구', 소론이면 '저편', 남인과 북인이면 '그놈'이라고 칭하는 장면, 신하들이 백성들 소동의 근원은 탐관오리와 아전들의 학정에 있다고 말하자 "해먹으려면 똑똑이나 해먹지 이런 소동까지 일으키게 해서 내게 근심을 끼치게 하다니"라고 말하는 장면, 민비의 행위에 동조해 대원군의 목숨을 위협하는 장면, 제국주의 선교사나 영사관들에게 극진한 대우를 해주면서 자신에게 바치는 뇌물과 아첨에 파묻혀 나라의 이권을 마구잡이로 내주는 장면 등에서 이를 확인할 수 있다.

민비는 시아버지인 대원군과 20년의 권력 쟁투를 벌이면서 심지어 그를 살해하고자 등, 권력을 위해서라면 인륜과 도덕을 팽

개치는 사람으로 묘사된다. 대원군 부자 삼대를 몰살시키려다 실패하자 분풀이로 자객을 대궐에서 직접 죽이는 장면, 매관매직을 통해 축재한 돈으로 동궁의 무병장수를 빈다는 명목으로 금강산 일만 이천 봉의 봉우리마다 쌀 한 섬과 돈 백 냥을 올려놓는 장면, 부족한 돈은 일본, 청나라, 미국, 영국에서 수백만 냥의 빚을 얻어 충당하는 장면, 대강이란 일본 상인을 비롯하여 빚쟁이들을 궁궐에 무단출입케 하여 고급 비밀을 누설하는 장면 등에서 이를 확인할 수 있다.

둘째, 중앙에서 정치를 하는 지배계급 역시 비판의 대상이 되는데, 그 대표적인 인물이 민영준과 진령군이다. 민영준은 민비의 15촌 조카뻘 되는 사람으로 벼슬이 예조판서지만 당시 실세 중의 실세였고 '금송아지대감'으로 통하는 갑부다. '금송아지대감'은 그가 평안감사 시절에 금송아지를 만들어 고종에 바쳤다고 해서 붙여진 이름이다. 그는 평안감사 시절에 '마다리법'을 창안해 내어 재물을 축적했다. 또한 민영준은 왕에게 올라오는 장계와 상소를 먼저 살펴 취사선택한 후 왕에게 올린다. 모든 대신들이 외국 군대의 청병을 반대하는 상황에서 홀로 민비에 붙어 청병하러 다니기도 한다.

진령군은 임오군란을 피해 은신 중이던 중전 민씨의 장호원 이

윗집에 살던 무당으로 민씨의 환궁 날짜를 정확히 예언하면서 지배계층의 중심부로 진입한다. 진령군은 민영준과 권력 다툼을 벌이면서 집권층의 부패상을 적나라하게 보여주는 역할을 한다.

셋째, 부패한 중앙 지배계층과 연결되어 있는 지방의 지배계층 역시 부정적인 인물로 그려지고 있는데, 조병갑과 이진사가 그 대표적인 인물이다. 조병갑은 역사적 실제 인물에 해당하며, 이진사는 허구적 인물에 해당한다. 이처럼 역사적 실제 인물과 허구적 인물을 겹쳐 놓은 이유 또한 앞서 살펴본 것처럼 역사의 고증이라는 제약에서 벗어나 작가의 의도를 작품에 제대로 투사시키기 위해서이다.

조병갑은 민영준을 통해 민비에게 7만 냥을 주고 고부군수로 부임한다. 그는 왕과 왕비는 물론 민판서와 진령군의 생일에 공물을 바치기 위해 온갖 수탈을 자행한다. 만석보 수세와 묵정논 도조를 무리하게 받아내려 하다가 분노가 폭발한 고부 주민들에 쫓겨 전주감영까지 도피했다가 의금부로 압송된다.

이진사는 고부, 고창 등지에 막대한 농토를 소유한 대지주이다. 그는 하인청에 온갖 종류의 고문 기구를 갖추어 놓고 고을 사람들을 잡아들여 고문함으로써 자신의 충복으로 길들인다. 또한 그는 종과 머슴을 학대한다. 30년을 죽어라 일만 한 문서방이 학질에 걸리자 출산을 앞둔 딸이 부정 탈까봐 산 속에 내다 버린다. 농민전쟁 말기에 이진사의 큰아들 상문은 왜군 부대의 통역으로 나서고, 이진사 자신은 고부에 주둔한 관군과 왜군 부대를 집에 초청하여 술과 음식을 대접한다. 결국 그는 상문의 총에 맞아 죽는 비극적 최후를 맞이한다.

넷째, 조병갑과 이진사로 대표되는 지방 지배계층에는 김문현, 고부의 아전들, 그리고 고병갑, 김첨지 등과 같은 인물도 포함된다. 전라감사인 김문현은 조병갑의 뇌물을 받아먹고 그의 탐학을 눈감아줄 뿐만 아니라, 조병갑이 백성에게 선정을 베풀고 있으니 포상을 해야 한다는 장계를 올리기도 한다. 농민군이 전주성을 점령하자 그는 도망간다.

고부의 아전으로는 조병갑이 부임하면서 비서 격으로 데리고 온 책방과 이방, 그리고 수교가 등장한다. 책방은 조병갑이 고부 백성을 교묘히 수탈할 수 있도록 앞장선다. 이방은 조병갑과 고부 백성의 중간에서 온갖 농간을 부려 백성들을 고통스럽게 하면서 자신의 부를 축적해 나간다. 수교는 안핵사 이용태가 고부군수로 부임한 후에 고부봉기의 죄인을 잡으러 동네를 누비면서 온갖 위세를 부린다.

고병갑은 쇠전거리에서 황아전을 크게 벌이면서 고리대금업까지 하여, 그에 대한 고부 백성들의 원성이 높았다. 한편, 김첨지는 고부 양교리의 동소임으로 고을 원의 수탈 행위를 적극적으로 도운다.

다섯째, 이 작품에서 주목되는 것이 동학도 일부가 부정적으로 그려지고 있다는 점이다. 먼저, 최시형의 경우이다. 최시형은 동학교단 교주이지만, 척양척왜와 같은 현실적인 정치 문제에는 전혀 관심을 두지 않고, 금령해제와 교조신원에만 목을 매면서 정부나 권력자의 눈 밖에 나는 일은 삼가려고 하는 인물이다. 보은 집회 해산을 종용하러 온 군수가 접주들의 당돌한 기세에 눌려 돌아가자 그는 남접 접주들을 꾸짖는다. 이렇듯 최시형은 노파심이 많고 교단의 보전에만 전전긍긍하는 인물이다.

동학접주인 김경천은 봉기 초기에는 온갖 핑계를 대고 빠지더니, 전주성 함락 등 전세가 유리해지자 동학군에 가담한다. 그는 나주 집강으로서 맡은 일을 사사롭게 여겨 게으르게 처리하는 모습으로 일관한다. 그러면서도 집강소를 순찰 중인 상민에게 자신의 치적을 열거하면서 전봉준에게 잘 보고해달라고 당부한다. 전쟁이 막바지에 다다르자 상민을 죽이려 시도하기도 하며, 급기야 도피 중인 전봉준을 밀고하기에 이른다.

여섯째, 농민 혹은 노비이지만 부정적으로 그려지는 인물이 있다. 소작농 춘보는 기회주의적인 인물로, 이진사집 노비인 짝쇠는 잔인한 성격의 소유자로 제시되어 있다.


## 4. 계급모순과 민족모순으로 인한 갈등, 그리고 카메라적 고찰

이 작품은 긍정적 인물과 부정적인 인물이 선명하게 대립하는 구조를 띠고 있다. 두 유형의 인물의 대립은 다음 세 가지 측면으로 제시되고 있다.

첫째, 오상민을 중심으로 한 양교리의 가난한 소작농민과 조병갑과 이진사를 중심으로 한 지배계층 및 토호의 대립이다. 오상민으로 대표되는 소작농민은 힘들게 농사를 짓지만 양교리의 토호인 이진사와 지배계층인 조병갑에게 모든 것을 빼앗긴 채 구차한 삶을 연명해 간다. 이들 지배계층에 의한 농민 수탈은 고부에 있는 저수지인 만석보 사건으로 상징화된다.


　(i) 백성들을 끌어내다 보막이를 시키고 땅 없는 농민들에게 묵은 땅을 갈게 하고 그 다음에 원님 명색이라는 게 손을 댄 것이 바로 경내에서 밥술이나 먹는다는 백성들을 차례로 잡아다 마구 족치는 일이었다. 사월부터 시작하여 오월 유월 칠월……

오늘까지도 그대로 계속이다.

오늘은 이마을 내일은 저동네…… 관속들이 뻔질나게 몰려나 왔다. '죄인'들을 연신 묶어들였다. 죽일놈 살릴놈…… 호령소리 에 동헌 들보가 쩡쩡 울고 사정없는 매질에 살은 터지고 피는 튀었다. 한번 옥에 가두면 땅 팔고 집 팔고 세간까지 다 팔아 바치기 전에는 놓아 주지 않았다. 죄목들이 맹랑하였다. 부모에 게 효성스럽지 못한 죄, 한가족이 화목하지 못한 죄, 가까운 친 척 사이에 상간한 죄……

처음에는 경내에서 부자 소리 듣는 사람들만 가지고 족치더 니 차차 내려와서 이제는 몇십 석쯤만 해도 그냥 두지 않았다. 물론 양반들은 제외다. 언제나 만만한 것이 상사람들이었다.

이통에 수가 난 것이 이 진사 같은 부자거나 황아전하며 돈 놀이 하는 고가 같은 놈이다. 고가놈은 당장 돈마련이 급해하는 사람들에게서 땅이고 집이고 세간이고 헐값으로 사서 폭리를 남겼다. 이 진사는 소위 '체모'란 것도 있고 해서 직접 나서지는 않고 뒤에서 고가 같은 자에게 돈을 대 주고 한몫 단단히 본 다.12)

(ii) 물의는 분분하고 원성은 자자했다.

그렇건만 이번에 난 전라도 오십육관 원들의 성적 평가에서 고부군수가 '상등'을 맞았다. 참으로 기가 막혔다. 어떻게 이것 이 참을 수 있으랴. 그런데 이 진사는 말바리에 명주필을 잔뜩 싣고 원에게 치하하려고 관가로 찾아들어갔다.

12) 위의 책 5권, p.210.

하긴 원에게 붙어서 한몫 단단히 보자는 놈이니 그럴만도 했다. 그래 올봄에는 원의 아비 비각 세워 주자는 말까지 냈던 것이다. 이번에는 조병갑이의 비석 세우자는 말을 낼지 모르겠다.[13]

만석보 수세로 상징되는 조병갑의 악랄한 농민 수탈은 지배계층과 결탁한 양반 토호들인 이진사와 고가의 수탈로 이어지면서 농민의 고통은 배가 된다. 더욱 문제인 것은 그러한 학정을 일삼는 조병갑이 지방수령들의 행정 평가에서 '상등'을 받았다는 점인데, 이는 당시 지배계층의 농민 수탈과 악행, 그리고 부정부패가 묵인되고 있다는 점을 잘 보여준다.

이러한 수탈에 농민들의 분노는 극에 달하면서 종국에는 갑오년 농민전쟁으로 치달리게 된다. 이처럼 조병갑을 비롯한 지방 관리와 양반 토호의 수탈이 갑오농민전쟁의 직접적인 원인임을 제시함으로써 이 작품은 갑오농민전쟁의 발발 원인을 피지배계급에 대한 지배계급의 착취로 규정한다.

둘째, 오수동을 중심으로 한 대립이다. 이 대립 구조는 오상민과 조병갑의 대립을 끌어안으면서, 또한 갑오농민전쟁의 발발 원인으로 계급모순 외에 민족모순이 내재해 있음을 제시하는 역할

---

13) 위의 책 5권, p.211.

을 한다. 이에 따라, 이 대립 구조는 다시 두 가지 대립 구조를 내포하게 된다. 먼저, 오수동과 중앙 지배계층의 대립 구조로, 이 구조를 통해 지방 지배계층의 농민수탈은 근원적으로 중앙 지배계층의 부패와 타락에 기인한다는 것을 밝히고 있다.

오수동은 익산민란 주모자 중의 한 사람인 실존 인물 오덕순의 허구적 아들이다. 그는 아버지의 처형을 목격하고 시신을 몰래 빼돌려 묻은 후 '충의계'를 조직해 갑신정변에 참가하였다가 개화당의 몰락으로 쫓기는 몸이 되어 황해도 금광에서 8년여를 숨어 지낸다. 그러다가 전봉준, 정한순과 합세해 봉기에 나설 '일심계'를 조직하기 위해 서울에 나타난다.

그런데 작가는 일심계를 조직하기 위해 서울에 온 오수동을 내세우면서, 일심계 조직보다는 서울의 중앙 지배계층의 부패한 타락상을 고발하는 쪽에 오수동의 시선을 집중시킨다.

'진령군'은 왼편 소매 속에서 종이쪽지를 하나 꺼내어 공손히 민비 앞에다 놓았다.
육만 냥짜리 어음쪽-당시 금전거래에 이용되던 돈의 지불을 약속하는 표지였다.
"음, 배동익이 거구먼."
민비는 어음쪽을 들여다보고 만족한 모양으로 혼잣말을 하더니 문득 장지 너머를 바라보고 말했다.

"이애 영준아, 고부군수도 이젠 육만 냥이야."

'진령군'도 흘낏 그의 편을 건너다본다.

"네, 육만 냥……"

민영준은 짐짓 난처해하는 모양으로 눈을 잠깐 끔벅끔벅하다가 말하였다.

"실은 칠만 냥에 고부군수를 원하는 자가 있삽기에 소신도……"

"무어 칠만 냥? 그게 대체 누구냐?"

왕비는 눈을 크게 뜨고 묻는다.

"전 군수 조태순의 아들 조병갑이라는 자이옵니다."

그는 조병갑에게 전라도 순창 고을을 육만 냥에 내주기로 하고 이미 돈까지 받고서 왕비에게 고하러 들어왔던 것인데 일이 그만 이렇게 되고 말았다. 순창인 줄만 알고 있을 조가가 고부라고 들으면 어리둥절해 하겠지. 만 냥 하나를 더 내라면 짜다고 할지도 모르겠다. 이랬건 저랬건 조가가 바친 육만 냥 어음쪽 외에 마침 만 냥짜리 한 장이 더 있기를 다행이다……

"조태순이의 아들? 그게 정년 노론 집안이지? 그럼 '친구'로구먼."

왕비는 더욱이나 만족해하는 모양이다.[14]

오수동이 서울 장안을 돌아다니는 장면 다음에 나오는 부분으

---

14) 위의 책 4권, p.135.

로 조병갑이 고부군수로 결정되는 장면이다. 이 장면을 통해, 작가는 왕비의 타락상, 권력 실세인 진령군과 민영준의 대립, 그리고 매관매직, 당파싸움 등으로 부패할 대로 부패한 중앙 지배계층의 모습을 압축적으로 보여주고 있다. 이를 통해, 이 작품은 조병갑으로 표상되는 지방 지배계층에 의한 농민 수탈에는 서울이라는 중앙 지배계층의 부정부패가 그 근원적인 동인으로 작동하고 있음을 보여준다. 조병갑이 고부에서 마다리법을 시행하고 개간답 도조와 만석보 물세를 농민들에게 물리면서 온갖 수탈을 자행하는 것은 서울이라는 공간이 갖는 이러한 부정적 측면에 따른 필연적 결과물에 해당한다는 것이다. 곧 서울의 오수동을 통해 중앙 지배계층의 부정부패와 고부라는 공간에서 벌어지는 지방 지배계층의 수탈이 연결시킴으로써, 이 작품은 갑오농민전쟁의 발발 원인을 고부라는 지역적 문제에서 벗어나 당대 조선 사회 지배계층 전체의 문제점으로 확대 심화시킨다.

다음, 오수동과 외세와의 대립으로, 이를 통해 당시 열강의 조선 침략 과정을 보여주고 있다. 제1부 2장을 보면, 오수동은 서울을 배회하면서, 전환국 기계창에 대한 묘사를 통해 굴욕적인 문호 개방의 결과물을 비판하고, 또 건축 중인 프랑스 천주성당에 대한 묘사를 통해 외세에 의해 좌지우지되는 조선의 모습을 비판한다. 또한 일본인 상업 자본이 어떻게 조선을 잠식해 들어가는지를 일본인 노점 중 장난감 가게 묘사를 통해 보여주고 있다.

빼애애애애-붓두껍만한 댓가지 토막 끝에 주둥이를 물리고 거기다 파랗게 빨갛게 물감을 들인 닭이 속털 너덧 개를 껴붙여서 실로 동여매 놓은 조그만 고무풍선이 불어넣은 입김으로 공처럼 동그랗게 부풀어올랐다가 문득 댓가지 구멍으로 바람이 쑤우욱 빠져나가며 댓가지 토막 끝에 붙어 있는 혀를 울려서 낸 소리였다. 뻑뻑이란 놈이다. 장난감 파는 가게였다. 어디로든 끌고 다니며 장사하기 좋도록 바퀴를 단 궤짝 위에 널판지를 쭉 깔고 어린아이를 흘릴 잡동사니들을 늘어놓았다. 장난감 육혈포, 물딱총, 오뚝이, 일본 탈바가지, 나무로 깎아 만든 각시들, 씽씽이, 화경알, 지남철, 요지경…… 이런 것들이 어수선하게 늘어놓인 매대 한복판에 짚으로 두툼하게 둘러싼 나무토막이 하나 장대처럼 서 있는데 거기에는 대가리만인 각시들과 함께 울긋불긋한 팔랑개비들이 두루 꽂혀 있어 바람이 부는 대로 뱅글뱅글 돌아가고 장대 끝에는 한번 놓치면 그대로 하늘 높이 둥둥 떠올라가는 고무풍선들이 달려 있다.[15]

이 장면에서 작가의 1930년대 모더니즘 작품인 『소설가 구보

15) 위의 책 4권, pp.58~60.

씨의 일일』이나 『천변풍경』에서나 볼 수 있는 카메라적 고찰을 통한 세밀한 묘사를 다시 확인할 수 있다. 실상 이 작품에서 고부라는 공간에 대한 장면 묘사는 다분히 추상적인데 반해, 서울에 대한 묘사는 매우 사실적이고 생생한데, 이는 박태원이 서울 출생이라는 점과 밀접한 관련이 있는 것으로 보인다.

오수동의 눈(카메라)에 비친 일본 노점상의 모습을 통해 일본 상업 자본이 조선의 어린이마저 유혹하고 있음을 알 수 있다. 일본을 비롯한 서양 열강에 의한 조선 침탈은 오수동 외에도 이충식, 그리고 서울에 상경한 전봉준에 의해서도 제시된다.

제2부 10장을 보면, 개화파 이충식은 서양 과학지식을 배우기 위해 영국의 대사전 '부리타니카'를 구입하려고 영국 대사를 만난다. 이 장면에서 이충식은 영어를 모르는 척하고 미국인 언더우드와 영국인 뱅커의 대화를 듣게 되면서, 양인들의 입을 통해 외세의 조선 진출이 갖는 의미를 알게 된다.

"식민지 정책에서 중요한 것은 그 나라 영토와 함께 그 나라 인민까지 자기 마음대로 써먹을 수 있게 하는 것이요. 그 나라 인민들이 종주국을 반대하지 않게 하고 자기 마음대로 써먹게 하자면 무엇보다 그 나라 인민들에게서 민족의식을 빼버리고 종주국에 대한 환상과 숭배를 조성해야 하오. 이것이 매우 중요하고 어려운 일이요.

먼저 그 나라 인민들의 민족의식을 뽑아버리자면 민족 허무주의를 고취해야 하지요. 그런데 그 나라의 문화전통이 빛날수록 그것이 힘이 드오. 그러니만큼 민족문화는 민족의식을 자극하는 데 아주 큰 역할을 하오. 그러니 그 나라 민족문화를 말살해 버리는 것이 선차적으로 나선단 말이요. 그러자면 우선 그 나라의 문화전통을 잘 알아야 하지 않겠소.

딱터 게일이 조선 고대문화를 연구하는 목적은 바로 거기에 있소. 이런 의미에서 영국이 우리 미국보다 앞섰다는 거요. 미쓰 비숍은 이 나라의 경제지리를 연구하고 딱터 게일은 고대문화를 연구하고……"

"잘 알았습니다. 참으로 많은 것을 배웠습니다. 미스터 언더우드."

뺑커란 놈은 진심으로 이렇게 말했다.

이선생은 놈들이 지껄이는 말을 듣고 그지없는 분노를 느끼었다.

영국 총영사 히리어란 놈도 게일 박사 부처도 다같은 승냥이들이었구나! 고약한 놈들!

놈들이 지껄이는 말로 더 자세히 알게 되었지만 일본놈들은 일본놈대로 사특하고 간악하다면 미국놈, 영국놈들은 더 음흉하고 흉악한 놈들이다.16)

---

16) 위의 책 7권, pp.216~217.

일본을 비롯한 서양 열강의 문화 사업은 조선을 식민지화하려는 정책의 일환임이 제시되고 있다. 이러한 외세의 조선 진출로 인해 서울은 열강의 세력 다툼의 각축장이자 온갖 박래품의 전시장으로 변질되고 있다. 조선과 외세의 이러한 대립을 통해, 이 작품은 갑오농민전쟁의 발발 원인으로 지배계급과 피지배계급의 계급 대립과 그로 인한 모순 외에 조선 민족과 외세와의 대립이라는 민족적 모순이 자리 잡고 있음을 강조하고 있다.

외세의 이러한 조선의 식민지화 야욕을 서울의 지배계층은 알아차리지 못하고 있음을 전봉준의 시선으로 제시하고 있다.

> 전봉준은 불현듯 바로 그젯저녁 광화문 대궐 앞에서 본 양국년을 생각했다.
>
> 그 무렵은 바로 관원들이 물러나오는 때라 광화문 넓은 길이 한창 붐비는 중에 문득 뒤에서 길잡는 소리가 하도 요란하기에 한옆으로 비켜서며 돌아다보니 관원의 행차가 아니라 부녀자가 타는 사인교가 한 채 오는 것이었다. 앞뒤에 총을 멘 병정들이 호위하고 오는 품이 여느 관원의 행차보다도 어마어마하였다. 사인교의 창이 열려 있어서 눈여겨보니 뜻밖에도 노랑머리 파랑눈알의 양국년이다. 전봉준은 곧 그 계집을 알아보았다. 미국 선교사 원두우란 놈의 계집으로서 민비의 총애를 받아 대궐 안을 제집 드나들듯 한다는 그 양국년이 틀림없었다.[17]

민비의 총애를 받는 양국년을 통해 서울의 지배계층이 외세에 이용당하는 한심한 측면을 읽을 수 있다. 이처럼, 이 작품은 오수동, 이충식, 전봉준을 통해 서울이라는 공간의 당대 상황을 제시함으로써, 왕실의 사치와 향락을 위해 매관매직을 일삼는 지배계층의 부정부패한 측면을 비판하고, 더불어 조선 침탈의 야욕을 드러내는 외세의 측면을 비판하고 있다. 서울이라는 공간에서 펼쳐지는 지배계층의 이러한 부패와 타락은 고부라는 공간으로 전이되어 조병갑, 이진사를 비롯한 지방 지배계층의 부패와 외세 의존으로 연결된다.

서울과 고부의 공간적 연결을 통해, 이 작품은 갑오농민전쟁을 계급적 모순에 대한 저항이자 민족적 모순에 대한 저항으로 규정한다. 곧 계급적 모순과 민족적 모순이 결합되면서 지배계층에 의한 농민 수탈은 극에 달하게 되고, 그로 인한 농민의 분노 역시 극에 달하면서 종국에는 갑오년 농민전쟁으로 치달리게 된다는 것이다.

'이놈! 어디 두고보자!'
이진사 같은 양반놈들을 없애치워야 우리 백성이 편안히 살

---

17) 위의 책 5권, p.67.

수 있다. 그놈들과 우리 백성들은 한하늘을 이고 살 수 없다.

양반놈들은 저희네가 호사스럽게 살기 위해서는 나라도 겨레도 안중에 없다. 왜국 양국되놈들도 마구 끌어들인다.

'척왜척양', '보국안민'하자면 그런놈부터 없애치워야 한다.

(중략)

"선생님, 이젠 정말 더는 못 참겠습니다. 이 원수를 어떻게 합니까? 선생님!"

"원수야 갚아야지. 백 배 천 배로 해서!"

하고 말하는 전봉준의 눈에서는 불이 철철 흘렀다. 상민이는 기대에 찬 눈으로 쳐다보며 다급히 물었다.

"곧 일어나시렵니까?"

"원수도 원수지만―"

전봉준은 불꽃 튀는 눈으로 상민이를 마주보며 말했다.

"놈들이 다시는 이런 짓을 못하게 아주 세상을 뒤집어놓아야 한다!"

전봉준은 잠시 말을 끊고 하늘을 우러러 달을 쳐다보고 또 땅을 굽어도 보고 나서 결연히 말했다.

"때는 왔다, 다시 일어나자! 기어이 이 망한 놈의 세상을 뒤집어 엎자!"

"알았습니다. 선생님! 저는 선생님과 끝까지 한길을 가겠습니다."[18]

---

18) 위의 책 7권, pp.45~46.

세 번째 대립 구조는 전봉준과 최시형의 대립으로, 이 대립은 동학 농민군 내의 대립에 해당한다. 작품에서 최시형 등이 이끄는 북접 중심의 교단 지도부 측과 전봉준을 중심으로 한 남접의 강경파 혁명주의자들의 대립이 그것이다.

　이번 보은 모임은 작년 삼례 모임과는 크게 다르다. 다섯 개 도 수만 명 도인들이 모였고 내놓은 목표도 '금령해제' 따위가 아니라 '척왜척양'이다. 도저히 이대로 돌아갈 수는 없는 것이다. 나라에서 끝내 들어 주지 않고 군사들을 풀어 폭력으로써 임한다면 이편에서도 폭력으로써 대항할 뿐이다. 그러나 맨주먹으로야 어떻게 싸우랴?…… 무슨 연장이고 마련이 있어야 하겠다고 전봉준이 손화중을 보고 의논하니 무장포에서는 이미 몽둥이를 준비하고 있다는 것이다. 그럼 좋다. 같이 가서 아뢰고 다른 포에서들도 다같이 몽둥이라도 마련하게 하자고 손화중과 함께 여기로 왔었다. 이것이 도인들을 무장시키는 시작으로 될지도 모른다. 그러나 뒤미처 보은 원의 행차가 들이닥쳐 그 이야기는 아직 해 보지도 못했는데 원이 한번 을러멘 말에도 저렇듯 떨고 있으니 그(최시형-인용자)와 이야기를 해본대야 아무 소용이 없을 것이다. 용맹한 장수 밑에 약한 군사가 없다고 이르는데 대장부터가 저렇듯 나약하니 대체 무슨 일을 하겠는가? 전봉준의 이마에도 주름이 굵게 잡혔다.[19]

19) 위의 책 5권, pp.36~37.

　　보은집회는 삼례집회와 달리 참여자의 규모도 방대하고, 또한 '척양척왜' 같은 정치적 구호도 등장한다. 이에 정부는 보은군수를 보내 보은집회 해산을 종용한다. 군수의 이러한 강압적인 태도에 대해, 전봉준과 최시형은 대조적인 태도를 취한다. 최시형, 손병희 등의 북접 중심의 교주측은 군수에게 절절 매고 송구스러워하면서 정부 해산 방침에 순응하려 한다. 그들은 관령을 거역했다가 '난민' 소리를 들을까봐 겁을 내어, 무장을 하지 않고 다만 도를 닦을 것임을 주장하면서, '교조신원', '금령해제'에만 치중한다. 반면 전봉준, 손화중을 중심으로 한 남접은 강경한 자세로 '보국안민', '척양척왜'의 당위성을 내세우면서 무장 혁명을 주장한다. 그들은 군수에게 당당하게 맞서면서 북접 교주측의 유약한 태도에 실망하여 집회에서 이탈한다.

　　이처럼 최시형의 북접 교주측과 전봉준의 남접 강경파는 무장 혁명의 필연성 여부, 조선 왕조 지배 체제에 대한 순응 여부 등에서 태도가 확연히 갈라진다. 이러한 대조를 통해, 이 작품은 최시형의 북접측을 유약하고 겁 많고 어리석은 존재로 묘사하고 있다. 이 작품이 북접 중심의 교단 지도측을 이렇게 묘사하고 있는 것은 갑오농민전쟁의 주체가 전봉준 중심의 무장혁명주의자임을 강조하면서 동시에 최시형을 중심으로 한 동학 교단의 역할을 부정하기 위해서이다. 이처럼 이 작품은 갑오농민전쟁에서의 동학의 역할을 전면 부정하고, 동학 대신 오수동의 '일심계'와 함평민란 주도자 정한순이 이끄는 '활빈당'에서 농민전쟁의 조직적 기반을 추출해 낸다.

갑오농민전쟁에서 동학이 갖는 역할에 대한 이러한 역사적 왜곡은 두 가지 측면과 관련이 있다. 먼저, 종교를 인정하지 않는 북한 사회의 특성을 박태원이 고려하여 이 작품을 창작한 것이라는 점이다. 다음, 갑오농민전쟁의 주체 세력에서 동학을 배제시키고, 갑오농민전쟁과 익산민란의 역사적 계승을 강조하면서 익산민란에서 후일을 기약했던 민중들을 대거 참여시킴으로써, 갑오농민전쟁을 민중계급의 무장 혁명과 투쟁으로 규정짓기 위해서이다. 이 부분은 동학농민운동을 다루는 남한 역사소설과 확연히 갈라지는 지점이자, 동학혁명에 대한 북한 역사소설의 명백한 역사적 왜곡에 해당한다. 남한 역사소설에서는 전봉준을 동학사상의 실천가로 그리면서, 동학농민운동을 19세기 후반 조선 봉건사회의 모순에 대해 개혁을 부르짖으면서 민족자주의식과 시민적 자각을 강조한 민권 운동으로 평가하고 있다. 그런데 박태원의 작품은 갑오농민전쟁을 단지 피지배층의 계급투쟁으로만 강화시키고 있는 것이다.

## 5. 맺음말

박태원의 『갑오농민전쟁』은 긍정적 인물과 부정적인 인물이 선명하게 대립하는 구조를 띠고 있다. 첫째, 오상민을 중심으로 한 소작농민과 조병갑을 중심으로 한 지배계층 및 토호의 대립이다. 이 대립은 갑오농민전쟁 발발의 직접적인 계기로 작동한다.

둘째, 오수동을 중심으로 한 대립이다. 이 대립 구조는 오상민과 조병갑의 대립을 끌어안으면서, 또한 갑오농민전쟁의 발발 원인으로 계급모순 외에 민족모순이 내재해 있음을 제시하는 역할을 한다. 이에 따라, 이 대립 구조는 다시 두 가지 대립 구조를 내포하게 된다. 먼저, 오수동과 중앙 지배계층의 대립이다. 이를 통해 이 작품은 조병갑으로 대표되는 지방 지배계층에 의한 농민 수탈에는 서울이라는 중앙 지배계층의 부정부패가 그 근원적인 동인으로 작동하고 있음을 보여준다. 다음, 오수동과 외세와의 대립으로, 이를 통해 당시 열강의 조선 침략 과정을 보여주고 있다. 조선과 외세의 이러한 대립을 통해, 이 작품은 갑오농민전쟁의 발발 원인으로 지배계급과 피지배계급의 계급 대립과 그로 인한 모순 외에 조선 민족과 외세와의 대립이라는 민족적 모순이 자리 잡고 있음을 강조하고 있다.

셋째, 전봉준과 최시형의 대립 구조다. 이 작품은 갑오농민전쟁에서의 동학의 역할을 전면 부정하고, 동학 대신 오수동의 '일심계'와 함평 민란 주도자 정한순이 이끄는 '활빈당'에서 농민전쟁의 조직적 기반을 추출해 낸다. 갑오농민전쟁에서 동학이 갖는 역할에 대한 이러한 역사적 왜곡은 두 가지 측면과 관련이 있다. 먼저, 종교를 인정하지 않는 북한 사회의 특성을 박태원이 고려하여 이 작품을 창작한 것이라는 점이다. 다음, 갑오농민전쟁의 주체 세력에서 동학을 배제시킴으로써 갑오농민전쟁을 민중 계급의 무장 혁명과 투쟁으로 규정짓기 위해서이다. 이 부분은 동학 농민운동을 다루는 남한 역사소설과 확연히 갈라지는 지점이자, 동학혁명에 대한 북한 역사소설의 명백한 역사적 왜곡에 해당한다.

그리고 오상민은 전봉준의 분신이자 전봉준과 하나의 인물로, 나아가 전봉준을 넘어서는 영웅적 인물로 작품 속에서 그 역할이 강화되고 있다. 오상민은 전봉준처럼 인간에 대한 신뢰를 바탕으로 하여 점차 혁명적인 세계관을 전취하면서 자신만의 창조적이면서 고결한 인간적 품성을 완성시켜 나간다. 더불어 오상민은 전봉준처럼 주변 사람들을 교화시켜 그들의 내면에 내재되어 있는 혁명적 열정을 이끌어 냄으로써 그들을 자주적이고 창조적인 인간으로 거듭나게 한다. 이 점에서 오상민은 북한 문예에서 내세우는 사회주의 리얼리즘에 입각한 주체적 인간, 혁명적 전사의 전형에 해당한다.

한편, 이 소설은 농민 봉기와 전쟁이 일어나는 전라도와 충청도를 주된 배경으로 삼고 있음에도 불구하고 서울말을 통해 언어 표현이 이루어지고 있다는 문제점 또한 드러낸다. 이러한 한계에도 불구하고 이 작품은 미학적으로 상당한 강점을 지니고 있다. 이 작품에는 박태원 특유의 카메라적 고찰을 통한 세태 풍속 묘사가 나타난다. 세세하게 묘사된 서울 거리는 구한말 조선에 침입한 외세의 영향력이 상당했으며, 특히 서울이 전통과 근대의 문물이 혼재된 공간이었다는 점을 제시한다. 또 화려한 왕실의 전경, 농민들의 가난한 삶이 상세하게 묘사되고 있다.

# '간도'를 다루는
# 남북한 역사소설 비교 연구

## : 박경리『토지』와 이기영『두만강』

# '간도'를 다루는 남북한 역사소설 비교 연구 :
# 박경리『토지』와 이기영『두만강』

## 1. 머리말

남북한 역사소설에서 간도를 다루는 작품으로 남한에서는 안수길의 『북간도』, 박경리의 『토지』를, 북한에서는 이기영의 『두만강』을 들 수 있다. 이들 작품은 개화기부터 일제강점기까지를 시대적 배경으로 하고, 한반도와 간도를 주된 공간적 배경으로 삼아 서사를 전개하고 있다.

이처럼 간도를 공통적으로 다루는 남북한 역사소설에 주목하는 이유는 이들 작품들에서 간도라는 공간이 갖는 문학적 의미를 고찰함으로써 남북한 역사소설에 나타나는 동질성과 이질성의 측면을 판단할 수 있는 중요한 준거틀을 마련할 수 있다는 점 때문이다. 이들 작품에서 간도는 한민족의 유구한 역사가 뿌리내리고 있는 일종의 민족적 성소로 그려지기도 하고, 또 일제에 의한 억압과 수탈을 이기지 못해 이주한 민족 수난의 공간으로 그려지기도 하며, 나아가 일제에 대한 독립 투쟁이 활발하게 전개되는 공간으로 그려지기도 한다.

그러나 간도가 갖는 이러한 측면 외에 이들 작품에서 무엇보다 주목되는 것은, 조선 중세 봉건사회에서 근대로 전환하는 민족사 전개 과정에서 간도와 관련된 제반 측면을 중요한 한 단계로 설정하면서, 동시에 일제강점기를 넘어서 한민족이 지향해야 할 근대 민족국가 형태가 무엇이며, 그러한 민족국가를 건설할 주체는 누구인지를 밀도 있게 다루고 있다는 점이다. 안수길이나 박경리 등의 남한 작가들의 작품에 나타나는 근대 민족국가 형태와 그 주체는 이기영으로 대표되는 북한 작가들의 작품에 나타나는 측면과 분명한 차이점을 지니고 있다. 이러한 이질성은 남북한 지배 체제의 이데올로기 및 현 단계 근대 민족국가 형태와 맞물려 있다. 그러면서 이들 작품은 그런 이질성 너머 남북한이 한민족으로서 공유할 수밖에 없는 동질성을 내포하고 있기도 하다.

지금까지 안수길의 『북간도』에 대한 연구 중에서 간도가 갖는
의미에 대한 연구1)는 어느 정도 축적되어 있는 상황이다. 그러나
박경리의 『토지』와 이기영의 『두만강』에 나타나는 간도의 의미
에 대한 연구2)나 안수길, 박경리, 이기영의 작품에 대한 비교 연
구3)는 미미한 상황이다.

1) 김윤식, 『안수길 연구』, 정음사, 1986.
　　김종욱, 「역사의 망각과 민족의 상상-안수길의 '북간도' 연구」, 『국제어문』
　　　　30, 국제어문학회, 2004. 4.
　　민현기, 「민족적 저항과 수난의 재현-안수길의 '북간도'론」, 『어문학』 56, 한
　　　　국어문학회, 1995. 2.
　　이선미, 「만주 체험과 민족서사의 상관성 연구-안수길의 '북간도'를 중심으
　　　　로」, 『상허학보』 15, 상허학회, 2005.
　　조정래, 「장편소설 '북간도'의 서술 특성 연구」, 『배달말』 40, 배다말학회,
　　　　2007.
　　한기형, 「역사의 소설화와 리얼리즘-안수길 장편소설 '북간도' 분석」, 『한국
　　　　전후문학연구』(조건상 편), 성균관대출판부, 1993.
　　한수영, 「만주의 문학사적 표상과 안수길의 '북간도'에 나타난 이산(離散)의
　　　　문제」, 『상허학보』 11, 상허학회, 2003.
　　박상준, 「'북간도'에 나타난 형식과 역사의 변증법」, 『상허학보』 24, 상허학
　　　　회, 2008.
　　김재용, 「안수길의 만주체험과 재현의 정치학」, 『만주연구』 12, 만주학회,
　　　　2011.
2) 이상진, 「'토지' 속의 만주, 삭제된 역사에 대한 징후적 독법」, 『현대소설연
　　　　구』 24, 한국현대소설학회, 2004.
　　강찬모, 「박경리 소설 '토지'에 나타난 간도의 이주와 디아스포라의 귀소성
　　　　연구」, 『어문연구』 59, 어문연구학회, 2009.
3) 신형기, 「민족 이야기의 두 양상」, 『남북한 역사소설 비교연구』, 계명대출판
　　　　부, 2006.
　　최병우, 「한국현대소설에 나타난 두만강의 형상과 그 함의」, 『현대소설연구』

이 글은 간도를 배경으로 하는 남북한 역사소설 중에서 박경리의 『토지』와 이기영의 『두만강』을 대상으로 하여, 각 작품에서 간도가 갖는 의의는 무엇인지를 검토하고자 한다. 나아가 간도를 바라보는 남북한 작가의 관점을 통해, 남북한 역사소설의 동질성과 이질성을 논할 수 있는 한 기반을 마련하고자 한다. 논의를 위해 안수길의 『북간도』에 대해서도 간략하게 언급하고자 한다.

## 2. 박경리 『토지』: 근대 자본주의적 민족국가 성립을 위한 시원으로서의 간도

박경리의 『토지』는 1969년부터 연재되기 시작해 1994년 완결된, 총 5부로 구성된 작품이다. 이 작품은 봉건적인 조선 사회를

39, 한국현대소설학회, 2008.
_____, 「이념의 차이와 역사 제재 선택에 관한 연구-안수길의 '북간도'와 리근전의 '고난의 년대'의 대비를 중심으로」, 『현대소설연구』 34, 한국현대소설학회, 2007.
임옥규, 「남북한 역사소설에 형상화된 '간도'의 심상지리적 인식과 심상지도」, 『현대북한연구』 16, 북한대학원대학교, 2013.
한창엽, 「'북간도'와 '두만강'의 대비적 고찰」, 『한국언어문화』 9, 한국언어문화학회, 1991. 12.
김영동, 「한국소설에 수용된 북간도」, 『새국어교육』 35, 한국국어교육학회, 1982.
오양호, 『한국문학과 간도』, 문예출판사, 1988.

지탱하던 신분제가 제도적으로 없어진 1897년에서부터 시작하여 해방 때까지를 시간적 배경으로 하고, '경남 평사리-간도 용정 지방-진주와 부산' 등을 공간적 배경으로 하여, 최참판댁 일가와 주변 인물이 격변기의 역사적 상황에서 자신의 정체성을 찾아가는 과정을 다루고 있다.

이 작품에서는 봉건적 가치관과 새로운 근대적 가치관이 혼재되는 상황에서 어떤 가치관을 선택할 것이지를 두고 대립 갈등하는 양상이 주를 이룬다. 그러한 갈등은 인물과 인물과의 갈등으로 구체화되는데, 그 결과 이 작품에는 계층적, 계급적 갈등은 거의 나타나지 않는다. 이러한 갈등을 통해, 이 작품의 인물들은 봉건적 질서에 예속된 상태에서 벗어나 점차 새로운 근대적 질서를 수용하면서 근대적 주체로 거듭나거나, 아니면 봉건적 질서 혹은 타락한 근대적 질서에 좌절하거나 하는 형태를 취한다.

이러한 갈등 구조를 이 작품의 공간적 배경에 해당하는 '평사리 → 간도 → 평사리'와 연결할 때, 처음의 평사리는 봉건적 질서가 굳건히 자리 잡고 있는 상황에 근대적 질서가 새로운 가치관으로 대두하는 공간으로 제시되고 있다. 반면 간도는 최서희를 비롯한 인물들이 근대적 질서에 의해 자신의 정체성을 확보하는 공간으로 제시되고 있다. 간도에서 확립된 인물의 정체성은 다시 평사리로 이동하면서 확장되고 심화된다. 따라서 이 작품에서 간도가 갖는 공간적 특징과 의의를 살펴보기 위해서는 최서희와 그 주변 인물들의 삶에 주목할 필요가 있다. 이와 관련해, 간도는 다음 두 가지 측면의 의미를 띠고 있다.

첫째, 이 작품에서 간도는 민족의 고토이자 민족정신과 민족적 자긍심이 살아 숨 쉬고 독립운동이 활발하게 펼쳐지는 곳으로 설정되어 있다.

(i) 송 선생의 백묵 든 손은 아래로 내려와서 요동반도 끄트머리쯤 동그라미 하나를 더 그려넣는다. (중략)

안시성과 요동성 밖에 있는 요하(遼河)를 따라 백묵이 힘찬 줄을 그어나간다. 부여성 외곽으로 해서 하얼빈까지 왔을 때 백묵이 부러졌다. 나머지 짧아진 백묵이 송화강을 따라 시베리아로 쭉 빠져나간다.

"어떻습니까, 여러분! 압록강 두만강 밖에 있는 이 땅덩어리의 크기 말입니다. 오늘날 우리의 잃어버린 강토, 조선의 땅덩어리만 하다고 여러분은 생각지 않습니까?"

"예! 그렇습니다!"

"그러니까 오늘날 우리의 강토 조선, 조선의 땅덩어리만 한 것이, 어쩌면 더 클지도 모르는 땅덩어리가 압록강 두만강 너머에 또 하나 있었다고 생각한다면 틀림없을 것입니다. 아시겠습니까, 여러분!"

"예! 알겠습니다아!"

"이 넓은 땅덩어리가 고구려 적에는 우리 영토였었다는 것을 알았습니까?"

"예! 선생님."4)

(ii) 그럼에도 용정촌은 홍이에게는 지순한 정신의 고향, 소중한 것을 묻어두고 온 곳이다. 용정촌이 가지는 의미, 송장환 선생은 간도 땅은 말할 것도 없이 남만주 일대는 옛날에 잃은 조선의 땅이라 했다. 땅과 더불어 잃은 그 수많은 백성들의 피는 지금 만주족 속에도 맥맥이 흐르고 있을 것이라 했었다. 그리고 또 공노인은 말했었다. 울창한 원시림에 묻혀 있던 용정촌에 처음 낫과 도끼질을 한 사람은 조선인이었다고. 유림계(儒林契)에 모여들던 기개 높고 학덕으로 신선같이 보이던 선비들이며 절(節)을 굽히지 아니하고 죽음을 택하였던 수많은 의병장, 의병들 소식이며 정착민들의 뿌리 깊은 자긍심은 물론이거니와 유랑 동포조차 왜인들에겐 추호 비굴하지 아니했던 곳. 이조 오백 년 동안 심은 삼강오륜, 그 윤리 도덕에 길들여진 상민들은 비록 의복이 남루했을지언정 예의 범절을 모르는 왜인들을 짐승 보듯 했으며 적개심을 지나 차라리 모멸이요, 정복자에게 오히려 우월감을 맛보는 그런 곳. (중략) 석양의 마지막 아름다운 같은 선비들의 그 윤리의 향기나, 새로운 문물에 눈뜬 젊은이들의 강인하고 열정적인 투쟁심이나, 신분의 질곡에서 풀려났지만 그러

4) 박경리, 『토지』 4권, 솔출판사, 1995. pp.124~125.

나 나라 잃은 비애를 안을 수밖에 없었던 이율배반의 심적 상
황에서도 상부상조의 구심점으로 모여들던 상민들이나, 척후병
이요 약탈자인 일본의 무뢰한과는 유(類)가 다른 것이다. 그러한
곳, 이조 오백 년 사상의 마지막 정수(精髓)가 옮겨지면서 그 정
신적 토양에서 미래를 향해 새로운 싹이 돋아나는 곳, 자긍심이
팽배하고 항일 정신이 투철했던 용정촌에서 홍이는 피부 가까
이 또 무엇을 느끼며 보았는가.[5]

(i)에서는 간도가 고구려의 옛 영토임을 밝힘으로써 간도를 민
족의 고토로 설정하고 있다. (ii)에서는 간도를 '옛날에 잃은 조선
의 땅'이라 밝히면서 '이조 오백 년 사상의 정수가 옮겨진 곳'이
자 '의병과 독립운동'이 활발하게 일어난 곳으로 설정하고 있다.

안수길의 『북간도』 역시 간도를 민족의 고토로 설정하고 있다.
그러나 『토지』와 『북간도』가 갈라지는 결정적인 지점은 "미래를
향해 새로운 싹이 돋아나는 곳"이라는 데 있다. 곧 『북간도』가
민족의 고토로의 '회귀'로 나아갔다면, 『토지』는 민족의 고토이자
민족정신의 정수인 간도를 토양으로 해서 '새로운 미래'를 그 지
향점으로 설정하고 있는 것이다.

이 새로운 미래는 이 작품에 나타나는 간도의 두 번째 특성으

---

5) 위의 책 7권, pp.229~230.

로 연결되는데, 그것은 바로 근대 민족국가와 근대적 민족 주체의 정립과 관련된 문제로 귀결된다. 간도는 근대적 질서가 자리 잡은 공간으로, 인물들로 하여금 근대적 주체로서의 정체성을 확립하게 해 주고 나아가 근대 민족국가의 일원으로 자리매김하게 하는 토양 역할을 한다. 이를 간도와 간도 이후의 최서희의 삶을 통해 구체적으로 살펴볼 수 있다.

서희는 자신을 버리고 '하인놈'과 도망을 간 어머니에 대한 증오심과 그로 인한 모멸감, 그리고 조준구와 홍가에게 토지를 빼앗기고 가문이 몰락되는 일에 대한 원한, 이 두 가지 감정이 복합된 상태에서 '가문과 토지 지키기', '손상된 가문의 권위 되찾기'에만 매달리면서 복수의 화신으로 살아간다. 조준구가 그의 곱추 아들과 서희를 결혼시켜 최참판가의 재산을 송두리째 빼앗으려는 계획을 세우자, 서희는 복수의 일념으로 평사리를 떠나 간도로 향한다.

간도에서의 삶과 다시 평사리로 돌아온 후의 삶을 통해 서희는 서서히 사회적 주체로서의 자아를 확보하게 된다. 그 과정을 보면 다음과 같다. 간도에서 서희는 빼앗긴 토지와 가문의 명예를 되찾기 위해 무서운 집념으로 살아간다. 그녀는 하인인 길상을 총책임자로 삼아 곡물상을 경영하면서 여인으로서는 감당하기 힘든 온갖 일을 하면서 곡물 무역을 하고 재산도 관리한다. 서희는 친일 행위도 서슴지 않으면서 억척스럽게 곡물상을 해서 돈을 모으는데, 그 이유는 빼앗긴 '내 집 내 땅'을 되찾고 원한을 풀기 위해서다. 자신이 쓸 '군자금'을 마련하기 위해 서희는 양반가 여성이라는 품위마저 내팽개쳐 버리고 억척스러운 장사꾼으로 변모한 것이다. 이 변모를 통해, 서희는 사회에 진출해 자신의 역할을 주체적으로 하는 사회적 주체로서의 자아를 확립하게 된다. 이것은 간도라는 공간이 근대 자본주의의 흐름 속에 유입되어 있었기에 가능하다.

그러나 서희는 그런 간도에서 봉건적 신분제와 가부장제 질서로부터는 아직 벗어나지 못하고 있다. 곧 서희는 봉건적 가부장제 질서로부터 벗어나 근대적 개인으로서의 주체성을 아직 확립하지 못하고 있는 것이다. 이는 서희를 지배하고 있는 '가문 되찾기'라는 집념 때문이다. 이 집념의 틈새를 뚫고 들어와 서희로하여금 근대 개인적 주체로서의 자아를 확립하도록 매개 역할을 하는 인물이 길상이다.

서희가 하인인 길상과 결혼하는 표면적인 이유는 낯선 땅에서 혼자 힘으로 복수를 준비하는 것이 어려워 길상의 도움을 받기 위해서이다. 이런 이유라면 길상과의 결혼은 서희의 존재에 아무런 변화를 일으키지 못한다. 그런데 서희가 실제로 결혼하는 이유는 길상을 사랑하기 때문이다. 길상은 신분 제도 때문이 아니라 인간적인 연민의 정으로 서희 곁에서 서희를 보살펴주고 지켜준다. 서희는 그런 길상의 인간성과 삶의 의지력을 보면서 길상을 사랑하게 된 것이고, 그 결과 그녀의 주체적인 의지에 의해 신분 차이를 극복하고 길상과 결혼하는 것이다. 곧 서희는 봉건적 신분제와 가부장제 하의 여성에서 벗어나 비로소 근대 개인적 주체로서 새롭게 태어나면서 길상과 결혼한다.

평사리에서 빼앗긴 토지와 가문의 명예를 되찾기 위해 간도로 간 서희는 결과적으로 근대 자본주의 질서가 자리 잡아가는 공간에서 사회적 주체로서의 자아를 확립하면서, 동시에 신분 차이를 극복하고 길상을 사랑하고, 길상과 결혼하게 되는 근대적인 개인적 주체로서의 자아를 확립하게 된다. 그러나 복수의 집념은 서희로 하여금 아직 완전한 사회적 주체로, 또 개인적 주체로 거듭나는 것을 방해한다. 이 방해물은 서희가 평사리로 돌아와 그토록 원하던 복수를 한 후에야 서희의 삶에서 제거된다.

최참판가의 집과 땅을 되찾을 모든 준비를 마친 서희는 만주로 가 독립운동을 하겠다는 길상을 간도에 두고 홀로 평사리로 돌아와 빼앗긴 집과 토지를 되찾는다. 그런데 가문을 되찾기 위해 무서운 집념으로 살아온 서희는 복수가 끝난 자리에서 자신이 '빈 번데기' 같은 존재라는 생각을 한다. 서희 스스로 자신이 복수를 위해 살아온 지금까지의 삶이 결국 봉건적 가부장제 질서를 유지하는 것에 불과했고, 그 질서 유지를 위해 자신의 삶을 희생한 것에 불과하다는 것을 깨닫는 것이다. 이 깨달음을 얻는 순간, 서희는 자신이 길상과 결혼한 것이나 어머니가 구천이와 도망간 것은 동질적인 것임을 인식한다. 서희는 복수의 화신으로 살면서 그동안 스스로 자신의 내면에 억눌려 놓았던, 그러나 간도에서 길상과의 결혼을 통해 잠시 드러났던 주체적 자아를 다시 정립하게 되는 것이다. 그 결과, 서희는 개인적 주체와 사회적 주체가 합일된 근대적 주체로 변모한다. 이 변모와 함께, 만주에서 독립운동을 하는 남편 길상이 매개되어 서희는 민족적 주체로 질적 비약을 이룬다. 길상이 독립운동을 하는 것은 빼앗긴 나라와 민족을 되찾는 것이자, 자신의 가정을 지키기 위해서라는 것을 서희는 깨닫는다. 이후, 서희는 겉으로는 애국부인회 간부로 일하는 등 친일을 하지만, 실제로는 몰래 군자금을 후원하면서 항일 운동을 벌인다.

결국, 서희는 평사리→간도→평사리로 공간 이동을 하는 과정에서, 봉건적 질서에서 벗어나 근대적 개인으로서의 주체성과 사회적 존재로서의 주체성을 확립하고, 나아가 민족과 나라를 위해 싸우는 민족적 주체로 거듭나게 된다. 여기서 주목할 것은 '간도'에 자리 잡은 생명사상이다.

> 길상은 김환의 외침으로 오히려 자신이 굳어지고 있다는 것을 느낀다. 인간의 한계를 인정하고 나서는 그 자신을. 그것은 생명의 유한(有限)이다. 죄(罪)에 얽매인 것 아닌 삼라만상, 모든 것은 생명이 있고 또 생명이 없는 유한, 역설이라면 기막힌 역설이겠으나. 어느 시기까지 유지될 안정(安定)일지는 모르지만 길상은 서희와 아이들에게로 향하는 사랑이 담백한 상태로 자리잡는 것을 느낀다.[6]

인간의 생명은 소중한 것이며 모든 존재의 생명 또한 소중하다는 이 사상은 실상 이 작품을 이끌어가는 핵심 사상 중의 하나이다. 이 생명사상이 최서희가 도달한 근대 자본주의적 질서와 결합되면서, 이 작품에 제시된 근대적 질서는 비인간화되고 물신화된 현 단계 남한 자본주의 체제와는 다른 형태를 취하게 된다.

따라서 이 작품에서 간도라는 공간은 민족의 고토이자 시원이면서, 모든 생명이 존중되는 새로운 근대 자본주의적 질서로 나

---

6) 위의 책 6권, pp.391~392.

아가는 출발점으로 설정된다, 또한 간도는 최서희로 하여금 근대 개인적, 사회적, 민족적 주체로 자신의 정체성을 정립하게 하는 토양 역할을 한다. 곧 이 작품에서 간도는 고구려 이후 한민족의 민족사적 정통성을 확보하고 있는 시원의 공간이자, 그러한 민족 정신을 바탕으로 하여 '새로운 미래'로 나아갈 새로운 출발의 공간으로서의 의미를 지니고 있다. 그 새로운 미래는 현 단계의 남한 자본주의 체제와는 그 특질을 달리한다. 그것은 근대 자본주의적 민족국가의 형태를 취하되, 물신화와 비인간화를 정화할 수 있는 생명사상으로 가득한 세계이다. 결국, 작가는 현 단계 남한 자본주의 체제의 문제점을 비판하고 그 문제점이 극복된 새로운 미래 세계를 지향하기 위해 간도라는 공간과 생명사상을 유기적으로 결합시키고 있는 것이다.

## 3. 이기영 『두만강』: 김일성 영도 하의 항일무장투쟁과 북한 건국의 시원으로서의 간도

이기영의 『두만강』은 3부 102장으로 구성되어 있다. 1부에서 박곰손, 이진경을 비롯한 인물들은 부르주와 민족주의 입장에서 민족의식을 갖게 되고 반봉건 반일 투쟁운동에 참여한다. 2부에서는 무산, 간도, 송월동을 오가면서 인물들은 반일 투쟁을 전개한다. 그러다가 3.1운동이 실패로 끝나고 의병 활동을 하는 독립단체들의 분열과 변절이 일어나면서 부르주와 민족주의에 입각한 반일 운동은 실패로 돌아간다.

3부에서는 새로운 혁명 운동의 필연성이 제기된다. 그 혁명 운동은 씨동과 분이의 성장을 중심으로 하여 사회주의 이념에 따른 계급 각성과 무력계급투쟁으로 질적 변용을 일으킨다. 그 질적 변용의 완성태에 김일성 동지가 등장한다. 김일성 동지가 등장하는 마지막 두 장이야말로 이 작품이 드러내고자 하는 궁극적 주제에 해당한다. 민족이 곧 노동인민계급이라는 자각을 하고 그러한 노동계급의 단결과 무장투쟁을 통해 민족 해방을 지향하는 것, 그러면서 그러한 민족과 노동계급 전부를 아우르는 위대한 지도자가 김일성 동지라는 것, 그런 김동지와의 완전한 합일을 강렬히 지향하는 것, 그것이 이 작품의 궁극적인 주제이다.[7]

씨동이의 눈앞에는 해방된 고향마을, 송월동이 마치 주마등처럼 지나갔다. 그들은 우선 오랜 세월에 걸쳐서 왜놈의 압제를 받아오던 식민지 노예의 멍에를 벗어던지고 자기의 조국을 가

---

7) 이에 대한 자세한 논의는 이 책의 「부르주아 민족주의자 '이진경'에서 위대한 사회주의자 '김동지'로」를 참고할 것.

진 떳떳한 공민으로 살 수 있다는 것만도 얼마나 기쁘겠는가? 그리고 노동자, 농민들―근로대중은 계급적 해방을 만나서 착취와 압박이 없는 새 생활을 건설할 수 있게 될 것이다.

(중략)

그렇다! 오늘 조선인민의 모든 불행의 원인은 조국을 잃은 때문이다. 나라가 없는 백성은 부모를 잃은 자식보다도 더 불행한 것이다. 그러므로 조선인민은 자기의 조국을 찾아야 한다.

그런데 오늘 자기는 항일유격대의 일원으로서 조국을 찾기 위한 성스러운 전투에 용약 출전하게 되었으며 벌써 첫 전투에서 원수놈들에게 통쾌한 불벼락을 안기었다. (중략)

왜놈들에게 빼앗긴 나를 다시 찾기 위하여 김동지의 영도하에 항일유격대가 창건되고 그래 자기도 유격대의 한 사람으로서 원수놈들과 최후 결전을 하는 싸움터로 나간다는 것은 얼마나 영예로운 일이며 또한 그것은 조선 청년으로서 얼마나 보람찬 행동이라 할 것이냐!

씨동이의 아름다운 환상은 마치 꿈을 꾸는 것 같았다.

그것은 지금 어둠 속으로 보이는 훤한 눈길이 마치 승리의 길로―장차 닥쳐올 광명의 서광을 비쳐주는 것과 같은 커다란 감격과 흥분을 느끼게 하였다……[8]


이처럼 이 작품은 부르주와 민족주의 혁명에 해당하는 3.1운동

---

8) 이기영, 『두만강』 5권, 풀빛, 1989. pp.433~434.

의 실패를 딛고 반일 운동이 '인민의 혁명적 무장투쟁' 단계로 나아가야 할 필요성을 강조하면서, 그러한 무장투쟁이 지도자 김일성 동지에 의해 완벽하게 수행되었음을 제시하고 있다.

이 작품에서 민족은 인민계급과 등가로 자리 잡고 있다. 그러한 노동인민계급의 계급적 자각과 단결, 그리고 김 동지와의 완전한 합일을 통한 무장투쟁이야말로 민족 해방의 지름길임을 이 작품은 강조하고 있다. 이를 위해, 이 작품은 김일성 무장투쟁 이전의 모든 민족해방운동, 곧 조선 후기 민란, 1894년 농민전쟁, 항일의병투쟁, 독립투쟁, 3.1운동 등을 모두 김일성 항일무장투쟁으로 수렴하면서, 김일성 항일무장투쟁이야말로 민족해방투쟁사에 있어서 진정한 출발점으로 설정하고 있다.

이에 따라, 이 작품에서 간도는 김일성 무장투쟁에 민족사적 정통성을 부여하는 공간이자, 노동인민이 주체가 되는 새로운 공산주의 근대 민족국가 성립을 가능케 한 공간으로 그려지고 있다. 곧 이 작품에서 간도는 위대한 지도자 김일성 동지의 영도 하에 노동인민계급이 단결해 항일무장투쟁을 시작한 새로운 민족의 기원 내지 시원으로 설정되고 있다.

(i) 마을의 주변과 냇가로 연이어서 늘어선 수십 그루의 고목

251

나무에서 일제히 살구꽃이 만발한 경치는 별안간 마을 안이 그림 속과 같이 환하였다. 마치 그것은 딴 세상을 가져다 펼쳐논 것처럼 아동골은 난데없는 선경으로 변해진 것만 같았다. (중략) 창일이를 기쁘게 한 것은 비단 아동골의 살구꽃만이 아니다. 재인강의 긴 골짜기 속에서 흘러나오는 개울물이 아동골 뒷산의 절벽 밑으로 감돌아서 동구 앞 벌판을 뚫고 흐르는 것과 그 절벽 위의 바위틈과 푸른 소나무 사이로 점점이 피어난 진달래꽃이 또한 수를 놓은 그림처럼 보이는 아름다움이었다. [9]

(ii) 김동지의 영도하에 창건된 항일유격대는 그의 투쟁방침에 의하여 귀중한 우리 혁명역량을 보존하면서 적을 방위하는 데 적합할 뿐만 아니라 적에게 커다란 타격을 줄 수 있는 유격근거지를 창설하게 되었습니다. 이러한 근거지가 없으면 자기의 역량을 오래 보전할 수 없으며 또한 적의 공격을 제때에 물리칠 수도 없습니다.

그런데 지금 우리들이 찾아가는 어랑촌에는 그런 조건이 구비되어 있습니다. 유격근거지로 될만한 첫째 조건은 경제적 토대와 군중적 기초가 있어야 되며 둘째는 지리적으로 요충이 되어 적들이 현대적 무기를 가지고도 공격해오기가 어려운 천험지대로 되어야 하겠는데 여러분 중에는 가보신 이는 잘 아시겠지만 어랑촌은 이상과 같은 조건이 지어졌습니다.

그렇기 때문에 여러분이 어랑촌으로 들어가시게 되면 우리 혁명자들이 각 방면으로 도와드리겠으며 또한 그곳은 완전히

---

9) 위의 책 5권, pp.234~235.

해방지구로 되어서 왜놈의 압제를 받지 않고 그야말로 자유스런 환경에서 마음놓고 사시게 될텐데 무슨 걱정이 있겠습니까?[10]

(iii) 오늘 혁명 동지들과 같이 어랑촌으로 들어가는 길은 지난날의 그것들(3.1운동과 의병투쟁-인용자)과는 판이한 새 길이다! 그것은 지난 시기의 투쟁과는 전혀 다른 방법—적극적인 최고 형태의 투쟁방법인 무장투쟁으로 일제를 대항하기 위하여 전투원으로 떠나가는 길이기 때문이다. 그러므로 다음번에는 반드시 승리의 개가도 드높이 조국을 향하여 '두만강'을 건너갈 것이다!…….

씨동이는 이런 생각을 하니 별안간 가슴속이 시원하게 열리며 보람찬 앞날의 휘황찬란한 전망이 내다보인다! 과연 일제를 타도하고 조선인민이 식민지 노예생활에서 벗어나 해방을 얻는다면, 그때는 얼마나 기쁠 것이냐?[11]


살구꽃과 진달래꽃이 환하게 만발한 딴 세상 같은 선경의 장소(i), 김동지의 영도 하에 창건된 항일유격대가 머물 최적의 천험지대(ii), 3.1운동이나 의병투쟁과는 다른 노동인민계급의 항일무장투쟁을 통해 식민지 조선을 해방시키고 승리의 개가도 드높이 두만강을 건너 조국으로 갈 수 있는 곳(iii), 그곳이 '어랑촌'이고 간도이다. 간도 어랑촌은 위대한 지도자 김일성 동지의 영도 하

10) 위의 책 5권, p.431.
11) 위의 책 5권, p.432.

에 항일무장투쟁을 시작한 곳이자 현 단계 북한이라는 나라의 건설을 가능케 한 성스러운 곳이다.

이러한 측면으로 인해, 이 작품은 안수길의 『북간도』나 박경리의 『토지』에서처럼 간도를 민족의 고토 내지 기원으로 설정하기를 거부한다. "중국의 동북지방은 청조(淸朝)의 발상지라 하여 만청정부는 이 지역을 엄중히 봉금(封禁)하였다. 주요지대는 모두 기인(旗人)의 영지로 봉하였었다."[12]에서 보듯, 이 작품에서 간도는 중국 땅이며, 간도에서 조선 인민이 억압받는 것은 '일제와 중국 토호들과 만청정부 관리들'[13] 때문으로 설정된다. 이에 따라, 이 작품은 간도에서 조선인이 일제와 중국 토호와 만청정부 관리의 억압을 극복하기 위해서는 조선과 중국 인민들이 단결해야 한다고 강조하고 있다. 이것은 전 세계 무산인민계급의 연대를 강조하는 북한의 문예 정책과 관련이 있는 바, 이처럼 이 작품은 '민족주의'에 입각한 민족보다는 공산주의에 입각한 '인민계급'으로서의 민족을 강조하고 있는 것이다.

그런데 이 작품에서 작가는 은밀하게 간도와 관련된 민족사적 정체성을 드러내고 있어 주목된다.

---

12) 위의 책 2권, p.55.
13) 위의 책 2권, p.56.

장포수는 본시 무산군 연사면 태생으로 지금도 그곳에서 가족과 같이 살고 있다.

그가 어렸을 적 대흉년을 만나던 해였다. 먹을 것이 없는 식구들은 두만강을 밤중에 건너서 동북지방 화룡현으로 들어갔었다.

어떻게 지독한 흉년이 연거푸 들었던지 기사, 경오년생은 다른 해보다도 출생률이 훨씬 적었다 한다. 경오년에는 대홍수가 터져서 함경북도를 또 휩쓸었다. 그래서 민가 수천 호가 떠나갔는데 그중에도 피해가 우심하기는 무산군이었다.

흉년을 거듭 만난 국경의 화전민들은 살길을 찾아서 서북간도로 유리개걸하였다.

그때 월경자는 적발되는 대로 극형에 처하였었다. 그렇지만 워낙 기지사경에 이른 백성들은 물불을 헤아릴 경황이 없었다. 여북했어야 함경도 경략사(經略使) 어윤중(魚允中)이는 나라에 상소하기를 죽이자면 한이 없은즉 강금령(江禁令)을 철폐하자고까지 주장하였겠는가.[14)]

이 작품 역시 안수길의 『북간도』처럼 강금령을 다루고 있다. 그러나 『북간도』에서는 강금령이 해제되고 조선인들의 간도 이주가 활발해졌다고 언급하고 있지만, 이 작품에서는 강금령 철폐 주장만 있었다고 제시하고 있다. 그런데 어윤중이 강금령을 철폐

---

14) 위의 책 2권, p.54.

하자고 했다는 역사적 사실 속에는 '백두산 정계비'와 관련하여 간도가 조선 영토임을 밝히고 있다는 점에 주목해야 한다. 곧 작가 이기영은 강금령에 내재된 민족의 기원 내지 고토로서의 간도를 인지하고 있었으며, 강금령 철폐와 함께 조선인의 간도 이주가 물밀듯이 이루어졌고, 그들 이주민들이 중국 정부와 청족 지주, 그리고 일제로부터 온갖 수탈을 당했다는 것 또한 인지하고 있었을 것이다. 하지만 김일성 영도 하의 항일무장투쟁을 강조하고, 조선과 중국의 노동인민계급의 단결을 강조하기 위해서는 간도가 민족의 고토임을 내세울 수 없었을 것이다. 그렇지만 이 대목에서 남북한 역사소설에 은밀하게 내재된 한민족과 관련된 동질성을 확인할 수 있다는 점은 강조되어야 할 것이다.


### 4. 맺음말

남북한 역사소설에서 간도를 다루는 작품인 박경리의 『토지』와 이기영의 『두만강』은 개화기부터 일제강점기까지를 시대적 배경으로 하고, 한반도와 간도를 주된 공간적 배경으로 삼아 서사를 전개하고 있다. 이들 작품은 간도와 관련된 제반 측면을 조선 중세 봉건사회에서 근대로 전환하는 민족사 전개 과정에서 중요한 한 단계로 설정하면서, 동시에 일제강점기를 넘어서 한민족이 지향해야 할 근대 민족국가 형태가 무엇이며, 그러한 민족국가를 건설할 주체는 누구인지를 밀도 있게 다루고 있다. 따라서 이들 작품에서 간도를 중심으로 하여 나타나는 동질성과 이질성은 무엇인지를 밝힘으로써, 남북한 역사소설의 동질성과 이질성을 논할 수 있는 한 기반을 마련할 수 있다.

박경리의 『토지』에서 간도는 민족의 고토이자 시원이면서, 모든 생명이 존중되는 새로운 근대 자본주의적 질서로 나아가는 출발점으로 설정된다. 또한 간도는 최서희로 하여금 근대 개인적, 사회적, 민족적 주체로 자신의 정체성을 정립하게 하는 토양 역할을 한다. 곧 이 작품에서 간도는 고구려 이후 한민족의 민족사적 정통성을 확보하고 있는 시원의 공간이자, 그러한 민족정신을 바탕으로 하여 '새로운 미래'로 나아갈 새로운 출발의 공간으로서의 의미를 지니고 있다. 그 새로운 미래는 현 단계의 남한 자본주의 체제와는 그 특질을 달리한다. 그것은 근대 자본주의적 민족국가의 형태를 취하되, 물신화와 비인간화를 정화할 수 있는 생명사상으로 가득한 세계이다. 결국, 작가는 현 단계 남한 자본주의 체제의 문제점을 비판하고 그 문제점이 극복된 새로운 미래 세계를 지향하기 위해 간도라는 공간과 생명사상을 유기적으로 결합시키고 있는 것이다.

이기영의 『두만강』에서 간도는 김일성 무장투쟁에 민족사적 정통성을 부여하는 공간이자, 노동인민이 주체가 되는 새로운 공산주의 근대 민족국가 성립을 가능케 한 공간으로 그려지고 있다. 곧 이 작품에서 간도는 위대한 지도자 김일성 동지의 영도 하에 노동인민계급이 단결해 항일무장투쟁을 시작한 곳이자, 현 단계 북한이라는 나라의 건설을 가능케 한 성스러운 곳으로 설정되어 있다. 이러한 측면으로 인해, 이 작품은 안수길의 『북간도』나 박경리의 『토지』에서처럼 간도를 민족의 고토 내지 기원으로 설정하기를 거부한다.

그런데 이 작품에서 작가는 은밀하게 간도와 관련된 민족사적 정체성을 드러내고 있어 주목된다. 작가 이기영은 안수길의 『북간도』에 제시되어 있듯이, 강금령에 내재된 민족의 기원 내지 고토로서의 간도를 인지하고 있었으며, 강금령 철폐와 함께 조선인의 간도 이주가 물밀듯이 이루어졌고, 그들 이주민들이 중국 정부와 청족 지주, 그리고 일제로부터 온갖 수탈을 당했다는 것 또한 인지하고 있었을 것이다. 하지만 김일성 영도 하의 항일무장투쟁을 강조하고, 조선과 중국의 노동인민계급의 단결을 강조하기 위해서는 간도가 민족의 고토임을 내세울 수 없었을 것이다.

그렇지만 이 대목에서 남북한 역사소설에 은밀하게 내재된 한민족과 관련된 동질성을 확인할 수 있다는 점은 강조되어야 할 것이다.

‘이순신’을 다루는

남북한 역사소설 비교 연구

: 김훈『칼의 노래』와 김현구『리순신 장군』

# '이순신'을 다루는 남북한 역사소설 비교 연구 :
# 김훈『칼의 노래』와 김현구『리순신 장군』

## 1. 머리말

남북한 역사소설의 이질성과 동질성을 논하고자 할 때, 임진왜란의 역사적 영웅인 이순신을 다루는 작품으로 남한 역사소설인 김훈의『칼의 노래』(2001)와 북한 역사소설인 김현구의『리순신 장군』(1990)이 주목된다.

1945년 해방과 더불어 남북이 분단된 이후 남북한 역사소설은 각기 다른 문예 창작의 길을 걷는다. 그러다가 1990년대를 전후해 남북한 역사소설은 큰 변화의 시기를 맞이한다. 남한 역사소

설의 경우, 2000년대 이후 정보사회에 진입하면서 포스트모더니
즘의 영향을 받아 기존의 역사소설과는 다른 새로운 형태의 역사
소설, 곧 정전(正典)화된 역사를 해체하고 '역사의 텍스트화'를 통
해 역사를 새롭게 해석하는 경향이 두드러지는데, 그 중심에 김훈
의 『칼의 노래』가 자리 잡고 있다.

한편 북한의 경우, 1980년대 말부터 기존의 수령중심주의 문학
을 고수하되 그런 도식적인 틀에서 벗어나 현실에 보다 치중하는
것으로 방향 전환을 꾀한다. 이 방향 전환의 이론적 근거가 '숨
은 영웅 찾기'이다. 곧 당과 혁명, 조국과 인민에게 끝없이 충직
한 숨은 영웅들을 널리 찾아내어 그들의 고상한 풍모와 아름다운
정신세계를 훌륭히 형상화할 것을 작가들에게 요구하고 있다. 이
전처럼 수령중심주의에 기초하여 현실을 추상적 관념으로 재단하
여 미화할 것이 아니라, 현실의 참다운 진실을 깊이 있게 탐구하
여 사회 문제를 예리하면서도 세부적으로 묘사하면서 '숨은 영
웅'을 찾아낼 것을 강조하고 있는 것이다.

조선민족제일주의를 강조한 1992년의 김정일 『주체문학론』도
북한 역사소설의 변화에 중요한 동인으로 작동한다. 김정일은 과
거의 우리 문화유산을 외면하고 부정하는 것에 대해 '민족 허무
주의'라고 비판하면서, 기존의 주체사상에 입각해 민족성의 문제

를 강조한다. 민족문화유산에는 사회주의와 공산주의를 위해 혁명 투쟁을 하는 과정에서 창조된 '혁명적 문화유산'이 있고, 인민적인 내용을 다루는 '고전문화유산'이 있다. 이러한 유산을 민족문화유산의 핵이자 중추로 보고 그것을 전통으로 계승하여야 한다는 것이다. 곧 역사소설은 민족적으로 '자랑스러운 투쟁의 역사'와 더불어 훌륭한 고전문화전통을 계승해서 형상화해야 한다는 것이다. 이에 따라, 이 시기 북한 문학예술은 혁명적 문학예술 전통을 굳건히 지키면서도 민족문화의 범위를 확대시켜 민족주의적 경향을 더욱 강화하고 이를 사상적으로 재무장하는 데 치중하는 쪽으로 나아간다.

또한 역사적 인물을 다루는 측면에서도 과거처럼 역사적으로 중요한 시기를 소재로 해서 그 시기에 활약한 역사상 영웅적 인물을 형상화하는 것에서 벗어나기 시작한다. 이른바 '숨은 영웅 찾기'와 관련해, 역사상 주목을 받은 인물은 아니지만 일상생활 속에서 만날 수 있는 평범하면서도 성실한 인물을 '주체형의 공산주의자의 참된 전형'으로 형상화함으로써 대중적 영웅을 창조하는 방향으로 나아간다. 김현구의 『리순신 장군』은 이순신이라는 역사적 영웅과, 그리고 이순신과 함께 한 평범하면서도 '숨은 영웅'으로서의 인물을 동시에 다룸으로써 이 시기 북한 역사소설의 변화를 잘 보여주는 작품이다.

지금까지 김훈의 『칼의 노래』에 대한 남한 쪽 연구1)는 어느 정도 진행되고 있지만, 김현구의 『리순신 장군』에 대한 연구2)는 매우 미흡하다. 그리고 두 작품을 동시에 비교한 논문은 거의 전무하다.

이 글은 김현의 『칼의 노래』와 김현구의 『리순신 장군』이 모두 이순신이라는 역사적 인물을 다루고 있다는 점에서, 그리고

1) 고강일, 「김훈의 '칼의 노래'와 정신분석학의 윤리」, 『비평문학』 29, 한국비평문학회, 2008. 8.

김인환, 「역사를 초월한 절망의 깊이」, 『서평문화』, 2001. 겨울호.

김정아, 「김훈의 두 소설-고독한 예술가 영웅의 신화」, 『인문학연구』 31권 2호, 2004.

서영채, 「장인의 기율과 냉소의 미학」, 『문학동네』, 2004, 가을호.

우찬제, 「초역사적 상상력과 "사이"의 시학」, 『문화예술』, 2001. 10.

유정숙, 「김훈 소설에 나타난 죽음의식 연구-'빗살무늬토기의 추억'과 '칼의 노래'를 중심으로」, 『한국언어문화』 42, 한국언어문화학회, 2010. 8.

이경재, 「김훈 소설의 인간상 연구-스놉과 동물을 중심으로」, 『현대소설연구』 52, 2014. 4.

이덕일, 「일본 축출의 영웅에서 군사정권의 성웅으로, 다시 인간 이순신으로」, 『내일을 여는 역사』 18, 2004. 12,

장성규, 「재현 너머의 흔적을 복원시키는 소설의 욕망」, 『실천문학』 86, 2007. 여름호

최영자, 「이데올로기적 환상으로서의 김훈 소설」, 『우리문학연구』 26, 우리문학회, 2009. 2.

홍혜원, 「김훈의 '칼의 노래' 연구」, 『구보학보』 2, 구보학회, 2007.

2) 최영호, 「북한의 '이순신 소설' 연구」, 『이순신연구논총』, 순천향대학교 이순신연구소, 2006.

1990년대 이후 발표된 것이라는 점에서, 두 작품을 통해 2000년대 전후의 남북한 역사소설에 나타난 동질성과 이질성을 논할 수 있을 중요한 한 의미망을 구축하고자 한다.


## 2. 김훈 『칼의 노래』: 탈이념화된 개별자로서의 이순신

김훈의 『칼의 노래』는 임진왜란 때 이순신이 백의종군할 무렵부터 노량해전에서 전사하기까지의 2년여의 이야기를 담고 있다. 이순신이 "조정을 능멸하고 임금을 기만했으며 임금의 기동출력 명령에 따르지 않은 죄"[3]로 의금부로 압송되었다가, 정유년 4월 백의종군한 후, 노량해전에서 전사하는 것으로 결말을 맺는다.

이전의 남한 역사소설에서 이순신은 역사에 순응하고, 그로 인해 장렬히 전사한 영웅으로 묘사되고 있다. 이와 달리, 이 작품에서는 역사적 실존인물 이순신에서 '구국의 영웅', '민족의 영웅'이라는 이미지를 벗겨내고 이순신을 새롭게 조망하고 있다.

이 작품은 이순신이 백의종군하는 장면에서부터 시작한다.

---

3) 김훈, 『칼의 노래』 1권, 생각의나무, 2001. p.129. 이 글에서는 2003년 판을 주된 텍스트로 삼는다.

나는 정유년 4월 초하룻날 서울 의금부에서 풀려났다. 내가
받은 문초의 내용은 무의미했다. 위관들의 심문은 결국 아무것
도 묻고 있지 않았다. 그들은 헛것을 쫓고 있었다. 나는 그들의
언어가 가엾었다. 그들은 헛것을 정밀하게 짜 맞추어 충(忠)과
의(義)의 구조물을 만들어가고 있었다. 그들은 바다의 사실에 입
각해 있지 않았다. 형틀에 묶여서 나는 허깨비를 마주 대하고
있었다. 내 몸을 으깨는 헛것들의 매는 뼈가 깨어지듯이 아프고
깊었다. 나는 헛것의 무내용함과 눈앞에 절벽을 몰아세우는 매
의 고통 사이에서 여러 번 실신했다. 나는 출옥 직후 남대문 밖
여염에 머물렀다. (중략) 나는 장독(杖毒)으로 쑤시는 허리를 시
골 아전들의 행랑방 구들에 지져가며 남쪽으로 내려와 한 달
만에 순천 권률(權慄) 도원수부에 당도했다. 내 백의종군(白衣從
軍)의 시작이었다. 4)

'나(이순신)'는 자신을 심문하는 위관들의 '언어'는 '바다의 사
실'에 입각해 있지 않기 때문에 '무의미'하고 '헛것'이라 생각한
다. '나'의 이러한 생각은 임진왜란이 지배 권력과 이념을 지키기
위한 전쟁이라는 인식에서 비롯된다. '전쟁의 대의명분'이라는 이
름으로 포장된 절대 권력과 그 이념을 지키기 위해 모든 개인들
은 획일적으로 전쟁에 동원되고 희생된다. 무조건적인 복종만을

---

4) 위의 책 1권, pp.18~19.

강요하는 추상적이고 절대적인 지배 권력의 이념에 길들여져 전쟁에 희생당하는 이들은 개개인의 구체적 개별성을 거세당한 채 모두 집단화되고 획일화된 추상적 보편자일 뿐이다. '나'는 자신 역시 지배 권력의 이념이 만들어 낸 틀, 곧 '충(忠)과 의(義)의 구조물'에 얽매여 있는 추상적 보편자임을 자각한다. 그러면서 '충과 의의 구조물'은 '헛것'이자 '무의미'한 것일 뿐이며, 그 구조물의 논리에 따르는 위관들의 '언어' 또한 '헛것'이자 '무의미'한 것일 뿐임을 또한 자각한다. 그럼에도 불구하고, 위관들은 그 무의미한 것을 '나'에게 강요한다. '나'는 그런 위관들이 '가엾'을 뿐이라고 토로한다.

그렇다면, '충과 의의 구조물'의 최상층에 있는 절대 권력자인 선조 임금은 어떠한가.

임금의 언어와 임금의 울음을 구분하기 어려웠다. 임금은 울음과 언어로써 전쟁을 수행하고 있었다. 언어와 울음이 임금의 권력이었고, 언어와 울음 사이에서 임금의 칼은 보이지 않았다. 임금의 전쟁과 나의 전쟁은 크게 달랐다. 임진년에 임금은 자주 울었고, 장려한 교서를 바다로 내려보냈으며 울음과 울음 사이에서 임금의 칼날은 번뜩였다. 임진년에는 갑옷을 벗을 날이 없었다. 그때 나는 임금의 언어와 울음을 깊이 들여다보지 못했다.[5]

전쟁이 일어나자 선조는 앞장서서 싸우지 않았고 서울을 버리고 피난했다. 선조는 전쟁에 대처할 능력이 없었고, 위기 앞에서 눈물이나 흘리는 어리석고 우유부단한 성격을 가진 무능한 왕이었다. 그러면서 선조는 자신의 권력에 균열이 보일 때마다 통곡을 하고 교서를 내림으로써 위기를 돌파한다. 이처럼 무능한 왕 선조는 '울음'과 '언어'로 백성들의 희생을 강요하고 있다.

선조는 '나'에게 의지하면서도 경계하는 이중적 태도를 취한다. 나약하면서도 공격적인 임금은 "적이 두려웠고, 그 적과 맞서는 수군통제사가 두려웠"6)고, "장수의 용맹이 필요했고 장수의 용맹이 두려웠다."7) 전쟁에서 혁혁한 전과를 올린 '나'지만 자신을 항상 경계하는 임금에 의해 '나'는 혹독한 고초를 겪게 되고, 결국 백의종군하게 된다.

이처럼 끝없이 보채는 듯 들려오는 임금의 '울음'과 임금의 '언어'가 합쳐져 임금의 '칼'이 된다. 그 칼은 절대 권력과 이념의 담지자이고, 그 칼의 궁극적 기의는 절대 왕권 지키기에 다름 아니다. 임금은 그런 절대 권력의 기의를 가진 언어로 이순신에게 백의종군을 강요한다.

---

5) 위의 책 2권, p.47.
6) 위의 책 1권, p.82.
7) 위의 책 1권, p.74.

(i) ……왕은 이르노라. 어허, 국가가 의지할 바는 오직 수군 뿐인데, 흉한 칼날이 다시 번뜩여 마침내 삼도의 군사를 한 번 싸움에 모두 잃었으니 누가 바다 가까운 여러 고을을 지켜주리오. 한산을 이미 잃었으니 적들이 무엇을 꺼리리오…….8)

(ii) ……이제 그대를 상복을 입은 채로 다시 기용하여 옛날같이 전라좌수사 겸 충청, 전라, 경상의 삼도수군통제사로 임명하노니, 그대는 부하를 어루만지고 도망간 자들을 불러 단결시켜 수군의 진영을 회복하고 요해지를 지켜 군의 위엄을 떨치게 하라. 그대는 힘쓸지어다. 군율을 범하는 자는 장졸을 막론하고 그대의 지휘로 처단하려니와, 그대가 나라 위해 몸을 잊고 나아감은 이미 다 겪어보아 아는 바이니 내 구태여 무슨 말을 길게 하리오…….9)


자신에게 백의종군을 강요하는, '장려하고 곡진한'10) 수사로 가득한 임금의 언어에 대해 "임금이 가여웠고, 임금이 무서웠다."11)라고 '나'는 고백한다. 선조는 복권된 '나'에게 면사첩을 내리는데, 그 내용은 '면사'12)라는 두 글자뿐이다. 이를 통해, 선조는 임금의 언어로 '나'에게 죄를 면해줌으로써 관용을 실천했다

---

8) 위의 책 1권, p.56.
9) 위의 책 1권, p.57.
10) 위의 책 2권, p.45.
11) 위의 책 1권, pp.56~57.
12) 위의 책 1권, p.129.

는 것을 강력하게 표방한다. 그러면서 동시에 앞으로는 선조 자신을 위해, 절대 권력과 이념을 위해, 선조의 칼을 위해, 선조의 칼에 의해 죽을 것을 명령하고 있다.

> 히데요시가 전 일본의 군사력을 휘몰아 직접 군을 지휘하며 바다를 건너올 것이라는 풍문 앞에 조정은 무겁게 침묵하고 있었다. 나를 죽이면 나를 살릴 수 없기 때문에 임금은 나를 풀어 준 것 같았다. 그러므로 나를 살려준 것은 결국은 적이었다. 살아서, 나는 다시 나를 살려준 적 앞으로 나아갔다. 세상은 뒤엉켜 있었다. 그 뒤엉킴은 말을 걸어볼 수 없이 무내용했다.13)

전쟁터의 적이 자신을 살려주는 아이러니. 이 상황에서 '나'는 이 전쟁이야말로 조선이든 일본이든 모두 절대 권력에 의한 구조물 속에 들어 있는 것임을 자각한다. 따라서 '나'는 선조의 칼에 죽거나, 적 일본군에게 죽거나, 어차피 죽을 수밖에 없는 상황에 처한다.

이처럼, '나'는 임진왜란이 차지하는 역사적 의미를 분명하게 자각하고 있다. 이 전쟁은 지배자의 거대 담론에 조작되어 구국의 전쟁으로 기록될 것이지만, 실상은 선조와 그 지배 집단의 권

---

13) 위의 책 1권, p.181.

력과 이념을 지키기 위한 '헛된', '무의미'한 전쟁일 뿐이다. 임진
왜란은 무엇인가. 개인의 구체적 개별성을 말살당한 채, 보편화라
는 이름으로 군림하는 추상적이고 절대적이며 획일화된 지배 권
력과 그 이념에 의해 조종되는 이들만이 희생되는 참혹한 전쟁일
뿐이다.

포탄과 화살이 우박으로 나르는 싸움의 뒷전에서 조선 수군
은 적의 머리를 잘랐고 일본 수군은 적의 코를 베었다. 잘려진
머리와 코는 소금에 절여져 상부에 바쳐졌다. 그것이 전과의 증
거물이었다. 잘라낸 머리와 코에서 적과 아군을 식별할 수는 없
었다. 그래서 바다에서는 모든 적들이 모든 적들의 머리를 자르
고 코를 베었다. 지방 수령들은 만호진이 무너지기 전에 이미
달아났다. 포구로 몰려온 적들은 산속으로 숨어든 피난민의 아
녀자들까지 모조리 죽이고 코를 베어갔다. 피난민들은 다만 얼
굴 가운데 코가 있기 때문에 죽었다.[14]

선과 악, 적과 아군의 구분이 선명한 전쟁이 아니다. 조선군이
든 일본군이든 전과를 올리고, 상부에 바치기 위해 서로의 머리
를 자르고 코를 베는 전쟁일 뿐이다. 조선과 일본의 절대 권력과
이념을 위한 전쟁일 뿐이다.

14) 위의 책 1권, p.19.

크고 확실한 것들은 보이지 않았다. 보이지 않았으므로, 헛것
인지 실체인지 알 수가 없었다. 모든 헛것들은 실체의 옷을 입
고, 모든 실체들은 헛것의 옷을 입고 있는 모양이었다.[15]

절대 권력과 이념은 '크고 확실한 것'이다. 그러나 그것은 '보
이지 않으므로 헛것'이다. 그 '헛것'들이 실체의 옷을 입고, 실체
는 헛것의 옷을 입는다. 그 헛것의 옷을 이순신도 입고 전쟁터에
동원되고 있다. 따라서 이 전쟁은 '무의미하고 '무내용'이다.

이러한 인식은 절대 권력과 이념의 허상임을 간파할 때 가능하
다. 이 순간 '나'는 탈이념적 개별자로서의 자신의 존재를 자각한
다. 절대 권력과 이념에 복종할 때, 개별성을 상실하고 획일화된
추상적 보편성의 틀에 구속될 때, 왕의 언어에 절대 복종할 때,
그럴 때 죽음은 왕의 언어와 울음을 위한 전쟁에서의 죽음에 불
과하다. '나'는 임금의 절대 권력과 이념이라는 '칼'에 조종되어
죽는 죽음을 거부한다. 모든 절대 권력과 이념을 거부함으로써,
또 획일화된 추상적 보편자가 아니라 탈이념화된 개별자로 전쟁
에 임함으로써 '바다의 사실'에 투철하고, 이를 통해 자연사를 갈
망한다. 곧 이 작품에서 '자연사'는 모든 절대 권력의 이념을 거

---

15) 위의 책 1권, p.44.

부한 탈이념적 개별자로서의 죽음을 의미한다.

'나'에게 나타나는 이러한 탈이념화된 개별자로서의 모습은 다음 세 가지 측면에서 확인할 수 있다. 첫째, 여진이라는 여인과의 관계이다. '나'는 관기 출신인 여진과의 만남을 기억하고 있던 중 하동에서 작전을 수행하다가 그녀와 재회하고 밤을 같이 보낸다.

> 그날 밤, 나는 두 번째로 여진을 품었다. 그 여자의 몸은 더러웠다. 그 여자는 쉽게 수줍음에서 벗어났다. 다리 사이에서 지독한 젓국 냄새가 퍼져나왔다. 그 여자의 입 속은 달았고, 그 여자의 몸속은 평화로웠다. 그 평화에는 다급한 갈증이 섞여 있었다. 새벽에 나는 품 속의 여진에게 물었다. 밝는 날 어디로 가겠느냐…… . 나의 실수였다. 나으리, 밝는 날 저를 베어주시어요…… . 그 여자의 목소리는 진실로 베어지기를 바라고 있었다. 나는 그 여자를 부스러지도록 끌어앉았다. (중략) 그 여자의 머릿속에서 먼지와 햇볕의 냄새가 났다. 나는 더욱 끌어안았다. 그 여자는 몸을 작게 옹크리고 내 가슴을 파고들었다. (중략) 그 여자의 빗장뼈 밑에서 오른쪽 젖무덤까지, 굵은 상처 자국이 꿈틀거리고 있었다. 등에도 아문 지 오랜 상처 자국이 있었다. 나는 상처에 관하여 묻지 않았다. (중략) 이 여자를 안는 힘으로 세상의 적을 맞을 수는 없는 것일까. 나는 몸을 떨었다. 아마 그럴 수는 없을 것이었다. 그때 나는 무인이 아니었다.[16]

---

16) 위의 책 1권, pp.42~43.

살벌한 전쟁터에서 '나'는 더럽고 남루한 여진의 몸에서 '먼지'와 '햇볕'의 냄새를 맡는다. 후술하겠지만, 이 냄새는 지배 권력과 그 이념의 틀에서 벗어나 있는 자리에서나 맡을 수 있는 것이다. 전쟁터의 '무인'이 아니라 한 남자로서, 벌거벗은 남자로서, 절대 권력과 이념이라는 가식을 벗어버린 남자로서, 탈이념적인 개별자로서, 자연인으로서의 '나'와 역시 탈이념적 개별자인 여진의 만남은 이후 '나'가 전사하는 그 순간까지 '나'의 기억을 강렬히 사로잡는다. 이는 여진과의 그 탈이념적인 만남의 기억 때문이다.

둘째, 탈이념적 측면은 백성들에 대한 인식에서도 드러난다. '나'는 일반 백성들을 절대 권력과 이념으로부터 벗어난 탈이념적 개별자로 파악한다. "적의 먹통 앞에서도, 섬의 안쪽으로 백성들의 넓은 들은 기름졌고, 여름의 논밭은 푸르"[17]다는 인식이 이를 단적으로 보여준다. 이러한 인식은 자연스럽게 자연적인 것들에게로 옮겨간다. 절대 권력의 구조물로부터 자유로운 자연적인 것들에서 개별자로서의 존재 의의를 발견한다. 이 소설이 "버려진 섬마다 꽃이 피었다."로 시작되는 것도 이와 관련이 있다. 백성들과 자연적인 것들이 탈이념적인 개별자로 인식되면서 '나'

17) 위의 책 2권, p.136.

에게 그들은 하나로 받아들여진다.

(i) 해마다 역질이 돌고 군량 공출과 군역 동원이 가혹했으나 나주와 무안의 들판에 민생은 아직도 가늘게 뿌리박혀 있었다. 눈이 녹아내리는 봄물에 강물은 젖몸살을 앓듯이 불어났고 새파랗게 살아났다. 무안 쪽 강 언덕으로 펼쳐진 붉은 흙이 봄볕에 부풀어 있었다. 강물이 부풀고 흙이 부풀어 산천은 가득 차오르면서 설레었고 부푼 강물과 부푼 흙을 스치는 바람은 달았다.18)

(ii) 습기가 걷히는 가을날에 바다의 숨결은 순하고 맑았다. 낮게 내려앉은 바다는 비린내도 짠내도 풍기지 않았고, 바스락거리는 바람 속에서 높은 목소리로 짖는 먼 새들의 울음소리가 또렷했다.19)

탈이념적 개별자에 대한 지향이, 권력과 이념에 오염되지 않은 순수하면서도 아름답고 강인한 생명력을 지닌 자연과 백성으로 연결되고 있음을 확인할 수 있다. 앞서 여진과의 관계에서 '나'가 '먼지'와 '햇볕' 냄새를 맡는다 했는데, 이러한 자연적인 냄새는 여진 또한 탈이념적 개별자이기에 가능한 것이다. 여진에게서 나

---

18) 위의 책 2권, pp.34~35.
19) 위의 책 2권, p.135.

는 냄새는 나아가 죽은 아들과 돌아가신 어머니의 냄새로 연결된
다.

> 싸움이 끝나고, 기진한 함대가 모항으로 돌아간 뒤에도 생사
> 와 존망의 쓰레기로 덮인 바다 위에서 피아를 구분할 수 없는
> 화약 연기 냄새는 오래 남아 있었다.
> 전선 9척은 내항을 서너 바퀴 돈 뒤 포구로 돌아왔다. 전선들
> 이 다가오자 연기 냄새는 더욱 짙었다. 죽은 여진의 가랑이 사
> 이에서 물컹거리던 젓국 냄새와 죽은 면이 어렸을 때 쌌던 푸
> 른 똥의 덜 삭은 젖냄새와 죽은 어머니의, 오래된 아궁이 같던
> 몸냄새가 내 마음속에서 화약 냄새와 비벼졌다.[20]

참혹한 전쟁터의 '화약 연기 냄새'와 '여진의 젓국 냄새=아들
명의 젖냄새=어머니의 아궁이 같던 몸냄새'가 대비되고 있다. 전
자가 절대 권력과 이념과 관련된 '냄새'라면, 후자는 탈이념적 개
별자로서의 백성(이순신의 아들과 어머니를 포함해서)과 그들의 억울
한 죽음과 관련된 냄새에 해당한다.

셋째, 바다에서 적의 죽음을 통해서도 탈이념적인 측면을 확인
할 수 있다.

---

20) 위의 책 1권, p.156.

(i) 죽을 때, 적들은 다들 각자 죽었을 것이다. 적선이 깨어지고 불타서 기울 때 물로 뛰어든 적병들이 모두 적의 깃발 아래에서 익명의 죽음을 죽었다 하더라도, 죽어서 물 위에 뜬 그들의 죽음은 저마다의 죽음처럼 보였다. 적어도, 널빤지에 매달려서 덤벼들다가 내 부하들의 창검과 화살을 받는 순간부터 숨이 끊어질 때까지 그들의 살아 있는 몸의 고통과 무서움은 각자의 몫이었을 것이다.

그리고, 그 각자의 몫들은 똑같은 고통과 똑같은 무서움이었다 하더라도, 서로 소통될 수 없는 저마다의 몫이었을 것이다.[21]

(ii) 나는 울음을 우는 포로들의 얼굴을 하나씩 하나씩 들여다보았다. 포로들은 각자의 개별적인 울음을 울고 있었다. 그들을 울게 하는 죽음이 그들 모두에게 공통된 것이었다 하더라도 그 죽음을 우는 그들의 울음과 그 울음이 서식하는 그들의 몸은 개별적인 것으로 보였다.

그 개별성 앞에서 나는 참담했다. 내가 그 개별성 앞에서 무너진다면 나는 나의 전쟁을 수행할 수 없을 것이었다. 그때, 나는 칼을 버리고 저 병신년 이후의 곽재우처럼 안개 내린 산속으로 숨어들어가 개울물을 퍼먹는 신선이 되어야 마땅할 것이었다. 그러므로 나의 적은 적의 개별성이었다. 울음을 우는 포로들의 얼굴을 들여다보면서 나는 적의 개별성이야말로 나의 적이라는 것을 알았다.[22]

---

21) 위의 책 1권, pp.123~124.
22) 위의 책 2권, pp.112~113.

'나'는 적의 죽음에서 '저마다의 죽음'에 해당하는 탈이념화된 개별자의 죽음을 목도한다. 또한 잡혀온 포로들의 울음 속에서도 탈이념화된 개별자의 자취를 느낀다. 적도 결국 절대 권력의 이념에 의해 이용당하고 희생당한 것일 뿐이다. 그런 그들이 죽음을 맞이할 때, 비로소 그들을 옭아매고 있던 이념의 가면이 벗겨지게 되고, 그 순간 탈이념화된 개별자의 모습을 되찾는다.

적에게서 이러한 개별자의 모습을 간파하는 순간 '나'는 '곽재우'처럼 전쟁터를 떠나 산속으로 들어가 '신선'이 되어야 한다는 것을 깨닫는다. 개별자로서의 '나' 또한 전쟁이 절대 권력의 이념을 지키기 위한 것임을 알고 있기 때문이다. "그 개별성 앞에서 나는 참담했다."라는 진술은 전쟁이 갖는 허구성에 대한 깨달음에서 비롯된다. 개별자여야 할 존재들이 추상적 보편 이념에 획일적으로 희생당하는 허구성 앞에서 '나'는 참담함을 느끼는 것이다.

그러나 전쟁터를 떠날 수는 없는 법. 그리하여 '나'는 '적의 개별성'이 '나'의 적임을 알게 된다. 그러면서 '나'는 선조의 압박과 적의 죽음을 목도하고 탈이념적 개별자의 자리에서 "임금이 손댈 수 없는 무(武)"를 건설하고자 한다.

그러나 나의 무(武)는 임금이 손댈 수 없는 곳에 건설되어야 마땅할 것이었다. 그리고 그 건설은 소멸되기 위한 건설이어야 마땅할 것이었다. 나는 그렇게 생각했다. 그러므로 조정을 능멸하고 임금을 기만했다는 나의 죄는 유죄가 되어도 하는 수 없을 것이었다.[23)]

그러나 절대 권력과 이념이 지배하는 현실에서 그런 탈이념의 자리를 확보하는 것은 불가능해 보인다. 유일한 방법은 죽음을 택하는 것이다. 적의 죽음처럼, 바다의 전쟁터에서 죽음으로써 절대 이념의 가면을 벗고 개별자의 자리를 확보하는 것이다. '나'는 스스로 탈이념화된 개별자의 죽음, 곧 자연사를 갈망하게 된다.

나는 다만 적의 적으로서 살아지고 죽어지기를 바랐다. 나는 나의 충을 임금의 칼이 닿지 않는 자리에 세우고 싶었다. 적의 적으로서 죽는 내 죽음의 자리에서 내 무와 충이 소멸해 주기를 나는 바랐다.[24)]

왕의 절대 권력에 복종하는 '충과 의', 절대 권력이 강요하는 '충과 의'가 아니라, 그런 억압에서 완전히 해방된 '충과 의', 개

---

23) 위의 책 1권, pp.57~58.
24) 위의 책 1권, p.74.

별자로서의 '충과 의'의 자리를 세우는 것. 그것이 '나'가 택한 자연사이다. 절대 권력의 강요에 의해서가 아니라, 모든 권력과 이념의 자리에서 일탈하여 진정 국가와 백성과 자신을 사랑하는 탈이념적 개별자로서 자신의 '무'와 '충'을 위해 자연사하는 것, 그래서 그런 '무'와 '충'이 절대 권력을 위한 것이 아니라는 것이 밝혀지고 그래서 소멸되기를 바라는 것, 그것이 자연사이다. 그러기에 '나'가 택한 자연사는 '허무주의'라기보다는 절대 봉건권력과 그 전쟁에 대한 강력한 저항에 해당한다.

> 내가 지는 어느 날, 내 몸이 적의 창검에 베어지더라도 나의 죽음은 결국은 자연사일 것이었다. 비가 내리고 바람이 불어 나뭇잎이 지는 풍경처럼, 애도될 일이 아닐 것이었다.
> 나는 다만 임금의 칼에 죽기는 싫었다. 나는 임금의 칼에 죽는 죽음의 무의미를 감당해 낼 수 없었다.[25]

'나'는 자연사를 위해 '적의 전체'를 전방으로 두고자 노량 앞바다로 나아간다. 그 전쟁터는 임금의 절대 권력도, 갈 곳 없는 백성의 울부짖음도, 은밀히 일본 수군과의 타협을 도모하는 명나라 장수의 정치적 야심도 없는 곳이다. 다만 탈이념적 개별자로

---

25) 위의 책 1권, p.71.

서의 무인으로 남기 위한 죽음만 있는 곳이다.

　　싸움터를 빠져나가 먼바다로 달아나는 적선 몇 척이 선창 너
머로 보였다. 밀물이 썰물로 바뀌는 와류 속에서 적병들의 시체
가 소용돌이쳤다. 부서진 적선의 파편들이 뱃전에 부딪혔다. 나
는 심한 졸음을 느꼈다.
　　내 시체를 이 쓰레기의 바다에 던지라고 말하고 싶었다. 졸음
이 입을 막아 입은 열리지 않았다. 난 내 자연사에 안도했다. 바
람결에 화약 연기 냄새가 끼쳐왔다. 이길 수 없는 졸음 속에서,
어린 면의 젖냄새와 내 젊은날 함경과 백두산 밑의 새벽 안개
냄새와 죽은 여진의 몸 냄새가 떠올랐다. 멀리서 임금의 해소기
침 소리가 들리는 듯했다. 냄새들은 화약 연기에 비벼지면서 멀
어져갔다. 함대가 관음포 내항으로 들어선 모양이었다. (중략)
　　세상의　끝이……이처럼……가볍고……또　고요할　수　있다는
것이……, 칼로　베어지지　않는　적들을……이　세상에　남겨놓
고……내가　먼저……, 관음포의　노을이……적들　쪽으로…….26)

　'나'는 탈이념화된 개별자로, 가면을 벗은 개별자로서의 죽음
을 맞이한다. 절대 권력을 상징하는 '임금의 해소기침 소리'와 대
조되는 '어린 면의 젖냄새', '새벽 안개 냄새', '죽은 여진의 몸

---

26) 위의 책 2권, p.196.

냄새'는 탈이념적 개별자의 냄새이다. 이 냄새를 맡을 수 있는 것은 죽음을 통해 탈이념적 개별자로 거듭나기 때문이다. 이러한 자연사로서의 죽음은 끝이 아니라 지배 권력의 틀 혹은 그 구조물로부터 자유로워지는 것이며 새롭게 태어나는 것이기에 '가볍고 고요'하다.

결국, 이 작품은 탈이념적 개별자로서의 이순신을 통해, 절대 권력과 이념에 의해 희생되고 조작된 임진왜란의 역사를 해체시킨다. 이러한 탈이념적 개별자에 대한 지향은 2000년대 남한 역사소설의 한 특징에 해당한다. 역사에 덧씌워진 지배 담론을 걷어냄으로써 '정전화'된 역사를 해체하고, 역사를 하나의 텍스트로 삼아 그 텍스트에 대해 작가의 새로운 해석을 가하는 것, 이를 통해 작가가 살아가는 당대 사회의 구조적 모순을 비판하는 것, 그것이 2000년대 이후 남한 역사소설이 나아간 지점이며, 김훈의 작품은 그러한 대표적인 작품에 해당한다고 볼 수 있다.

## 3. 김현구 『리순신 장군』: 민중중심주의, 그리고 민중과 함께 하는 이순신

김현구의 『리순신 장군』은 총 6장으로 구성되어 있다. 이 작품은 이순신이 1591년 전라좌수사로 발령받은 뒤부터 최후 결전지인 노량해전에 출전하기 직전까지를 다루고 있다. 이 작품은 두 가지 서사구조로 이루어져 있다. 하나는 이순신을 중심으로 하여 기존의 알려진 역사적 사건을 다루는 서사이고, 다른 하나는 일반 백성의 삶을 중심으로 하여 백성들의 항거와 의병의 투쟁을 다루는 서사이다.

이처럼 두 가지 서사로 구성된 이유는 다음과 같다. 곧 임진조국전쟁에서 이순신만의 영웅적 활약상을 다루기보다는, 이순신의 활약과 더불어 일반 백성과 의병의 활동을 부각시킴으로써, 전쟁 승리의 주역이 이순신뿐만 아니라 민중들의 굳센 저항에 있음을 강조하기 위해서이다. 이를 보다 구체적으로 살펴보면 다음과 같다.

먼저, 이순신을 중심으로 한 첫 번째 서사구조이다. 이 구조를 통해 이 작품은 이순신의 영웅적 측면을 부각시키면서 동시에 당대 지배계층의 무능함과 부패 타락상을 제시하고 있다. 이순신의 영웅적 활약은 임진조국전쟁의 역사적 사실에 따라 시간순으로 서술되고 있다. 이 서술을 통해, 이순신이 왜적과 맞서기 위해 조정의 압력에도 불구하고 나라를 지키는 것이 우선이라는 판단으로 거북선을 만들고, 임전불퇴의 정신과 뛰어난 책략으로 전쟁을

285

승리로 이끌면서, 위급한 전쟁 상황에서도 병사 한 명 한 명의 목숨을 귀하게 여기는 점 등이 강조되고 있다.

한편, 이순신을 통해 지배계층의 타락상과 무능함도 제시된다. 전쟁이라는 위기 상황임에도 불구하고, 조정 대신들은 왜적의 전략도 분석하지 않고 육군의 수적 우위만을 염두에 둔 채 수군폐지론을 주장한다. 이순신이 왜적의 침략에 대비해 거북선 제작과 관련된 장계를 올렸지만, 조정 대신들은 이를 중단하라는 명령을 내린다. 또 왜승 요시라가 정승대감의 첩 노릇을 하다가 종로에 객사를 차린 월매를 매수해 조정 대신들의 동향을 내탐하도록 하는데도 그 심각성을 조정 대신들은 전혀 느끼지 못한다.

지배계층의 이러한 무능과 타락은 전쟁에 임하는 장수들에게도 나타난다. 경상우수영의 수군절도사 원균은 이순신에게 조정에 유람선을 진상하자는 서한을 보내기도 하고, 한산대첩에서 싸움엔 참가하지 않고 꾀만 부리다가 싸움이 끝난 후 '적의 수급'을 베기에만 급급한다. 그는 이순신이 삼도수군통제사가 되고 자신은 경상우수영에서 충청도병마사로 좌천되자, 밤마다 월매를 끼고 술을 마시다가 월매의 꾐에 넘어가 요시라를 곁에 두고 쓰라는 내용의 소개장을 병조판서에게 보내려고까지 한다.

좌수영 우후 이몽구는 좌수영 우후가 되기 전, 경상도 어느 자

그마한 고을에서 원 노릇을 하였다. 권세욕에 눈이 먼 이몽구는 병조판서 홍여순에게 뇌물을 바쳐 좌수영 우후 벼슬자리를 얻었다. 그리고 얼마 후, 전임 사또가 병으로 사망하자 그 자리를 노리던 찰나에 이순신이 도임해 온 탓에 이몽구는 이순신을 겉으로는 받드는 체 하지만 속으로는 미워한다. 이몽구는 왜적과 싸우려는 어민들에게 소동을 벌이지 말라고 경고하고, 또 서첨지의 딸 서분녀를 관비로 들여보내라고 호령한다. 그러다가 이순신이 전장에 나가 있는 틈을 이용해 자신의 재산을 불리려고 군수감을 동헌 안채로 불러들여, 임금이 피난길을 떠났으므로 좌수영에서도 군사 장비를 걷어 피난 갈 차비를 서둘러야 한다고 하면서 두 척의 판옥선에 2백 50석 쌀가마니를 싣고 군량미를 빼돌린다. 또 그는 계속되는 전쟁 중에 손상된 거북선을 수리하던 중 원균과 모의하여 거북선에 불을 지르려 하다 실패하기도 하고, 심지어 자신의 이익과 권세를 위해 이순신의 목숨까지도 노린다. 그리고 장수 배설은 전투가 임박해 지휘관 교대를 명 받고도 조정 대신들에게 인사하다가 십여 일을 늦게 당도하기도 한다.

다음, 두 번째 서사구조이다. 첫 번째 서사구조에서 다루는 이순신의 영웅적 측면과 당대 지배계층의 무능과 부패는 이순신을 다루는 기존의 역사소설, 특히 남한의 역사소설과 큰 차이가 나지 않는다. 그러면서 이 작품은 남한의 역사소설과 구분되는 지점을 마련하고 있는데, 이는 여러 위기 상황에 직면해서도 나라를 지키기 위해 싸우는 민중들을 걱정하는 이순신의 모습에 특히 두드러진다. 이 점을 강조하기 위해, 그리고 이순신 외 일반 민중의 힘을 강조하기 위해 이 작품은 두 번째 서사구조를 마련하고 있다.

실상 이 작품은 소설 서두부터 해녀 서분녀와 수군 장쇠의 만남으로 시작해서, 두 젊은 남녀의 사랑 이야기를 작품 끝까지 중심 내용으로 다루고 있다. 서분녀가 갑자기 밀어닥친 파도에 휩쓸리자 수군 장쇠가 목숨을 구해주면서 두 사람의 사랑 이야기는 시작되고, 그들은 전쟁이라는 상황에서 헤어지기도 하고 다시 만나기도 하면서 결국 혼인에까지 이르게 된다.

서분녀의 아버지 서첨지는 딸이 전쟁에 참여하겠다고 하자, '서막동'이라는 이름을 붙여 남장을 해 이순신에게 딸의 출정을 간청한다. 장쇠가 탐후선을 타고 적진으로 출항하여 왜적을 무찌르다 눈에 총을 맞아 다친다. 남복한 서분녀는 한 쪽 눈을 다친 장쇠를 보고 속상해 어쩔 줄을 모른다. 옥포해전에서 서분녀는 창검과 철환이 빗발치는 가운데 용감하게 화살을 쏘아 적의 3층 다락배에 있던 놈을 쓰러뜨린다. 승전하고 돌아온 서분녀는 여장

288

을 한 남자로 밝혀져 '치마두른 귀신'으로 오해받아 감옥에 갇힌다. 그러나 나라를 지키고 원수를 갚고 싶다는 서분녀의 말을 들은 이순신과 군사들에 의해 서분녀는 복권되어 한산도대첩에 임하다가 날아오는 철환에 맞아 물속에 떨어진다. 바다에 떨어진 서분녀는 의병의 도움으로 살아남아 의병 활동을 벌인다. 장쇠가 시력을 회복할 무렵, 의병 부대에서 활약하던 서분녀와 다시 만나게 되고, 둘은 이순신의 도움을 받아 전쟁 중에 혼례를 올린다.

이러한 두 사람의 사랑 이야기를 중심축으로 해서 이 작품은 이순신 주변의 일반 백성들의 삶을 다루면서, 이를 통해 민중들의 왜적에 대한 항거와, 그런 민중들로 이루어진 의병들의 활동을 두드러지게 보여주고, 이들 민중들과 함께 호흡하는 이순신의 모습을 그림으로써 이순신과 민중을 하나의 존재로 묶어내고 있다. 이와 관련해 다음 세 가지 측면에 주목할 필요가 있다.

첫째, 서분녀의 아버지 서첨지, 서첨지와 함께 의병 활동을 한 박천세 영감을 비롯한 민중들의 활동이다. 서첨지는 을묘년 의병으로 나가 적의 장검에 맞아 한 쪽 팔을 잃었다. 그리고 정해년 정해왜변 때 아들을 잃었다. 이 일을 계기로 그는 강한 애국심을 갖게 되고, 왜적에 대해 큰 증오를 느끼면서 좌수영 성문지기가 된다. 그는 소중한 딸 서분녀가 자신도 싸우겠다고 결심하는 모

습을 보고 나라를 지키겠다는 일념으로 이를 허락한다. 그리고
자신도 의병 부대에 들어가 나라를 지키다 전사한다.

여기서 주목할 것은 서첨지 집안의 내력이다. 서첨지는 남장을
해서 전쟁에 참가하겠다는 서분녀에게 집안에 전해지는 동개활을
준다.

> 그러나 한편, 어두운 생각이 가슴 한구석에 그늘을 지었다.
> 남복 차림을 하고 수군으로 들어갔다가 여자라는 것이 탄로되
> 는 날엔 '치마 두른 귀신'을 배에 태웠다고 큰 소동이 벌어질
> 것이기 때문이다. 그렇다고 수군이 되기를 이미 마음속에 굳힌
> 그녀를 돌이킬 수는 없었다.
>
> "아버님. 저 말코지의 활을 이 딸에게 주시면 고맙겠어요."
>
> 아버지와 아들 2대에 걸쳐 피에 얼룩진 동개활, 이제는 딸이
> 그 활을 달라고 하고 있다.
>
> 서첨지는 말코지 쪽을 처다보았다. 뿌옇게 먼지 앉은 활이 새
> 로운 주인을 기다리고 있었다는 듯 반가움으로 살아 흔들거리
> 는 것만 같았다.
>
> 서첨지는 불쑥 일어나 바른팔을 들어 말코지 쪽으로 손을 뻗
> 쳤다.[27]

---

27) 김현구, 『소설 이순신』 (상), 일월서각, 1992. p.180.

"아버지와 아들 2대에 걸쳐 피에 얼룩진 동개활"로 표상되는 서첨지 집안은 북한 문예에서 강조하는 주인공의 혁명적 혈통을 반영한 것에 해당한다. 서첨지와 아들 2대에 걸쳐 나라를 위해 투쟁한 계보를 이어 서분녀도 그 활로 왜적을 물리치겠다고 나서는 것이다.

풍덕골 어민들과 좌장 박천세 영감의 경우이다. 박천세 영감은 왜적의 잦은 침입으로 어민들이 식량을 강탈당하고 목숨까지 위협받자, 작은 고깃배를 타고서라도 싸우고자 하는 모습을 보인다. 이 박천세 영감을 중심으로 풍덕골 어민들은 단결심으로 뭉친다. 우후 리몽구가 풍덕골 어민들의 삶터인 바다로의 출어를 가로 막자 어민들 스스로 창을 들고 바다로 나가 도적떼 '흑두건'을 잡는다.

그래도 키가 구척장신인 흑두건의 두목 애꾸눈은 마지막까지 남아서 싸워볼듯이 칼을 빼든 채 날치었다. 그런 놈을 사방에서 조여들어 붙들어서 "살려줍소……" 하는 소리고 뭐고 입도 벌리지 못하게 질질 끌어서 그대로 바닷물 속에 처넣고 말았다.

이 일이 있은 후부터 그처럼 전라도 해안을 싸돌아다니며 어촌 마을 사람들을 못 살게 굴던 흑두건 도적떼가 다시는 고개를 처들지 못하게 되었다.

풍덕골 배꾼들은 이렇듯 단결심과 의리가 강했다.

그들은 지금 섬오랑캐 해적선을 다시 만나기만 하는 날엔 일 대 싸움을 벌일 작정으로 활이니 날창을 갖추고 출어준비를 서 두르고 있었던 것이다.[28]

또한 풍덕골 어민들은 이순신이 철갑선 만드는 것을 돕기 위해 목재와 쇠붙이를 실어다 놓기도 하고, 총을 만들 쇠붙이 수천 근 을 수집해 싣고 오기도 하며, 명량해전을 앞두고 전선이 모자라 고민하는 이순신에게 어민들의 작은 고깃배 백여 척으로 도움을 주겠다고 한다.

장쇠는 15년 전 경축년에 삼천포에 침노한 왜적들에게 고기잡 이였던 아버지를 잃는다. 이후 홀어머니마저 세상을 뜨자, 장쇠는 원수를 갚기 위해 전라도 좌수영의 수군이 된다. 그는 눈에 적의 활을 맞아 실명할 위기에 처하지만, 이내 회복하여 돌만과 힘을 합쳐 왜적을 무찌르는 데 크게 기여한다.

둘째, 의병과 관련해서 이 작품에서는 서첨지를 통해 고경명이 있는 담양 의병 부대의 활동이, 그리고 서분녀를 통해 곽재우 의 병 부대의 활동이 제시된다. 서첨지는 옥포해전의 승리 소식을 듣고 담양 의병 부대를 찾아가 자신을 의병으로 받아달라고 요청

28) 위의 책 (상), p.58.

한다. 의병대들은 서첨지의 실력을 보고 받아들이기로 결정한다. 그렇게 서첨지는 고경명이 이끄는 의병대의 지휘 성원의 한 사람으로 자리 잡게 되어 활동하다가 금산전투에서 운명을 달리한다.

서분녀는 한산도대첩에서 바다에 빠진 후 곽재우 의병들에 의해 구제된다. 용감한 그녀의 행동을 보고 욕심이 난 곽재우는 자신의 의병들과 같이 싸우자고 제안하지만 서분녀는 정중히 거절하고 좌수영으로 발걸음을 옮기다 고경명 의병 부대를 만나 왜적을 물리친다.

서첨지와 서분녀를 통해 제시되는 의병들의 활동은 여기에 그치지 않고 전쟁 승리에 결정적인 역할을 하는 것으로 묘사되고 있다. 이순신은 부산포해전을 치르면서 곽재우 의병 등을 비롯해 의병들에게 도움을 청하게 되고, 의병들의 뛰어난 활약으로 승리하게 된다.

그러나 무엇보다 이 작품에서 의병 활동이 강조되는 것은 평양성 탈환 장면이다. 1593년 정월 평안절도사 이일과 좌우수방어사 정희연, 김응서가 이끄는 1만 5천여 명의 관군과 서산대사 등이 이끄는 약 2만 명 의병들, 고충경의 5천 명의 의병들이 함께 왜적의 평양성 방어 전초기지라고 할 모란봉을 향해 쳐들어가 승리한다. 이후 적장 고니시 유끼나가는 얼마 안 남은 패잔병을 이끌고 대동문을 빠져나가 대동강을 건너 남쪽으로 줄행랑친다. 이처럼 평양성 탈환에 의병이 큰 활동을 했다는 것은 최명익의『서산대사』에도 제시되는 내용이다. 북한 문예에서 강조하는 평양중심주의와 민중의 힘을 이 작품 또한 제시하고 있는 것이다.

셋째, 서분녀와 관련된 여성의 활약상이다. 서분녀는 나라가 왜적의 침입을 받자 적개심이 생겨 전쟁터에 나가고자 다짐한다. 그녀는 머리를 짧게 정리하고 남자옷을 입고 나와 서첨지에게 전쟁에 나가는 것을 허락해달라고 한다. 남장을 하고 전장에 나간 서분녀는 자신을 '막동'이라 속인다. 그녀의 훌륭한 활쏘기 실력은 이순신 장군도 놀라게 한다. 한 수군의 장난으로 서분녀가 여자임이 들통 나지만, 서분녀의 나라를 지키고자 하는 '고결하고 아름다운' 마음에 감격한 이순신에 의해 서분녀는 수군으로 받아들여진다.

"원수를 갚자고 나섰습니다. 진정 참을 수 없었습니다. 싸우다 죽는 한이 있어도 왜적을 치고 싶었습니다.

가시내라 하여 어찌 '치마 두른 귀신'이 되며, 죄가 될 수 있습니까."

말을 이어감에 따라 서분녀의 두어깨는 세차게 물결쳤고 아뢰는 목소리는 오열에 가까웠다.

(중략)

순신은 잠시 생각하는 것 같더니 장내를 둘러보며 크게 말했다.

"보아라! 서분녀의 이 갸륵한 심정을. 얼마나 고결하고 아름다운 성정인가를. (중략) 서분녀는 '치마 두른 귀신'이 아니라 여장수로다."[29]

수군으로 전쟁에 참여할 수 있게 된 서분녀는 뛰어난 활약을 하고 여러 번 죽을 위기에 처하지만, 왜적을 무찌르는 데 큰 공을 세운다. 이를 통해, 이 작품은 다음 두 가지를 강조하고 있다. 먼저, 지배층에 대한 여성의 저항 의지이다. 우후 리몽구가 서분녀를 관비로 삼겠다하자, 서분녀는 평생 노비 신세를 면치 못하고 살아가야 하는 것에 대해 울분을 터뜨리면서, 남장차림으로 장쇠를 뒤따라 참전하기로 결심한다. 다음, 전쟁에서 여성의 역할을 강조하는 것인데, 이는 이순신을 다루는 다른 남북한 역사소설에서 볼 수 없는 측면이다. 이것은 북한 문예 전반에서 여성의 역할을 강조하는 것과 맞물려 있다.

이러한 일반 백성과 의병들, 여성들의 활약을 통해, 이 작품은 이순신 또한 민중과 함께 하는 민중의 존재임을 부각시키고 있

---

29) 위의 책 (상), pp.284~286.

다. 이 작품에서 이순신은 늘 수많은 민중들과 함께 하며 그들과 고통을 나누는 인물로 제시되고 있다.

그가 옥포에 나가 있는 동안 풍덕골 어민들이 여도에 있는 군사들과 함께 전라 바다로 기어들었던 적선 두 척을 물리쳤다는 소식을 들었을 때 순신은 고마움을 억제할 수 없을 지경이었다.

이순신은 박천세 영감을 마주하면서 여러 가지 생각이 떠올랐다.

왜적이 나라의 일부 지역을 강점하고 임금이 그놈들에게 밀리어 도읍지를 내주고 피난길을 떠났다 한들 어찌 나라를 망했다고 말할 수 있을 것인가. 그럴 수는 없다. 왜적을 끝까지 물리치겠다는 용맹한 군사들이 있고 나라를 지키려는 의병들과 백성들의 힘이 있거늘 절대 그럴 수는 없는 것이다.

이순신은 좌수영으로 돌아온 날 오히려 그들에게서 승리의 신심과 용기를 얻었다. 생사의 갈림길을 헤쳐온 노고도 잊은 듯 활기에 넘쳐흘렀다.[30]

이외에도 이순신은 우후 리몽구가 출어 금지를 시키자 "백성이 있어야 나라가 있는 법인데, 어찌 영문에서 어민들의 심정을 몰

---

30) 위의 책 (상), pp.254~255.

라줄 수 있느냐."[31]라는 박영감의 말을 깊이 되새긴다.

이 작품은 첫 번째 서사구조를 통해 이순신의 영웅적인 활약상을 제시하면서, 두 번째 서사구조를 통해 이순신 또한 민중의 일원이며, 민중과 함께 하면서 시대적 상황을 돌파하고, 민중의 변혁에 대한 열망을 드러내는 인물임을 제시하고 있다. 여기서 특히 주목할 것은 주인공 이순신 이외에 서분녀를 비롯한 민중들이 또 하나의 주인공으로 등장하는 것이다. 이러한 측면은 1990년대 이후 변화된 북한의 문예 정책과 관련하여, 북한 역사소설의 변화를 잘 보여준다. 1990년대 이후 북한 역사소설은 과거처럼 역사적으로 중요한 시기를 소재로 해서 그 시기에 활약한 역사상 영웅적 인물들을 형상화하는 것에서 벗어나, 이른바 '숨은 영웅 찾기'와 관련해 역사상 주목을 받은 인물은 아니지만 일상생활 속에서 만날 수 있는 평범하면서도 성실한 인물을 '주체형의 공산주의자의 참된 전형'으로 형상화함으로써 대중적 영웅을 창조하는 방향으로 나아간다. 이 작품에 등장하는 서분녀, 장쇠, 서첨지, 박천세 등은 바로 이러한 '숨은 영웅'에 해당한다.

---

31) 위의 책 (상), p.50.

## 4. 맺음말

김현의 『칼의 노래』와 김현구의 『리순신 장군』은 모두 이순신이라는 역사적 인물을 다루는 점에서, 그리고 1990년대 이후 발표된 것이라는 점에서, 두 작품을 통해 2000년대 전후의 남북한 역사소설에 나타난 동질성과 이질성을 논할 수 있는 중요한 한 의미망을 구축할 수 있다.

김훈의 『칼의 노래』에서, '나'는 임진왜란은 선조와 그 지배 집단의 권력과 이념을 지키기 위한 '헛된', '무의미'한 전쟁일 뿐이라는 것을 간파한다. 이처럼 절대 권력과 이념에 복종할 때, 그럴 때 전쟁터에서의 죽음은 왕의 '언어와 울음'을 위한 죽음에 불과하다. '나'는 임금의 절대 권력과 이념이라는 '칼'에 조종되어 죽는 죽음을 거부한다. 모든 절대 권력과 이념을 거부함으로써 절대 권력에 의해 조종되고 획일화된 추상적 보편자가 아니라, 절대 권력과 이념의 '구조물'로부터 벗어난 '탈이념화된 개별자'로서 전쟁에 임함으로써 '바다의 사실'에 투철하고, 이를 통해 자연사를 갈망한다. 곧 이 작품에서 '자연사'는 모든 절대 권력의 이념을 거부한 탈이념적 개별자로서의 죽음을 의미한다.

2000년대 남한 역사소설의 특징 중의 하나로, '정전화'된 역사를 해체하고 역사를 하나의 텍스트로 삼아 그 텍스트에 대해 작가의 새로운 해석을 가함으로써 작가가 살아가는 당대 사회의 구조적 모순을 비판하는 측면을 들 수 있다. 김훈의 이 작품은 남한 역사소설의 그러한 흐름을 주도하는 대표적인 작품에 해당한다고 볼 수 있다.

김현구의 『리순신 장군』은 두 가지 서사구조로 이루어져 있다. 이순신을 중심으로 한 첫 번째 서사구조는 이순신의 영웅적 측면을 부각시키면서 동시에 당대 지배계층의 무능함과 부패 타락상을 제시하고 있다. 이 점은 이순신을 다루는 기존의 역사소설, 특히 김훈 이전의 남한의 역사소설과 큰 차이가 나지 않는다. 그러나 이 작품은 남한의 역사소설과 구분되는 지점을 마련하고 있는데, 그것이 일반 백성의 삶을 중심으로 하여 백성들의 항거와 의병의 투쟁을 다루는 두 번째 서사구조이다.

이처럼 이 작품은 첫 번째 서사구조를 통해 이순신의 영웅적인 활약상을 제시하면서, 두 번째 서사구조를 통해 이순신 또한 민중의 일원이며 민중과 함께 하면서 시대적 상황을 돌파하고 민중의 변혁에 대한 열망을 드러내는 인물임을 제시하고 있다. 이런 점에서 이 작품은 김훈 이전의 남한 역사소설이 이순신을 '구국의 영웅', '충의의 영웅'으로 그리는 것과 선명히 대비된다.

　　여기서 특히 주목할 것은 이 작품에는 이순신이라는 주인공 이외에 민중들이 또 하나의 주인공으로 등장한다는 점이다. 이 작품에 등장하는 서분녀, 장쇠, 서첨지, 박천세 등과 같은 민중은 1990년대 이후 북한 역사소설에서 강조되는 '숨은 영웅'에 해당한다는 점에서, 이 작품은 1990년대 이후 변화된 북한 역사소설의 한 측면을 잘 보여준다고 평가할 수 있다.

**문흥술** 文興述

1961년 경남 사천에서 태어나 경희대 국문과를 졸업하고 서울대 대학원 국문과에서 석사, 박사 학위를 받았다. 1993년 ≪조선일보≫ 신춘문예에 문학평론 「인간 주체의 와해와 새로운 글쓰기」가, 2000년 ≪문학과의식≫에 소설 「쾨닉스베르히의 다리를 건너는 법」이 당선되었다.

저서로 『자멸과 회생의 소설문학』(1997), 『작가와 탈근대성』(1997), 『시원의 울림』(1998), 『한국 모더니즘 소설』(2003), 『존재의 집에 이르는 지도』(2004), 『형식의 운명, 운명의 형식』(2006), 『문학의 본향과 지평』(2007), 『언어의 그늘』(2011), 『환각의 인을 찾아서』(2016) 등과 장편소설 『굴뚝새는 어디로 갔을까』(2000) 등을 펴냈다.

2006년 김달진 문학상 평론상, 2012년 현대불교문학상 평론상, 2016년 경희문학상을 수상했고, 현재 서울여자대학교 국어국문학과 교수로 재직 중이다.

# 남북한 역사소설 연구

초판 1쇄 발행 2017년 6월 23일

지 은 이 문흥술
펴 낸 이 이대현
펴 낸 곳 도서출판 역락

**책임편집** 이태곤
편     집 권분옥 홍혜정 박윤정
디 자 인 안혜진 최기윤 홍성권
마 케 팅 박태훈 안현진 이승혜

주   소 서울시 서초구 동광로46길 6-6 문창빌딩 2층(우06589)
전   화 02-3409-2060(편집), 2058(영업)
팩   스 02-3409-2059
**전자메일** youkrack@hanmail.net
**블로그** http://blog.naver.com/youkrack3888
**등록번호** 1999년 4월 19일 제303-2002-000014호

정가는 뒤표지에 있습니다.

ISBN 979-11-5686-912-2 93810

**출력 / 인쇄 · 성환C&P 제책 · 동신제책사**

* 이 도서의 국립중앙도서관 출판시도서목록(CIP)은 서지정보유통지원시스템 홈페이지(http://seoji.nl.go.kr)와 국가자료공동목록시스템(http://www.nl.go.kr/kolisnet)에서 이용하실 수 있습니다.(CIP제어번호: CIP2017014159)